사막 한가운데 책방

사막 한가운데 책방

초판 1쇄 인쇄 2025년 4월 15일
초판 1쇄 발행 2025년 4월 18일
저 자 산티아고 박
발행인 박지연
발행처 도서출판 도화
등 록 2013년 11월 19일 제2013-000124호
주 소 서울시 송파구 중대로34길 9-3
전 화 02) 3012-1030
팩 스 02) 3012-1031
전자우편 dohwa1030@daum.net
인 쇄 유진보라
ISBN 979-11-92828-83-1 *03810
정가 15,000원

도화道化, fool는
고정적인 질서에 대한 익살맞은 비판자,
고정화된 사고의 틀을 해체한다는 뜻입니다.

사막 한가운데 책방

산티아고 박

도화

차례

사
막
한
가
운
데
책
방

어린 시절 나의 우상
'영화감독 박남옥' 이모님에게

1999년 06월

이 편지는 제가 어린 시절의 우상이었던, 미국에 계신 이모님
(박남옥)과 그녀의 딸인 경주누나에게 보내는 편지의 일부분입
니다. 어렸을 적 우리 형제들은, 그녀를 외사촌누나의 이름을 빌
어 '경주이모'라고 불렀습니다. 그녀의 우락부락한 외모와 단단
한 체구, 화려한 지난 날의 전설은 조카들에게 경외의 대상이 되
기에 부족함이 없었습니다.

그녀는 우리나라 최초의 여자 영화감독입니다. 그녀의 영화가
흥행에 성공하지 못해, 그녀의 작품을 기억하는 사람을 찾아보기
힘들지만, 1997년 서울 호암아트홀에서 펼쳐진, 제1회 서울여성
영화제의 개막작으로 그녀의 '미망인'(1955)이 상영된 것을 보니,
분명 그녀는 우리나라 최초 여자 영화감독입니다. 그녀는 갓난

아이 경주누나를 업은 채, 큐 사인과 함께 영화 촬영장을 뛰어다 녔습니다. 그 당시 포대기에 어린 딸을 등에 업은 채, 촬영장에서 찍힌 사진이 영화제 스크린에 비추어졌을 때의 감격을 지금도 잊을 수 없습니다. 몸이 불편한 그녀를 대신하여 사진의 갓난 아이인 경주누나가 연단에 올라 공로상을 수상했습니다.

그녀는 훌륭한 육상선수였습니다. 단거리와 높이뛰기에서도 상위 랭킹의 한국기록을 가지고 있었으며, 특히 투포환 종목에서는 전국체전에 참가해 1939년부터 1941년까지 3회 연속 한국신기록을 수립했다고 합니다. 그래서 육상인들은 '해방 후에는 백옥자, 해방 전에는 박남옥'이라 평가했다고 합니다.

이화여전 가사과를 다니던 그녀의 꿈은 부모님이 반대하던 미술이었다고 합니다. 미술 공부를 위해 일본 밀항도 서슴지 않던 그녀는, 타고 가던 배가 좌초되어 일본 수용소에 수감되기도 하였고요. 베를린 올림픽 기록 영화인 '올림피아'를 제작한 여자 감독 '레니 리펜슈탈'에 감명과 충격을 받은 그녀는, 대구 매일신문 생활을 접고 영화에 뛰어듭니다. 그녀는 유명한 극작가와 결혼 후, 제가 경주누나라고 부르는 딸을 낳았고, 결혼 생활은 그리 오래가지 못했던 것 같습니다. 그녀는 지금 미국 LA아파트에 혼자 살고 있으며, 경주누나 또한 같은 도시에 살고 있습니다. 그녀의 삶에서 유일한 낙은 한국에 있는 친지들에게 편지를 보낸 후,

답장을 기다리는 깃인 듯합니다. 저 또한 이모님의 정성 어린 편지를 여러 통 받았고요. 조카인 제가 그녀에게 편지를 쓰게 된 까닭은 I.M.F 전후로 닥친 저희 집의 불행에 관한 정신적 조언자가 필요했기 때문입니다.

사적인 편지를 이렇게 공적인 지면에 게재하게 된 이유는, 이제부터 제가 기억하는 60년대 말에서 70년대의 모습으로 되돌아가고 싶은 마음 때문입니다. 힘들고 어려웠지만 가슴 속 한구석, 희망을 품고 있었던 어린 시절로 떠나고 싶은 까닭입니다. 수많은 가족들의 기둥이 무너져 내린 I.M.F 이후, 모두가 치유의 과정을 향해 뒤돌아보아야 할 아름다운 과거의 기억 속 풍경으로……

참고로 저의 외가 식구 이야기를 덧붙입니다. 저의 어머니 고향은 경북 대구 근처의 하양이라는 곳입니다. 잡화점을 크게 하신 외할아버지는 10남매를 슬하에 두셨는데, 영화감독인 경주이모는 셋째 딸이며, 나의 어머니는 일곱 번째였습니다. 큰이모님 두 분은 대구 사범대 출신이시고, 경주이모를 비롯한 모든 형제들을 서울로 유학시켜 대학을 보낼 만큼, 외할아버지는 교육에 대한 생각이 앞선 분이셨죠. 둘째 큰이모님의 부군이신 김상문 이모부님이 동아출판사의 창업주이셨습니다. 경주이모는 영화를 포기한 후, 미국으로 이민 가기 전까지 동아출판사에서 일을 잡아 생계를 꾸려 나가셨습니다.

보고 싶은 경주이모, 경주누나에게

오늘은 갑자기 초등학교 시절, 학기가 바뀌면 늘 이모로부터 받던 동아전과가 생각납니다. 그 시절 제가 동아전과를 손에 쥐었을 때면, 알라딘의 요술램프에서 등장하던 램프의 요정 '지니'가 떠오릅니다. 램프의 요정은 머리를 빡빡 밀어버린 민머리의 거인이었는데, 동아출판사의 창업주이신 이모부님도 머리가 거의 없으셔서 몹시 고민하셨던 것으로 기억합니다.

이모님이 서대문의 출판사에서 일하실 적, 매 학기마다 이모님이 선물로 주시는 전과와 수련장을 받으러 출판사에 들렀습니다. 1층의 어두운 사무실로 들어서면 다가오던 수많은 모습들이 파노라마 사진처럼 지금도 선명하게 펼쳐집니다. 산더미처럼 묶여져 있었던 참고서를 분주히 나르던 아저씨들의 굵고 더운 땀방울. 새 참고서에서 뿜어져 나오던 아기의 살결 같이 싱그럽던 잉크냄새들. '카사블랑카' 영화 마지막 장면이 펼쳐지던 공항 활주로 기억하시죠? '험프리 보가트'의 바바리코트를 뒤덮고 있던 안개를 연상시키는 희뿌연 먼지들. 공간으로 흩어지는 무수한 알파벳의 파편들. 구석으로 가라앉아 무엇인가를 읊조리는 문법들과 꼬리에 꼬리를 물고 이어지는 공식들. 모든 기억들은 영화의 한 장면처럼 흩어집니다. 그리고 그것들은 과거로 달려가 또 다른 추억 속 풍경을 불러옵니다.

이모님의 사무실 벽은 온통 외국인과 한국인 영화 주인공 사진들로 가득 차 있었습니다. 맨발의 청춘 '신성일', 유관순 열사의 '도금봉', 연산군의 '신영균'. 그들은 한국에서 가장 유명한 배우들이었죠. 그들의 얼굴은 영화 포스터나 나이트 클럽 홍보물에 담겨, 담벼락이나 전봇대에 늘 붙여져 있었습니다. 그들은 때론 근엄하게 팔짱을 끼고 서 있었고, 윗니가 모두 드러나게 웃고 있었죠. '스파르타쿠스'의 '커크 더글러스', '왕과 나'의 '율 브리너', '해바라기'의 '소피아 로렌', '자이언트'의 '엘리자베스 테일러'와 '록 허드슨' 그리고 '제임스 딘'. 그들은 주말의 명화에 등장하는 코가 유난히 높은 외국 배우들이었습니다. 흑백 T.V 속에 서있는 그들은, 명암의 대비로 더욱더 커 보였던 것 같습니다.

사무실 한쪽 가장 넓고 높은 한복판에는,
펜 글씨 교본 표지의 낯익은 인물 사진이 붙어 있었습니다. 사진 속 경주누나는 교복을 입은 채 가지런히 앉아 있습니다. 세상에서 제일 유명한 영화 배우 그 누구도, 누나의 사진 곁에 다가설 수 없었습니다. 이모님이 사랑하기에 영원히 티 없이 맑게 빛나기 만을 바라던, 단 한 명의 소중한 존재였죠. 새 학기가 되면 제게 새 참고서를 주시던 이모님의 손에는 언제나, 진한 고동색의 '모아(More)' 양담배가 연기를 피어 올렸습니다. 금세라도 떨어질 듯 길게 늘어진 담뱃재 위의 자욱한 담배 연기 너머로, 프랑스 영화 '쉘부르의 우산'의 '까드린느 드뇌브'의 얼굴이 미소 짓고 있었습니다.

가세가 기울었던 저희 집은, 외삼촌의 도움으로 작은 음식점을 열었습니다. 이모님은 직원들의 야식을 저희 집에 주문해 주신 것으로 기억합니다. 저희 집과 출판사는 버스 두 정거장의 거리였습니다. 서대문의 교남동과 서대문 로터리까지였으니까요. 어머니와 누나 그리고 제가 음식물들을 각자 들고, 지고, 메고 걸어갔습니다. 절대로 도착하지 못할 것 같이 까마득하게 느껴지던 거리를 낑낑거리고 걸어가던 힘겨움이, 지금도 목에까지 차오르는 듯합니다. 언제나 뒤쳐지던 저를 돌아보시며 측은해 하시던 어머니의 눈망울. 출판사에 거의 다다를 즈음에는 초등학교 여자친구 어머님이 경영하시는 '이태리 빵집'이 있었습니다. 피부가 까무잡잡한 은주라는 아이였는데, 저는 그때 혹시라도 그녀가 초라한 제 모습을 볼까 걱정하며, 그곳에 다다를 시간이 다가오면 언제나 사방을 기웃거리는 버릇이 있었습니다. 조급한 마음에 국 국물을 출렁거려 바닥에 흘리는 실수를 저지르는 곳도 바로 그곳이었습니다.

친구의 빵집이 있던 건물에는 극장도 있었습니다. '화양극장'으로 기억됩니다. 그 극장을 지날 때마다, 내 이모님이 우리나라 최초의 영화감독이라는 자부심에, 좁은 어깨를 가진 왜소한 초등학생일지라도, 어깨를 으쓱거리며 극장간판을 올려보곤 했습니다. 가죽 점퍼를 걸친 채 담배를 폼 나게 물고 있는 '박노식'이나, 우람한 팔뚝과 가슴을 드러낸 채 사자와 맞싸우는 '빅터 마추어'의 그 용맹스러움도, 홍해를 지팡이로 가르는 '찰튼 해스톤'의 그 거만함도, 우리나라 최초의 영화감독을 이모로 가진 어린 초등학생의 기를 죽일 수 없었습니다.

그 시절 이모님은 보이지 않는 저의 성벽이자 믿음이었습니다. 백옥자 이전 투포환 한국 신기록을 가지셨다는 이모님, 이모님도 이제는 많이 기력이 쇠하셨다고 들었습니다. 요사이 틀니도 불편하시다는 소식을 듣고 보니, 멀리 부산에 있는 치과의사 조카인 제가 너무 송구스럽습니다.

한가지 구차한 변명을 할 수밖에 없어 죄송스럽습니다. 제가 편지를 띄울 때, 이모님과 경주누나의 이름을 묶어 한 장의 편지를 보내는 까닭은, 두 장의 편지를 띄울 수 없는 게으름이 제일 큰 이유이지만, 제게 있어서 이모님과 누나의 추억을 따로 떨어뜨릴 수 없기 때문입니다. 그것은 마치 저의 기억 속에서 아무리 지우려해도 무섭게 달려드는 아버지의 얼굴과도 같습니다. 이모님은 11살 터울의 순하디 순한 저희 어머님을 무척 아끼셨다고 했습니다. 열병에 걸려 방구석에 쓰러져 누워 있던 어린 어머님을 들쳐업고, 몇 십리 길을 달려 병원에 입원시키셨다는 이야기도 들었습니다. 조용하고 가냘픈 어머니의 목숨이 그렇게 다시 이어졌다고요. 제가 중학교 시절 이모님이 제게 하신 말이 떠오릅니다. 제일 아끼던 착한 여동생의 삶이 너무 고생스러워, 저의 아버지가 원망스럽다고요.

경주누나와 이모님은 제게 있어서 한 장의 가족사진으로, 제 머릿속에 각인되어진 추억입니다. 경주누나와 이모님, 두 사람 모두 아름답고 밝은 한 장의 가족사진을 각자의 마음속 지갑에 간직하길 바랍니다. 제가 가진 저의 가족사진이 흑백의 어두운 배경으로 떠오르는 것이, 저의 피할 수 없는 슬픈 상처인 듯합니다. 하지만 그것으로 인해 깊고 가냘픈 감수성을 가지게 된 행운으로도 여겨집니다. 지나간 풍경들이 아름다운 기억과 행복만이 가득한 순간들이라면, 추억의 사진첩을 늘 기쁨으로 넘길 수 있겠지만, 닥쳐오는 모든 아픔이 늘 불행을 불러온다고 생각하지 않습니다.

가족은 여러 겹으로 걸쳐 입은 옷들과 같아, 허름하고 남루하다 벗어던지는 순간, 살갗을 에이며 달려드는 겨울의 찬바람과 마주쳐야 합니다. 가족은 예쁜 포장지 같아, 서로에게 아픈 말을 뱉는 순간, 찢겨진 상처 넘어 감추고 싶은 아프고 일그러진 서로의 모습을 들키고 맙니다. 이모님이 아버지 문제로 너무 힘들어 하지 말고, 그럴수록 건강에 더 유념하라고 적어 보내신 편지 잘 보관하고 있습니다. 요사이 거울을 통해 어둡게 변해버린 제 얼굴을 보면, 제가 아닌 다른 사람이 서 있는 듯하여 놀라곤 합니다.

제게 가장 중요한 사실은, 과거의 사진에 얽혀, 제가 찍어야 할 현재의 가족사진을 잊어버렸다는 사실입니다. 제 아내와 아이들, 그 모두가 저의 과거와 현재, 그리고 미래를 밝혀줄 빛이며, 밝은 희망이기 때문입니다.

늘 건강하세요

부산에서 조카 박상호 드림

(이모님은 2017년 미국 로스앤젤레스에서 노환으로 별세하셨다. 장례식장에 경주누나와 내가 있었다.)

고시원에 쳐들어온 중늙은이

2002년 부산 조방 골목 깊숙한 고시원에서

머리를 치켜든 채 얼굴을 붉으락푸르락 상기한 고시원 원장님은, 나에게 불만이 많음이 분명하다. 그도 그럴 것이 아이들의 수능시험이 얼마 남지 않은 것은, 누구도 부인할 수 없는 사실인 까닭이다. 고시원 등록을 위해 처음 도착한 날이 떠오른다. 애초에 재수생들이 전부인 고시원이었다. 그러기에 껄렁해 보이는 자칭 치과의사의 첫 등장은 고시원의 매출을 차치하고, 매우 꺼림칙한 상황을 불러왔을 것이다. 나에게 방을 내주길 꺼리는 그의 기분을, 나는 대화의 첫 소절부터 구구절절하게 느끼고 있었다. 애초에 나는 무슨 '장'이나 '원장' 또는 '대표' 자로 끝나는 위치에 있는 모든 사람에게 두려움을 느낀다. 그런 내 자신이 초라해 보이지만 어쩔 수 없다. 나도 물론 '장' 자를 호칭에 달고 있는 치과 원장이기는 하지만, 직원이라고 해봐야 꼴랑 두 명뿐인 구멍가게

17

주인이었기 때문이나.

　하여튼 지금 내 앞에 노기가 잔뜩 선 숫닭처럼 깃을 세운 저분은, 무려 50명 이상의 재수생들을 거느린 명실상부한 고시원 원장님이시다. 아프리카 세렝게티의 수십 마리 사자들을 거느린 숫사자가 지금 내 앞에서 갈퀴를 휘날리고 있는 것이다. 아니면 프랑스 동부 클뤼니에 자리한 베네딕투스 수도회 원장님이 묵언수행을 깨트린 수도생을 꾸짖는 장면과 많이 닮았다. 정말 고시원은 참선의 절간처럼 무지막지한 조용함을 유지한다. 그 성스러운 곳에 부시럭거리는 생쥐 같은 내가 들어왔으니, 어느 만큼은 그의 걱정에 나 스스로 고개를 끄덕거릴 수밖에 없다. 치과 일을 마친 어스름 저녁, 고시원 좌측 입구에 위치한 '형제국밥' 집에서, 늘 소주를 반주로 들이키는 나를 훔쳐보았음이 분명하다. 고시원 계단을 처벅처벅 다리를 끌며, 비틀거리지는 아니하되 오뚜기처럼 균형을 잡고 뒤뚱대는, 나의 뒤태를 수없이 목격했을지도 모른다. 어쩌면 모락모락 술내음이 풍겨 나왔을 가능성도 크다. 아니면 비디오방을 드나드는 나의 두툼한 등짝을 알아차린 것이 분명하다. 사실인 즉 고시원 바로 앞에 떡하니 자리잡은 '르네상스 비디오방'의 수백 개 영화를 섭렵한 것은 사실이다. 물론 비디오의 시작은 '무슨 무슨 마님'으로 시작하는 제목의 영화부터 입문했다. 가끔 나도 모르게 주인공의 다음 대화가 무의식적으로 튀어나오기도 했다. 비디오방을 지키는 사장님의 조카는 나와는 막

역한 사이를 유지하며, 무료 새우깡을 건네주곤 했다.

하루는 마지 못해 시간에 쫓겨 책장을 넘기고, 다른 하루는 맞닥뜨려야할 거대한 성벽 같은 시험에 주눅이 들어 술을 퍼 마시며 뒷골목으로 숨었다. 고시원 방 한구석에 쌓아 놓은 미국 치과 의사 시험의 족보는 방 천장에 근접한다. 동굴에 처박혀 단순명료한 두가지 메뉴만을 고집한 우리 조상 짐승을 떠올린다. 마늘과 쑥을 먹어야 했던 곰도 분명 나처럼 홀로 떨어진 좌절감을 느꼈을 것이 분명하다. 아마도 호랑이는 곰이 선택한 비책이었을 것이다. 혼자 개고생하기보다는 둘이 나을 것이다. 그래서 나도 내 치과 옆에 개업한 동갑내기 원장을 들쑤셔 고시원에 합류시키는데 성공했다. 하지만 친구는 4개의 관문 중 첫번째 시험에 실패한 후, 뒤도 돌아보지 않은 채 고시원에서 짐을 쌌다. 시간이 지날수록 나는 고시원을 그저 무위도식의 밤 주거 공간으로 사용하고 있었다. 밤마다 들려오는, 째각째각 시계바늘 소리가 무서웠다. 몽고인들의 고문 기술에 나오는 이마에 떨어지는 물방울처럼, 시간의 흐름은 나의 두개골을 조각조각 내고 있었다. 아침이면 어김없이 고시원 골목을 끝까지 쭉 지나 마지막에 자리잡은 동네 목욕탕에 간다. 한 달 치를 끊고 이용하는 것은 고시원과 동일하다. 동네 놈팡이들이 다 모여든다. 온 몸에 문신을 한 친구들도 간혹 보인다. 영화 '친구'에서 나오는 조폭들의 포스를 지닌 범접하지 못할 상대다. 그러면 나는 무서워서 사우나에 숨어들어

어젯밤 숙취를 풀었다.

하지만 2002년의 여름은 그 누구도 피해갈 수 없는 열병이었다. 폴란드전이 열린 6월 4일 2002년은 미국치과의사 면허시험의 첫 관문인 PART 1을 겨우 한달 앞으로, NYU Implant 수련의 유학을 위한 TOEFL 시험을 열흘 남기고 있을 시기였다. 고시원의 골방에서, 졸업 16년 후에 다시 접해보는 치과 기초과목에, 나는 두 손 두 발을 다 들고 있었다. 새삼 마흔이 넘으면 기억력이 모조리 소멸한다는 나의 논리를, 길거리를 걷고 있는 아무에게나 덜컥 손을 잡고 펼치고 싶었다.

External Pterygoid Muscle(외익돌근)이 어디에 주렁주렁 매달려 있는지, 그리고 그놈은 무슨 일로 저작에 그리 관심이 많은지, Metabolic Acidosis(대사성산성증)와 나의 숙취에는 무슨 관계가 있는지, 어느 놈의 치아는 두 개의 치아와 교합하며 친분을 유지하건만, 어느 놈은 왜 단 한 개와 접촉하며 스스로 잘난 삶을 유지하는지, 삶의 변명이 많은 것은 Streptococcus(연쇄상구균)나 Staphylococcus(포도상구균)로 시작되는 그 빌어먹을 수많은 구강 내 상주 세균들이, 저마다의 넋두리를 하염없이 뱉어내기 때문인지. 하여튼 기초과목의 지루하고 복잡한 이야기는, 나의 삶을 송두리 채 흔들어대고 있었다. 게다가 내가 시작한 계획의 실행 여부에 수도 없는 회의를 불러오고 있었다.

그때 때마침 들이닥친 월드컵의 열기는 나의 머리를 짓누르고 있던, 내 키만큼의 높이로 쌓여 있던 족보로부터 달아날 수 있는 행운이었다. 외우고 또 외워야만 했던 암기의 스트레스를 해소할 수 있는, 하늘이 주신 기회였다. 고시원에서도 유일하게 한국경기가 열리는 날에는 T.V 시청을 허락해 주었다. 폴라드전에서의 감격스러운 첫 승이 있던 날, 나는 고시원의 재수생을 끌고 나가, 맥주파티를 열어주었다. 아쉬운 무승부의 미국전에서도 나는 못내 아쉬워, 그들을 모두 이끌고 광란의 음주 천국을 맞이했다. 그리고 오랜만에 술에 절은 재수생들은 고시원의 화장실에, 그들의 삶에 대한 불확실함과 두려움을 죽어라 토해냈다.

대걸레를 손에 쥔 채, 분노의 눈으로 나를 바라보는 고시원장의 눈길을 피하면서, 나는 중요하지도 않은 세균명에 밑줄을 그어대고 또 그어댔다. 원장님이 나를 부르던 호칭을 또렷이 기억한다. '알만하실 분' '공부하는 재수생들에게 모범을 보이셔야할 치과 원장님' '나이도 먹을 만큼 먹으신 분'. 원장님의 뼈저린 훈계를 들으며, 고시원 꼭대기 층에 위치한 원장님 댁 응접실 소파에 고개를 처박고 앉아 있었다. 나는 응접실 카펫 위를 끊임없이 기어다니는 개미들의 퇴로를 발로 막아서며, 꾸지람의 시간이 빨리 지나길 바랐다. 사실 나도 이젠 일생 한번 올까말까 하는 월드컵의 순간들을 만끽하며, 미국 치과의사 면허고 TOFEL이고 뭐고, 다 잊어버리기로 작정했다. 4학년 아들 순성이, 2학년 딸내미 소운이 그리고 마님을 모시고 월드컵의 열기를 즐기기로 마음먹었다. 그래서 나는 한국 경기가 있는 날이면 고시원을 탈출했다. 가족들과 남포동 인파로 북적대는 거리 응원전에서, 하단 동아대학 근처에 자리잡은 대형 스크린 주점에서 목이 터져라 한국의 승리를 아이들의 손을 잡고 외쳐댔다.

내 기억으로는 월드컵 결승전 바로 다음날, 나는 첫 시험을 치르러 미국으로 날아가는 비행기에 몸을 실었다. 나는 지금도 또렷하게 기억한다. 술에 취한 재수생 한 명이 잔뜩 꼬부라진 혀로 내게 물었다. 무엇이 부족해서 꿈꾸고 계세요. 점심시간이 지난 오후 치과 창가, 따스한 봄날의 햇살 넘어, 무서울 정도로 밀려오는 삶의 허함이었다. 그리고 또 하나, 고개를 쳐들 수 없이 지나온 내 삶이 무척이나 창피했기 때문이었다. 그것이었다.

서서히 찾아오는 기울어진 노을의 시간

1968~1974년 사이 어린 어느 날

초등학교 2학년쯤으로 기억된다. 하얀 도화지가 검붉은 먹물로 얼룩지기 시작한 그 시기에, 나는 아홉 살 어린 아이였다. 학교 수업을 마치고 돌아오면 집안의 물건들이 하나둘씩 사라지기 시작했다. 마술사가 눈 앞의 손수건과 비둘기를 사라지게 하는 서커스단 공연에 초대받은 듯했다. 나는 늘 흥분한 기분으로 집안을 기웃거리며 증발한 물건들을 쫓아다녔다. 제일 처음 찾아온 변화는 사람의 증발이었다. 아침마다 아버지를 태우러 오시던 상냥한 운전기사 아저씨의 너털웃음을 더 이상 들을 수 없었다. 다음에는 누나들과 재잘거리던 피아노가 무거운 입을 닫고 모습을 감추었다. 그리고 아버지의 귀가, 어머니의 웃음이…… 그나마 조촐하게 거실 한 구석에 자신의 자리를 잡고 있던 전자제품과 가재도구에는 누런 차압 종이들이 붙여지고 있었다. 구겨진 종이들을 붙이넌 아서씨들의 얼굴에는 아무런 표정이 없었다. 마치 중국 영화에 등장하는 강시에게 시뻘건 부적을 붙이는 듯했다. 그들 도사들의 분주함에는 아무런 온기도 숨소리도 없었다. 종이를 붙이고 도장을 찍어대면, 물건들은 나약한 울음과 숨을 멈추고 조용해졌다. 나는 그들에게 죽은 자의 서늘함이 보이는 듯하여 접근할 수 없었다.

같은 동네에 사는 덕수 엄마가 우리 집에 와서 아버지와 언성을 높이고 있을 때, 나는 친구들과 어쩌면 누나들과 숨바꼭질을 하고 있었다. 술래인 내가 골방의 오래된 장롱을 열었을 때, 엄마가 죽은 듯이 머리를 숙인 채 숨어 있었다. 엄마는 들리지도 않을 작은 목소리로 계속 저리 가라고 손짓만을 하셨다. 나는 술래의 자리로 돌아와 '못 찾겠다 꾀꼬리'를 외쳤다. 엄마는 나오지 않았다. 마음속에선 '이제 엄마가 술래야' 라는 작은 목소리가 들려왔다.

덕수와 다음날 땅바닥에 뒹굴며 싸움을 벌인 것은, 친구들과 함께 하던 총 싸움 놀이에서였다. 동네에서 유일하게 2층 양옥집에 살던 덕수의 손에는, 늘 외국 출장 후 아버지가 사다 준, ABC 영문 글자가 새겨진 초콜릿 봉지나 경주용 미니카가 있었다. 우리들의 총 싸움에는 묵시적인 규칙이 있었다. 상대방의 입에서 외쳐대는 총소리와 총구의 방향이 자신에 일치하는 경우, T.V 서

24

부영화에서 악당이 쓰러지듯 최대한 멋있는 폼으로 쓰러져야 한다는 아주 단순한 것이었다. 그것은 서로의 양심과 자존심에 대한 약속이었다. 우리들의 가장 극적인 즐거움은 쉴 새 없이 내뿜어 되는 총소리와, 가장 멋있고 작렬하게 스스로를 장식할 죽음이었다. 그래서 우리의 죽음은 아름다움을 최대로 늘리기 위해 Slow Video 기법으로 처리 되었고, 그 죽음은 언제나 떳떳하고 아름다웠다. 왜냐하면 우리는 모두 부활의 능력을 가진 전사들이었기 때문이다. 적은 숫자의 참가자로 이루어진 전쟁 놀이에서, 사망자의 지속은 우리의 놀이를 끝장내기 때문이었다. 게임의 지속을 위한 절대 숫자에 대한 확신이었다. 우리는 순간의 죽음을 맞이한 후 바닥에 쓰러져, 게임으로의 복귀를 위한 숫자를 세기 시작했다. 열을 세는 속죄의 기간을 거쳐 새로운 전사로 태어나던 우리는, 그래도 혹시나 자신의 부활을 시기하는 자가 있는 지 빼꼼히 실눈을 뜨고 확인하는 것을 잊지 않았다. 만약 누군가의 질투 섞인 시선이 느껴지는 경우, 배를 다시 바닥에 납작 깔고, 다섯을 더 세면 그만이었다.

그날 싸움의 발단은 아주 간단했다. 놀이가 시작되기 전, 덕수는 자신의 편과 내 편 모든 아이들에게 식량과 탄약을 보급하듯, 새똥 같은 총천연색 미제 초콜릿을 나누어 주었다. 새똥의 약효가 얼마나 대단했던지 덕수는 그 누구의 총에도 쓰러지지 않았다. 게다가 수십 발의 수류탄에도 상처 하나 입지 않았다. 총알이야 비껴 나갈 수도 있었지만, 수류탄을 던지기 위한 우리의 몸동작은 입으로 쏘는 총알에 비해 훨씬 정성스럽고 힘들었기에, 덕수 그놈은 최소한의 부상이라도 입어주어야 했다. 나는 도저히 그놈이 연출하는 불사신의 탄생신화를 참을 수 없었다. 포대기를 목에 휘감은 채 벌이는 황금박쥐 놀이라면 어느 정도 참아줄 수도 있었다. 하지만 총 싸움은 현실성이 조금이나마 가미된 전쟁놀이였다. 내가 덕수를 자빠뜨리고 평소의 분을 실어 주먹질을 해대고 있을 때, 덕수는 코피를 흘리면서 내게 무서운 말을 내뱉었다.

"야, 이 거지 같은 놈아! 우리 집에서 꾸어간 돈도 갚지 못하는 놈이……"

그날 이후 나는 멀리서 아이들의 놀이만을 물끄러미 바라보는 말수가 적은 아이가 되었다. 아름답고 평화롭던 우리 동네는, 노을 지는 초저녁의 어두운 풍경만이 가라앉는 우울한 장소로 바뀌고 말았다.

우리 가족은 영천의 산꼭대기에 있는 서민 아파트로 이사를 갔다. 5층으로 이루어진 다세대 아파트는 열두 집 정도의 작은 문들이 각 층마다 서로의 얼굴을 마주 보고 있었다. 작은 방 두 개와 이름뿐인 마루, 부엌을 합쳐도 옛날 살던 녹번동 집의 안방 크기와 비슷했던 것으로 기억된다. 제일 특이한 것은 각 집의 화장실이 한 장소에 모여 있었던 것이다. 106호로 기억되는 우리 집의 화장실과 다른 집의 화장실이 달랐던 것은, 어머니가 손수 뜨개실로 짠 알록달록 망사가 자주 깨지는 유리 창문을 대신하는 것뿐이었다. 나는 화장실의 천연색 망사 창문을 보면서 늘 마음속으로 외치고 외쳤다. 우리 집은 너희들과 다른 사람들이다. 우리의 슬픈 귀양살이는 간신들에 의해 눈이 먼 임금님이 정신만 차리시면 끝날 것이다. 역적의 이간질이 빚은 오해에서 벗어나, 사대부의 한양으로 금의환향할 것이라는 환상에 흠뻑 젖어 있었다. 하지만 그 이후 나의 환상의 일부에 도착하기까지는, 열 댓 번의 이사와 20년 이상의 세월이 지나길 기다려야 했다.

아파트는 사흘이 멀다 하고 부부싸움이 벌어져 심심함을 느낄 한가함은 없었다. 하지만 그 대가로 서로의 가정에 대한 슬픔과 원망의 정보를 공유하는 불이익을 감수해야만 했다. 108호 집 아저씨가 바람이 났다거나, 평소에 확고한 믿음의 화신이었던 209호 집 아줌마의 계가 깨져 밤새 짐을 싸서 도망갔다거나, 305호 집 누나의 배가 아무리 소화제를 먹어도 계속 불러온다는 그런 소식들이었다. 누군가 '라면땅' 하나를 사면 그에게 잘 보이려고 모여드는 아이들이 자연스럽게 긴 줄을 만들었다. 라면 부스러기로 만들었다는 '라면땅'의 뒷면에, 한 사람이 빨간 깃발을 양손에 들고 만세를 외치는 그림이 그려져 있었다. 그 봉지의 도안가가 후에 빨갱이로 밝혀져 간첩으로 체포됐다는 소문이 떠돌기도 했다. 어린 시절 사실로 알고 있었던 많은 일들은 거짓과 진실을 넘어 흩어지고 말았다. 대부분의 이야기는 삶의 단조로움과 모자람을 해소하기 위한 슬픈 노력일 뿐이었다. T.V를 보려면 남의 집을 기웃거려야 했지만, 동네에 더 이상 덕수가 없다는 것만으로 나는 행복했다. 가끔 어머니로부터 10원짜리 동전을 얻으면 만화가게로 달려갔다. 6시쯤에 시작되는 만화가게의 유료 T.V 관람이 늘 말썽이었다. 시청료가 5원이었는데 5원어치 만화를 본 후, 남은 5원을 거슬러 받기 위해 몰래 실눈을 뜨고 T.V 만화 영화를 보았다. 하지만 나는 한가지 사실을 모르고 있었다. 만화가게 아저씨의 뒤통수에도 눈이 달려 있었다는 현실을. 그는 남은 5원을 받으려는 나를, 그의 웅장하고 거친 목소리로 심판했다. 모든 아이들이 귀를 한껏 열고 있는 상태에서, 그는 나를 파렴치하고 양심 없는 어린 놈으로 결론 내렸다. 어리숙하게 보이던 배불뚝이 대머리 만화방 아저씨는, 내가 가자미 눈으로 뱀, 베라, 베로의 '요괴인간'들을 사모하고 있었던 것을 이미 다 파악하고 있었던 것 같다.

아파트의 공터에는 차력사들이 심심치 않게 찾아와, 연필로 합판을 뚫는 시범을 보이며 불량연필을 팔았다. 어느 해 선거철에는 여자들이 가리려고 하는 부위의 이름을 가진 국회의원 입후보자가 아파트의 공터에서 선거 유세를 벌였다. 후보의 이름은 '오유방'으로 기억된다. 나는 그의 이름과 신체의 연관성을 찾아내려고 고개를 계속 갸우뚱거렸다. 그리곤 나의 아빠와 엄마가 나의 이름을 신체의 일부로 지어주지 않았음에 감사했다.

하지만 나는 그 동네에서 또다시 외톨이가 되었다. 누이들과 나는 모두 사립 초등학교를 다니고 있었는데, 누이들을 일반 공립 초등학교로 전학시킨 것과는 달리, 어머니는 외아들인 나만은 계속 사립학교를 다니길 고집하셨다. 그것은 나에게 두 공간에서의 불행을 감수하도록 요구했다. 부잣집 아이들이 득실대는 사립학교를 헤쳐서 걸어가야 하는 가난하고 지친 아이. 기울어진 응달 아래 무거운 소문이 무성한 서민 아파트에 등장한, 양복차림의 사립학교 교복을 입은 아이. 나는 북극 펭귄의 뒤뚱거리는 우스꽝스러운 발걸음과 복장으로 사막 한가운데의 세상을 걸어 다녔다.

영천의 기울어진 저녁 노을에 다시 익숙해질 무렵 아버지는 다시 붉은 피를 토하셨다. 젊은 시절 폐결핵을 앓으신 아버지는 사업의 실패로 결핵성 기관지염이 재발하셨다. 「오감도」의 '이상'을 죽음으로 몰고 간, 아름답고 처절한 결핵이 아버지에게는 삶의 무거운 그림자처럼 쫓아다녔다. 악귀처럼 울부짖는 거친 숨소리로 아버지와 우리를 골목 끝으로 몰고 갔다. 친척들의 도움으로 아버지는 전라도 나주 끝자락에 위치한 작디 작은 땅을 빌어 요양 생활을 하게 되었다. 아무런 연고도 없던 전라도의 구석진 시골에 요양처를 얻은 이유는, 아마도 빚쟁이들을 피하기 위해서였을 것이다. 아버지에게는 힘든 시기였지만, 상처받은 아홉 살의 초등학생에게는 잠시 무서운 현실을 벗어나는 탈출의 기회였다. 방학 동안 서울을 떠날 수 있었기 때문이다.

　호남선의 영산포 역에서 내려 영산강을 건너면 나주 산골의 황토 세계가 다가왔다. 아홉 살의 일그러진 어린 소년에게 다가오는 맑고 가슴 시린 자연의 풍경들, 하지만 어두움과 겨울은 언제나 일찍 찾아왔다. 풍경은 시간과 상처에 따라 그림자를 만들었다. 그림자의 길이는 해의 높낮이에 따라 매일 변하였지만, 어둡고 아픈 기억을 늘 간직하고 있었다.

돼지꿈을 믿지 않는 아이

1968~1974년 사이 어린 어느 날

영천 시장을 다녀오신 엄마의 장바구니에는, 길고 노란 무가 빼꼼히 얼굴을 들고 웃고 있었다. 그 옆에 옥수수 수염처럼 길게 뻗은 지푸라기 꾸러미 속에는, 백옥 같이 하얀 달걀들이 가지런히 누워 있었다. 엄마는 아빠를 만나러 떠나는 기차 여행을 위해, 김밥을 준비하실 게다. 엄마는 얼마 전부터 시장에 나를 데려 가지 않으셨다. 사실 내가 무엇을 자꾸 사달라고 칭얼대는 아이는 본래 아니었다. 어머니는 계속해서 시야에서 사라지는 아들이 불안했다. 인정하기 싫어도 무엇인가 모자라는 아들이 어찌할 수 없이 귀찮은 것이 분명했다. 소음은 언제나 나의 발걸음을 멈추게 하고 움직이는 것들을 바라보게 했다. 엄마의 바쁜 걸음 뒤로 흩어지는 높고 낮은 흥정들. 신선하면서도 입심이 죽은 채소들의 삐죽거림. 또다시 찾아오는 엄마를 뒤쫓아야 하는 그녀와의 약속은, 이미 기억에서 사라졌다.

영천 시장은 세상의 모든 것이 담겨 있는 커다란 보물상자다. 살아 숨쉬는 모든 생물들과 죽어 잠들고 있는 모든 주검들이, 상인의 입을 통해 웃고 떠드는 곳이다. 꼬꼬댁거리는 닭들은 비좁은 닭장 안에서 불길한 밖을 의구심 가득한 눈망울로 끝없이 두리번거렸다. 뜨거운 물에 털이 뽑힌 채, 시커먼 물통에 처박히고 있는 그들의 직계가족들이 울부짖고 있었다. 검은 물들을 벌컥벌컥 마시고 있는 닭들은 이미 벼슬이 축 쳐져 있었다. 주먹만한 강아지들이 새 주인을 기다리며 낑낑대고 있는 한 발자국 옆으로, 그들의 아비와 어미가 커다랗고 시뻘건 플라스틱 광주리에 담겨져 있었다. 그들의 몸은 갈기갈기 찢겨, 시뻘건 먹거리로 널브러져 있었다.

영천 시장 입구 대로변에는 국사시간에 나오는 독립문이 외로이 서있었다. 다시 그 옆으로 멀찌감치 서대문 형무소의 음침한 지붕이 영천의 하늘을 서늘하게 덮고 있었다. 형무소를 보면 도끼나 칼 문신들을 이두박근이나 넓디넓은 등판에 새긴 재소자들이 떠올랐다. 괴롭게 몸을 비비꼬며 하늘로 승천하는 용 문신이 넓디 넓은 가슴팍을 넘어 등으로 넘어가는, 포악한 사형수의 얼굴이 떠오르는 그곳이 무서웠다. 내가 기억하는 영천의 색깔은 형무소의 벽을 뒤덮은 붉은 벽돌의 처절한 울부짖음이었다. 아빠의 사업이 망한 후, 잠결에 들은 이야기가 떠올랐다. 아빠가 어쩌면 그 무서운 형무소에 갈지도 모른다는 누나들의 속삭임이었다. 꿈속에서는 영천 시장의 모든 산 것과 죽은 것들이 나타났다. 그들은 리어카에 실려, 독립문을 통해 서대문 형무소로 빨려 들어갔다. 긴 행렬은 끝도 없이 이어졌고 아침은 영원히 오지 않을 것 같았다. 재소자들은 좀비처럼 어기적어기적 음식에 몰려 들었다. 커다랗고 누런 입을 우악스럽게 벌리고 번쩍거리는 이빨로 들어오는 모든 것들을 게걸스럽게 먹어 치웠다. 웅성대는 죄수들의 맨 뒷줄에 아빠의 초췌하고 핏기 없는 얼굴이 나를 물끄러미 바라보았다. 아빠는 저리 가라고 끊임없이 손사래를 쳤다. 길고 긴 꿈을 깨면 베게는 식은 땀으로 흠뻑 젖어 있었고, 고개를 돌리면 아직도 우리와 함께 누워있는 아빠가 보였다. 비좁은 아파트라도 가족이 함께 있다는 현실에 안도의 한숨을 내쉬었다. 아빠는 이제 형무소를 벗어나 나주의 황토세계에 계신다.

기다리던 방학이 오고 있었다. 방학이 시작된다는 것은 우울한 도시락을 펼쳐야 하는 점심시간이 사라진다는 것을 의미한다. 내가 다니던 초등학교는 서울에서 꽤나 유명한 사립학교였다. 같은 학년에는 우리나라에 처음으로 보잉 비행기를 몰고 왔다는 비행사의 딸도 있었고, 주말 T.V 버라이어티쇼 '쇼쇼쇼'의 유명한 진행자인 '후라이보이 곽규석'의 딸들도 있었다. 노태우 대통령의 딸도 같은 학년에 있었으며, 전두환 대통령의 아들과 후에 삼성 회장, 대한항공 땅콩 회항 사건의 주인공들은 후배들이라고 한참 후에 알게 되었다. 아버지가 국회의원이었던 친구들은 셀수 없이 많았다. 서대문의 고려병원 후문 쪽에 위치한 오래되고 큰 한옥집에 살던, 신민당의 유명한 국회의원이 있었다. 그의 아들과는 친해서 친구의 방에서 장난감이나 자전거를 빌어 놀았던 기억이 난다. 친구의 집 근처엔 언제나 표정 없이 검은 옷을 입고 있던 사람들을 볼 수 있었다. 남산에서 내려온 중앙정보부 사람들이라고 했다. 어쩌면 나를 놀리려 친구가 만들어낸 장난 섞인 말일 수도 있다. 산동네에 사는 낙선한 국회의원을 아버지로 둔 친구도 있었다. 친구는 한 해 후 아버지가 국회의원으로 다시 뽑히자 어마어마하게 큰 궁궐 같은 집으로 곧바로 이사를 갔다. 도저히 나의 머리로 국회의원이라는 직업을 이해할 수 없었다.

한 학년이 대충 240명 정도였으며, 그 중 25명의 친구들을 관악캠퍼스에서 만날 수 있었다. 또 비슷한 숫자의 친구들이 지금 미국에 살고 있다. 많은 친구들의 집에 자가용과 기사 아저씨, 도우미 아줌마들이 있었다. 몰락한 집안의 내가 감당하기에 그들의 학용품과 반찬들은 너무나 시끄럽고 화려했다. 도시락 뚜껑을 덮은 채 반찬을 가리고 먹어야 했던 나는, 유난히 수줍고 초라했다. 그래도 영천으로 이사한 후, 한가지 비극에서 벗어날 수 있었다. 서대문의 학교까지 걸어서 통학을 할 수 있었던 사실이다. 더 이상 스쿨버스를 탈 필요가 없었다. 기억하기론 지금의 은평구 쪽으로 운행하던 스쿨버스는 6호차였다. 기사 아저씨는 학교에 도착하면 버스 문을 가로 막고 한 명씩 월 패스포트를 검사했다. 얕은 개울의 수로를 막고 송사리를 그물로 걸러내는 몰이가 시작되었다. 통학권을 사지 못한, 자존심이 크고 유난히 슬픔이 긴 아이들은 그물에 걸려 펄떡거렸다. 대충 다섯 명의 아이들이 늘 온갖 수난을 함께 참아야 했다. 가끔 기사 아저씨는 버스 문을 닫은 채, 시동을 다시 걸고 너희들의 집으로 돌아가겠다며 얼음장을 놓았다. 언제나 그때 즈음 무지막지한 신파극 클라이맥스에서, 한 두 명의 저학년 아이들이 울음을 터뜨렸다. 한번도 집으로 다시 내쫓긴 적도 없었고, 협박의 시간이 아침 조례 시간을 넘긴 적도 없었지만, 우리는 늘 속고 슬퍼했고, 늘 한없이 작아지고 끝도 없이 우울했다.

호남선 열차는 무척이나 시끌벅적했다. 통일호로 기억되는 열차에는 세상의 모든 나이와 성별 그리고 직업들이 걸어 다녔다. 우리 맞은 편 아주머니는 잠시라도 입을 다물면 쉰내라도 날 듯 끊임없이 떠들었다. 그 옆에는 아가미 호흡을 위해 쉼 없이 물을 들이켜야 하는 물고기 같은 아저씨가, 아주머니의 말에 끝도 없이 토를 달거나 맞장구쳤다. 통로 건너 편에는 국가의 위기가 걸려있는 중대 비밀 정보를 극비리에 전달하는 특수요원처럼, 모든 사람을 불신의 눈초리로 내려 보는 아저씨가 앉아 있었다. 우리 쪽을 힐끔힐끔 보아대는 그의 양 어깨 위에, 국가의 존폐를 짊어지어야 할 삶의 지친 무게가 보였다. 그때는 모든 사람들이, 붉은 미리에 뾰족한 뿔을 달고 있는 공산당이나 검은 중절모에 시거먼 선글라스를 끼고 있는 간첩들로 의심되었다. 자나 깨나 누군가를 찾아내야 하는 부름과 사명의 시대였다.

수다쟁이 아줌마가 풀어내는 길다랗고 엉켜버린 이야기에 귀 기울인다. 그녀의 삶은 분명 세상의 온갖 풍파를 혼자서 받아낸 비련의 영화 속 여주인공과 꼭 닮았다. 하지만 미모의 영화배우 얼굴을 가지곤 있지 못했다. 기미로 범벅이 된 희끄무레한 얼굴은 누군가 손을 대면, 버석버석 소리를 내며 무너질 것 같았다. 사실 그 당시 나는 짝사랑하는 영화배우 문희가 결혼한다는, 하늘이 무너져 내릴 것 같은 소식에 몹시 우울한 나날을 보내고 있었다. 나는 서구적인 외모의 윤정희 남정임보다, 약간은 동양적인 미소를 띄고 있는 문희를 좋아했다. 왠지 김지미는 다소 떨어진 곳에 서있었다. 학교가 끝나면 문희가 시집가서 살고 있다는 한 저택 앞을 친구들과 서성거렸다. 나중에 친구들의 고백을 통해 그 집은 친구들이 나를 놀려 주기 위한 거짓 주소의 집이었음이 밝혀졌다.

전남 나주까지 가는 기차 여행은, 하느님이 천지 창조에 걸렸다는 엿새의 시간보다도 길게 느껴졌다. 차창 옆으로 다가서는 전봇대의 숫자를 몇 백까지 세어도, 전봇대는 끊임없이 그의 키와 표정을 바꾸어 달려들었다. 여동생이 손을 들고 제안한 색깔 찾기 게임도, 빨강과 노랑, 그 흔한 초록색을 지나치다 지쳐버렸다. 승부욕에 앞서 색깔에 대한 서로의 확신은 의심으로 기울어졌다. 게다가 나는 분홍과 주홍 주황 등의 다양한 색깔명을 외우지 못한 색약과 어깨를 나란히 한 지진아였다. 그러한 까닭에 나는 색에 대한 다양한 존재들을 입 밖으로 꺼낼 수 없었다. 마지막으로 아둔한 나의 머리가 찾아낸 생산적 게임은 불행을 자초하고 말았다. 온갖 먹거리를 카트에 싣고 비좁은 통로를 지나가는 아저씨가 지나갈 때마다, 기차가 떠나갈 듯 과자를 사달라고 어머니를 조르는 것이었다. 하지만 그 놀이가 불러오는 무지막지한 엄마의 폭력은 나를 더욱 더 슬프게 했다. 그까짓 과자 한 봉지 때문에 하나 밖에 없는 아들을 무지막지하게 구박하는 어머니가 미웠다. 매에는 장사가 없다는 현실이 조금은 서글펐고, 집안의 폭력이 만천하에 드러나는 것이 창피했다. 과연 그녀와 내가 모자지간 인가에 대한 의구심이 떠오르기까지 했다. 기차 안의 어른들을 슬며시 바라보았다. 폭력의 희생자인 나를 동정하는 눈빛은 어디에도 없었다. 버릇없고 철없는 막무가내의 아이들을 데리고 먼 기차 여행을 해야만 하는, 몰락한 엄마를 측은하게 바라보는 그들의 눈에는 비장함마저 함께했다.

영산포역에 내릴 때의 흙내음을 기억한다. 서울에서는 비가 내리면 땅바닥에서 흙먼지가 일어났다. 쿵쿵거리는 코는 그때서야 땅의 기운을 맡을 수 있었다. 영산강의 도도한 물줄기와 나주평야의 거대한 자태가 우리를 감싸 안으며, 상처받은 우리를 어루만셨다. 비록 시골 주소지는 나주였지만, 영산포역에서 내려 영산강을 건너 나주로 향하는 길이 나주역에서 내리는 방법보다 시간이 덜 소요됐다. 누군가 외치는 소리가 들렸다.

"봉황이요 봉황!"

기차역 앞의 합승택시 기사 아저씨들은 손님을 끌어 모으기 위해 목적지를 하늘로 뽑고 있었다. 우리 가족이 가야 할 곳은 나주군 봉황면 황용리라는 외진 시골이었다. 택시 기사 아저씨는 계속 봉황새가 사는 신선의 세계로 우리를 재촉하고 있었다. 얼마나 아름다운 마을 이름인가! 봉황이라니! 내가 기억하는 봉황은 대통령과 함께 늘 금빛 가루를 허공에 흩뿌리며 날고 있었다. 3·1절이나 광복절 행사의 대통령 기념연설에서 연단의 앞을 장식하는 문양이었다. 국민교육헌장과 새마을 운동의 슬로건을 외워야 하는 암기의 시대였다. 온갖 공습경보의 단계와 그에 따른 깃발과 사이렌의 길이를 토씨 하나 틀리지 않게 외워야 하는 시절이었다. 그 모든 것들이 봉황의 날갯짓 아래에서 숨죽이던 시대였다. 택시는 영산강을 건너 울퉁불퉁한 비포장의 국도와 산길을 헤치고 달리기 시작했다. 자동차는 추억의 터널을 지나 하늘과 맞닿은 곳으로 끝없이 달리고 있었다.

아빠의 얼굴은 비교적 평안하고 맑으셨다. 아빠의 환한 얼굴은 분명히 서대문의 어두운 빨간 형무소를 가지 않은 까닭이라고 생각했다. 엄마는 맑은 시골 공기가 아빠의 얼굴을 되돌려 놓았다고 말하셨지만 나의 생각은 바뀌지 않았다. 그날 저녁은 지금 돌이켜 보아도 나의 기억 중 가장 화려하고 즐거운 식사시간이었다. 온 가족이 다시 모였다는 사실로 인해, 우리는 서로의 얼굴에 젓가락질을 하며 알맞게 행복에 절은 반찬을 집어 들었다. 엄마의 얼굴과 눈에는 유난히 매운 고추로 인해 눈물이 고였던 것 같다. 내일이면 우리 집에 새끼 돼지 7마리가 가족으로 들어온다고 했다. 아빠는 돼지를 키우기로 하셨다.

이제 아빠는 책을 만드는 인쇄소나 출판사가 아니라 돼지를 키우고 밭을 가꾼다고 하셨다. 농군이 되어 굵은 땀방울을 흘리신다고 하셨다. 얼마 전까지 직장에서 퇴근하시던 아빠의 양복 저고리에 코를 킁킁대고 다가서면, 언제나 똑 같은 냄새를 맡을 수 있었다. 머리를 풀고 하늘로 오르는 휘발성이 짙은 파랗고 검은 잉크 냄새였다. 아라비아 향수 같은 이국적이고 강력한 향기는, 어느새 나의 몸을 환각에 빠뜨렸다. 내 몸엔 피에로의 복장이 입혀졌고, 때로는 피터팬과 함께 하늘을 날아올랐다. 하루 종일 피곤한 광산 일을 마치고 합창을 부르며 높은 산에서 줄줄이 내려오는 일곱 난장이의 행진에 참여하기도 했다. 앞으로 그런 아름다운 환상은 절대 찾아오지 않을 것이다. 작업복에 묻은 돼지들의 쾌쾌한 분뇨나, 밭에 뿌릴 인분의 코를 찌를 듯한 냄새가 아빠의 등장을 알릴 것이다. 아빠의 추락이 조금은 슬프고 불안했다. 하지만 서울 사람들이 아무도 없는 이곳은, 나에게 무지개가 내리는 마법의 땅이었다.

아침을 맞이한 시골 모습은 녹색을 뒤로 업은 채 달려드는 32가지 색깔 크레용 박스 같았다. 머리카락 하나하나 사이로 파고드는 시원한 바람, 눈이 시도록 푸른 하늘, 새들은 모두 자신들의 높이에서 노래했다. 우리는 그곳에서 뒹굴고 뛰고 넘어지고 다시 일어났다. 우리들의 새끼 돼지가 도착한 때는, 붉은 노을이 벌건 해님을 탐욕스럽게 삼키기 시작한 저녁 무렵이었다. 갑자기 불어닥친 비구름과 강풍으로, 엉성하게 새로 지어진 5칸의 돼지 우리가 마구 요동치고 있었다. 돼지들을 삼키려 무서운 바람을 뿜어내어 짚더미와 나무로 만든 집을 날려버리던 늑대가 울부짖고 있었다. 아빠와 나는 한 칸에 새끼들을 몰아넣고, 옆 칸의 빈 우리에서 담요를 덮고 잠을 청했다. 밤새 번개와 천둥은 하늘의 사슬에서 풀려나 대지를 흔들었다. 돼지 새끼들이 놀라는 기미가 보일 때마다 그들의 등을 긁어주고 끌어안아주었다. 그들을 안심시켜 주느라 잠을 청할 수 없었다. 새끼돼지는 우리의 꿈을 이룰 수 있는 단 하나의 희망이었다. 나는 간절히 기도했다. 돼지들은 반드시 무럭무럭 자라나 수백 마리의 새끼들을 낳아야 했다. 그래야 아빠의 피가 멎고 엄마의 온기가 다시 돌게 될 것이다. 그래야 산동네의 서민 아파트에서 내려올 수 있었다. 부자를 바라지는 않았다. 우리 가족이 다시 다같이 살 수 있는 것으로 족했다.

그날 밤 돼지 우리 안에서의 잠은 너무나 얕고 바스락거렸다.

가느다랗고 몽롱한 의식을 넘어 이상하고 불안한 꿈이 찾아왔다. 나는 끝없이 새끼를 낳는 어미 돼지의 젖을 새끼들과 함께 빨고 있었다. 살아남으려고 계속 바둥거리며 대지의 자양분을 힘차게 빨고 있었다. 어미 돼지는 젖이 아프다고 그의 험하고 굵은 뒷다리로 나를 밀쳐 냈다. 나는 다시 머리를 처박고 어미의 젖을 찾았다. 그날 이후 나는 사람들이 꾸기 힘들다는 돼지꿈을 수없이 꿀수 있었다. 나는 지금도 돼지 꿈을 믿지 않는다. 수백 마리의 돼지도 한 인간의 탐욕을 품을 수 없을 것 같았다.

차창 위로 부딪치는 가족

2007년 9월 언저리

1.

아리안은 혈당치가 떨어진다며 아침밥을 먹자고 한다. 나는 애초에 남자 둘만의 이번 여행이 마음에 내키지 않았다. 솔직하게 표현한다면 '조금 불안하다'라는 것이 진실에 가까울 것이다. 갑작스레 정해진 이번 여행의 동반자인 닥터 아리안은 50살의 총각 치과의사다. 이란 출신인 그는 나의 친구이자 엘센트로 치과 오피스의 새로운 메니징 닥터로서 나의 상관이기도 하다. 아리안은 얼마 전 닥터 무사를 몰아내고 엘센트로 2대 메니징 닥터 자리에 올랐다. 반란의 한편에 선, 나 역시 그의 등 뒤에선 조력자임이 분명하다. 세렝게티의 사자 우두머리 숫사자를 몰아내고 왕좌의 자리에 올라선 그이지만, 그에게는 다소 나약한 불안함이 함께한다. 아리안은 아무래도 호모끼가 다분하다. 그런 즉 나는 지난 이틀 밤새 편안한 잠을 청할 수 없었다. 간밤은 꿈과 현실이 뒤범벅이 되어 한순간도 제대로 잠을 청할 수 없는 묵직한 밤이었다. 게다가 이놈은 어젯밤 뭐가 그리 급한 지 샤워를 하다가 그만 욕조에 넘어지고 말았다. 그 비참한 결과로 우리는 세도나 시의 응급센터에서 4시간을 갇혀 있어야했다. 간호사들은 우리 둘 중 누가 여자의 역할일지 물끄러미 바라보다가 이내 시선을 바닥으로 떨어뜨렸다. 나는 보호자 대기실 의자에 기대어, 파트너의 쾌유를 간절히 기원하는 연인처럼 공손하게 앉아 있었다. 하지만 밀려오는 잠을 피할 수는 없었다. 우리는 세도나의 아름다운 노을을 즐길 수 있는 반나절의 저녁 시간을 허비하고 말았다. 마음이 바쁜 아침, 평소에 아침을 먹지 않는 나에게, 아침을 먹자는 그의 말은 그리 달갑게 다가오지 못했다. 꾸역꾸역 삼켜야 하는 아침 식사 시간으로 인해, 피 같은 노동절 연휴의 일부가 사라지고 있었기 때문이다. 그러기에 아침은 우울한 시작을 맞이하고 있었다.

주문한 아침을 기다리며 아리안은 내게 말을 뱉는다. 그의 요점은 내가 저지른 두 가지의 실수에 관해서였다. 그중 하나는 내가 가족과 떨어져 살고 있다는 것이다. 이란의 속담에 '아이들은 부모의 눈이고, 아내는 남편의 뇌'라는 이야기가 있다면서, 나를 측은하게 바라보았다. 그의 논리로 따지다보면, 나는 맹인이자, 두개골이 빈 무뇌無腦의 삶을 살고 있는 것이다. 하지만 현재 내게 가장 힘든 것은, 모든 가족단위의 여행객들 한복판에, 우리 두 남자가 유일하게 연인처럼 앉아 아침 식사 테이블에 마주 앉아 있다는 사실이다. 언제 그의 손이 나의 손을 잡으려고 접근할지, 늘 신경을 혼자 곤두세워야만 하는 피곤함이 함께한다. 아무도 나의 떨어진 단추를 모르고 있음에도, 스스로 옷깃을 여미고 챙기고 있는 것이다. 분주한 세도나의 정오 넘어 졸음이 밀려들었다.

2.

2005년 겨울, 뉴욕을 떠난 나의 커다란 이민 가방 두개는, LA에서 임페리얼 공항으로 가는 18인승 프로펠러 경비행기로 옮겨졌다. 임페리얼은 엘센트로에서 20분 떨어진 작은 도시다. 내가 처음으로 미국 직장생활을 시작하는 곳은, 남가주에서도, 멕시코 국경에 근접한 엘센트로(El Centro)라는 인구 4만의 도시였다. 10월이었지만 비행기 문을 열자 들어오는 바깥 공기가 살을 태우는 듯했다. 웨스턴 덴탈 그룹(Western Dental Group)이 캘리포니아에서 172번째로 오피스를 여는 도시였다. 나중에 안 사실이지만 이곳에는 어느 치과의사도 지원하지 않았다고 했다. LA에서는 4시간 남짓, 샌디에고에서는 2시간 떨어진 이 도시는 새로이 커가는 도시였다. 캘리포니아의 남서부 지역에 가상의 사각형을 그려본다. 남가주의 서쪽 태평양을 따라 남북으로 길다란 선을 긋는

다. 그 선의 북쪽 끝 지점을 LA, 남쪽 끝을 샌디에고로 정한다. 양
남북 지점에서 동쪽으로 2시간 거리의 선을 그어본다. 내륙에 위
치할 그 지점의 도시를 찾아보면 북쪽에는 팜스프링 남쪽에는 엘
센트로가 위치한다. 이 네 도시가 정사각형의 모습으로 계면쩍게
멀리서 서로 바라보고 있는 것이다. LA와 샌디에고, 팜스프링 세
도시들은 모든 이에게 친숙하고 아름다운 도시로 다가오지만, 나
머지 한 도시 엘센트로만은 낯설게 우두커니 서서, 혼자 발길질
을 하고 있다. 도시는 사각형의 한 꼭지점에서 누구도 모르는 고
통의 입구로 입을 벌리고 있다.

샌디에고는 미국에서 은퇴 노인들이 가장 선호하는 살기 좋은
도시 중 하나다. 그곳에서 해가 뜨는 방향으로 고작 2시간을 달
리면, 광활한 사막 한가운데에 인내의 도시 엘센트로가 자리 잡
고 있다. 스페인어로 따지자면 엘센트로(El Centro)라는 말은 한
복판을 의미한다. 하지만 이 도시는 사방이 모래 사막으로 갇혀
진 망망대해의 외딴 섬 같다. 샌디에고와 엘센트로 사이에는 험
하고 높은 돌산이 굽이쳐 흐른다. 미국에서 제일 살기 좋다는 샌
디에고와 미국에서 가장 척박한 도시 엘센트로는 단지 2시간의
거리로 등을 진다. 두 도시의 경계는 험준한 산과 사막이다. 한
겨울에는 가끔 눈보라가 몰아쳐 두 도시를 잇는 고속도로와 모든
소문들이 폐쇄된다. 겨울 산은 높이가 더 치솟는다. 120마일이
채 되지 않는 거리를 두고, 천당과 지옥이 8번 고속도로의 일직

선 상에 서로 어깨를 맞대고 있는 것이다. 도시는 해수면 보다 낮게 자리한다. 그러한 까닭에 도시의 이야기는 분지를 향해 가라앉는다. 흉악범들의 이야기도 낮은 자세로 수근거리며 잠을 청한다. 센티넬라(Centinela) 주립 교도소는 엘센트로로 들어가는 입구에서 조금 비껴 깊숙이 자리한다. 이곳에서 다시 차를 한시간 달리면 흉악범 장기수들이 우글거리는 캘리페트라(Calipatria) 교도소가 있다. 언뜻 보기에 엘센트로의 입구와 출구는 죄수들의 끝없는 울부짖음이 장식한다. 도시는 죄수와 간수, 밀입국자와 국경경비대로 가득하다. 실업률은 언제나 미국에서 최상위권을 유지한다.

엘센트로는 'Trick or Treat'을 외쳐대는 할로윈의 11월말부터 최고의 계절이 찾아온다. 사람들은 이 계절을 위해 지난 반년간 혹독한 무더위 사막기후를 참아냈다. 11월부터 4월까지는 비록 기온의 변화 차이가 있지만, 한국의 가을날씨가 이어진다. 5월부터 10월까지는 섭씨 45도가 넘는 사막기후로 모든 것을 불사른다. 평범한 사람들에게 적응을 강요하는 것은 고문에 가깝다. 나는 엘센트로에서의 첫해 일 년간 한 번의 비를 만난 적이 없다. 둘째 해에도 한두 방울의 빗방울을 본 것이 전부이다. 사람들은 언제나 똑같은 날씨가 이어지는 단조로움에, 몸서리를 쳐보기도 하지만, 이내 그 일정한 얼굴의 하늘에 적응이 되고 만다. 이곳 주민들의 대부분은 알러지와 천식을 훈장처럼 차고 있다. 이

풍토병의 원인은 주로 세가지에서 온다. 일년 내내 사막에서 밀려드는 모래 바람이 첫 번째 원인이다. 두 번째는 일부 농장주들이 삼모작으로 심고 거두는 건초다. 비록 사막 한가운데이지만 콜로라도 강줄기에서 끌어오는 물줄기를 이용해, 일년 내내 스프링 쿨러가 물을 뿌려댄다. 그러한 까닭에 미국 국내와 세계로 수출되는 유용한 작물이 삼모작의 분주함으로 늠름하게 자라고 있다. 알파파(Alfalfa Hay)로 알려진 고급 말먹이용 건초다. 이들을 들판에서 거두어 들이는 과정과 베어진 채 묶여 말라가는 상태에서, 수많은 건초 이파리들과 먼지가 발생한다. 이파리들은 사막의 모래 먼지와 함께 사방으로 날려 다닌다. 하지만 세 번째 원인이 아마도 제일 주된 이유일 것이다. 엘센트로에서 20분 차를 남쪽으로 몰고 가면, 멕시코 10대 도시에 꼽히는 인구 100만의 산업도시 멕시칼리(Maxicali)가 있다. 이 거대한 도시의 검붉은 산업 쓰레기가 검은 먼지와 연기를 일년 내내 뿜어낸다. 굴뚝에서 기지개를 켠 그들은 슬머시 바람을 타고, 검문도 거치지 않고 미국으로 밀입국한다. 엘센트로 상공에는 언제나 모래와 건초더미 그리고 남쪽에서 달려드는 유해한 먼지들이 자유롭게 비행을 하고 있다. 인터넷에서 살기 나쁜 미국 내 최악의 도시를 검색해 보면, 언제나 엘센트로는 당당히 세 손가락 안에 이름을 올려 놓는다. (*지난 코로나 사태에서 인구당 사망숫자가 미국에서 두번째로 높은 도시로 집계됐다.)

3.

뉴욕 NYU 치과대학에서 2년간의 치주-임프란트 수련을 마치고, OPT(Optional Practical Training) 기간에 있었던 2005년 가을은 불안한 하루하루의 연속이었다. 가족들이 합법적으로 미국에 체류하기 위한 취업비자를 구하기 위해 혈안이 되어 있던 때였다. 일년 간의 OPT 기간 내에 나를 고용할 직장을 찾아야 했다. 해가 뉘엿뉘엿 지는 즈음, 석양이 달려오는 시간의 숨바꼭질 같았다. 노을이 붉게 물들면 아이들은 밥 먹으러 오라는 엄마의 외침에 집으로 사라질 것이다. 어두움이 덮쳐 오기 전에 술래는 친구들을 찾아야 한다. 그래야 나는 술래의 마지막 자리를 벗어 던지고 단잠에 들 수 있다. 취업비자에 이어 영주권까지 이어질 수 있는 고용주를 찾는 것은 그리 쉽지 않았다. 한국에서의 구강외과 수련과 10년간의 개원 이력, 43살 늙은 나이에 시작한 미국에서의 2년간 임프란트 수련 기간은 아무런 혜택으로 연결되지 않았다. 어차피 나라는 존재는 미국 치과의사 면허를 갓 통과한 햇병아리 의사였다. 게다가 나는 45살이 넘은 생산성이 떨어지는 중늙은이 의사에 불과하다. 때마침 이상한 소문들이 한국인 치과의사 사회로부터 들려왔다. 영주권을 빌미로 미국 치과의사 면허를 막 통과한 한국인 치과의사들을 노리는 사람들이 있었다. 알에서 깨어난 거북이들이 해안가로 도달하기 전에 달려드는 갈매기들이었다. 그들은 한국인 원장이었다. 영주권을 빌미로 말도 안되는 저임금으로 신입내기 치과의사들의 목을 조였다. 그들 중 일부는 신분이 불안정한 치과의사들을 대상으로 사기도 마다하지 않는다고 했다. 영주권을 위한 스폰서가 되려면 치과의 규모가 어느 정도 이상을 유지해야 했다. 원장들은 고용한 치과의사에게서 현금을 끌어와 치과 수입을 부풀린 후 소리 소문 없이 사라지기도 했다. 치과의 폐업을 막기 위해서 원장의 노름 빚을 대신 갚아주는 사람도 있었다. 대부분의 경우 그들은 영주권이 필요한 치과의사들에게 그들의 치과를 비싸게 사게 만들었다. 하지만 서류상에서는 여전히 같은 치과 원장이 영주권을 필요로 하는 이들을 고용하고 있었다. 문제가 되어 법정으로 이어지면 사기 계약에 참가한 모든 이가 불구덩이 속으로 끌려 들어간다. 고통은 당연히 약자에게 더욱 크게 다가온다. 영주권의 진행은 취소되고 미국에서 쫓겨날 가능성이 많다.

그런 까닭에 나는 규모가 큰 여러 미국 치과에 이력서를 보내고 기다리는 중이었다. 그렇게 취업비자에 목을 걸고 있었던 나에게 연락이 온 곳은 'Western Dental'이라는 미국에서 가장 규모가 큰 치과 네트워크 회사였다. 샌디에고 근처에 유일하게 취업 자리가 났다는 그들의 말을 믿고 따를 수밖에 없었다. 하지만 인터넷으로 알아본 이 도시는 샌디에고와는 거의 2시간 떨어진 외진 도시였고, 아이들을 위해 검색한 이곳의 공립학교는 95%가 멕시칸으로 구성되어저 있었다. 43살의 늦은 나이에 유학을 준비했던 것은 오직 하나 때문이었다. 우리 아이들이다. 우리가 바라던 LA 근교, 오렌지 카운티, 산호세, 세크라멘토, 샌디에고 어디에도 자리가 없다고 했다. 집사람과 나는 고민에 빠질 수밖에 없었다. 여러 통의 메일이 오고 가며 차선책을 찾으려 했다. 미국이라는 어마어마한 망망대해의 거친 파고 한복판에서, 나에게는 항해의 방향을 잡고 흔들 키가 없었다. 계속 그 도시로는 갈 수 없다고 다른 오피스를 부탁했다. 그들은 다른 오피스는 아예 자리가 없다고 했다. 대신에 일당을 올려주겠다고 했다. 내 앞을 가로막고 있는 거대한 철문 앞에서, 내게는 여러 개의 열쇠도 문을 부술 망치도 거대한 힘도 없었다. 합법적인 체류 시간은 모래시계의 모래들처럼 바삐 떨어져 사라지고 있었다.

우리 가족은 나를 선발대로 정했다. 미국에 처음 올 때에도 나는 가족들보다 두 달을 먼저 들어와 전화선과 차량을 준비했었다. 나는 일종의 척후병으로 인디언의 화살에 맞으면, 시체 찾기도 힘든 불행한 아비였다. 사실 학기 중에 아이들을 전학시킬 수는 없었다. 어차피 최소 여름방학이 시작되는 7월 정도까지, 나와 가족은 떨어질 수밖에 없었다. 6개월 이상 늦어도 1년이 지나면, 사막 한가운데 벽지인 엘센트로에서 큰 도시로 자리를 변경해줄 수도 있을 거라 기대했다. 하지만 시간이 지남에 따라 미국 내 동서부 기러기 아빠 운명은 끝이 없어 보였다. 내가 진흙 구덩이에서 빠져나오려면 또 다른 누군가를 끌어내려야만 했다. 누군가의 소매에 진흙을 묻혀야만 했다. 어느 치과의사도 이곳 엘센트로의 전직을 원하지 않았다. 나는 이곳을 벗어날 수 없었다. 같이 근무하는 치과의사들은 나와 다르게, 메마른 이곳에서 미소를 잃지 않았다. 나를 제외한 모든 이곳의 치과의사들은, 커다란 이득을 챙기며 사막의 한가운데로 입성했다. 높은 연봉의 오피스 관리 의사 직책을 처음으로 맡은 사람도 있었고, 엄청난 봉급 인상을 약속 받은 이도 있었다. 나는 단지 세상물정 모르는 얼뜨기 의사였다. 게다가 영어 말더듬이 인자를 가진 사회 부적응자였다. 뒤늦게 달아나려는 나에게 그들은 한 개씩의 당근을 보여 주었다. 처음에는 아파트 렌트비를 지불해주기 시작했고, 영주권의 조속한 진행을 약속하였다.

미국 내 동서부 기러기 가족은 두개의 지갑이 필요하다. 단독 살림의 지갑이 3인 가족의 지갑보다 얇다고 생각할 수 없다. 거의 3년간의 유학생활 동안 한 푼의 수입도 없이 모아둔 돈을 수도 꼭지 틀듯이 써야 했다. 일정 금액의 목돈은 후에 개인 치과를 열거나 집을 사기 위한 종잣돈으로 묶어 두었다. 미국 봉급쟁이 치과의사의 수입으로는 동서부 두 집 살림을 간신히 버티어 내는 것으로 급급했다. 아이들을 만나러 동부로 가는 기회는 오직 일년에 법적 공휴일의 연휴를 이용해야만 했다. 치과 공장과도 같은 미국 치과 기업은 일년에 오직 다섯번의 공휴일을 허락했다.

독립 기념일, 노동절, 추수감사절, 크리스마스, 새해 첫 날이다. 모든 공휴일에 뉴욕으로 날아갈 수는 없었다. 한번 움직일 때마다 비행기표로 시작되는 엄연한 경비로 치루어야 하는 대가가 기다리고 있었다. 봉급쟁이 치과의사의 수입은 공사판의 인부들처럼 일한 날짜로 계산된다. 출근을 하지 못하면 그날의 일당이 사라진다. 커가는 어린 아이들에게 아비의 존재가 얼마나 중요한 것인가는, 소아 정신과 책에서 수없이 강조된다. 하지만 얇은 주머니의 현실은 차갑고 무미건조한 교과서와 떨어져 있다. 물리적으로 아이들과 접촉을 할 수 없음이 바람직하지 못하더라도, 현실은 무섭게 우리에게 덤벼들며 빈틈을 주지 않는다. 재정적 책임을 짊어진 아빠는 쉬지 않고 열심히 일해야 한다. 아파도 안되고 쓰러질 수도 없다. 선택한 귀중한 연휴가 정해지면 시간을 벌기 위해 밤비행기를 탔다. 비행기는 밤새워 미국 대륙을 가로질러 을씨년스러운 새벽의 뉴욕에 떨어졌다. 가족들을 볼 수 있다는 흥분감에 비행기 안에서 잠을 이룰 수 없었다. 빨갛게 충혈된 눈으로 잠에서 덜 깬 아이들의 볼에 입을 맞춘다.

4.

붉은 바위 틈에 우뚝 솟은 저곳의 이름은 십자가 성당(Holly Cross Chapel)이다. 성당은 철분 성분이 가득한 붉은 암벽의 색을 쫓아 붉은 옷을 입었다. 카멜레온의 보호색처럼 성당은 전혀 튀지 않고 주위와 어우른다. 그러한 까닭에 성당은 종교적인 색체를 흐릿하게 하여, 마치 수만 년 전에 살던 유인원들의 동굴처럼 다가온다. 어제 묵은 호텔 로비에 진열된 세도나 여행가이드 팸플릿에서 찾은 관광 명소다. 성당을 찾은 것은 단지 그 이유 때문이다. 냉담자의 경력이 20년이 넘어가는 시점에서, 기억 속의 익숙한 장소를 킁킁거리는 것도 아니다. 닥터 아리안 역시 지금의 시점에서는 무신론자가 분명하다. 그와 내가 24시간 내내 붙어 짧은 주말여행을 한 것이 한두 번이 아니다. 하지만 나는 그가 대부분의 시아파 이슬람 신자가 일정 시간마다 챙기는 기도 시간을 가지는 것을 한번도 본 적 없다. 그가 자신의 알라를 버린 이유를 짐작할 수 있다. 그의 아버지는 팔레비 왕조 시대, 높은 계급의 군의관을 지냈다. 아리안의 집에 진열된 액자 속 사진에는 그의 아버지와 팔레비 국왕이 나란히 앉아 있다. 호메이니의 등장과 1979년의 혁명 속에서 그의 가족은 모든 것을 잃었다. 유일하게 아리안만이 미국으로 이주할 수 있는 기회를 가졌다. 이란 치과의사 면허를 가진 그는 나처럼 한시적으로 열린 캘리포니아 치과의사 면허 기회를 4번의 시험을 통해 붙잡을 수 있었다. 그의 아비는 일찍 죽었다. 아비의 죽음에 관해 그는 자세한 이유를 입 밖으로 꺼내지 않는다. 아리안은 굳게 입을 닫으면서 아버지를 가슴 속 깊이 묻어 버렸다. 그러한 이유로 그의 아비는 전설과 신화 속에 웅크리고 앉아 있다. 가족의 모든 재산과 땅들은 발이 빠르고 혀가 긴 친척들의 손에 넘어 갔다.

나는 그가 이란인이라는 것을 그의 벗겨진 머리와 삼각형의 두상으로 상상한다. 지구를 침공하는 SF 영화에 등장하는 외계인들은 아리안을 닮았다. 그의 이란인 친구들도 키가 작고 삼각형의 머리를 가졌다. 간혹 엄청난 몸집을 가진 거구들도 있지만 대부분 작은 체구를 가졌다. 소심한 성격의 아리안은 큰 덩치의 친구들이 많지 않다. 그의 집에는 언제나 '난'이라는 얇은 빵이 수북이 있고, 수많은 종류의 차가 준비되어 있다. 집에 있는 유리잔에는 온통 금박의 문양이 화려하다. 바닥에는 다른 크기와 문양의 양탄자들이 각기 다른 영역을 차지한다. 잠시 눈을 감으면, 공중에 부양한 양탄자 위에 가부좌를 틀고 앉아, 나를 노려보는 아리안이 나타날 것 같다.

성당을 둘러보는 그와 나의 시선은 깃털처럼 가볍고 건조하다. 관광지 구석에 파편처럼 떨어진 이곳에는 볼거리가 충분하지 않다. 관광객들이 분주하게 발을 옮기는 긴 줄 반대편으로, 서너 명의 미사보를 머리에 얹은 여인들이 고해성사를 기다리며 줄을 선다. 얼음처럼 차가워진 냉담자인 나는, 고해성사 대신 지갑을 열어 면죄부의 기념품을 산다. 파이프 오르간 연주의 바로크 음악 CD다. 성당을 떠나 자동차에 올라탄 아리안은 그의 자동차 CD 플레이어가 게걸스럽게 내가 산 CD를 삼키게 한다. 파이프 오르간 음악이 흐르자, 그가 고개를 까닥이고 한 손을 머리 위 좌우로 흔들며 리듬을 탄다. 그는 언제나 자신의 감정 기복을 숨김 없이 밖으로 드러낸다. 가슴 속 깊이 아픔과 슬픔을 잠겨둔 채 곪아 터지는 나와는 다른 종족이다. 우리가 향하는 다음 관광지는 벨락(Bell Rock)이다. 이곳의 협곡은 지표의 침식과 융기 작용으로 형성되었다. 다른 미국 중서부의 협곡과 달리 해저에 있던 지형의 퇴적 현상으로 만들어졌다고 여행 안내서는 말한다. 세도나 지역에서도 특히 볼테르라는 이곳은 지구 자기장의 소용돌이가 가장 강한 곳이다. 한국의 무속인들이 계룡산과 지리산을 찾아 정성스럽게 제를 준비하듯이, 미국이나 외국에서 방문한 요가와 기 수행자들은 세도나에 머물면서 이곳을 찾는다. 그러한 까닭에 일년 내내 이곳은 사람들로 북적댄다. 세도나를 방문한 모두는 충분한 기를 받았다고 스스로를 속이면서 걸음걸이가 무척이나 가볍게 보인다. 아내는 내게 늘 말했다. '당신이 기가 하도 세고 역마살이 많아서, 우리가 지금 미국에서 이 고생을 하고 있다고.'

5.

엘센트로를 포함하여 샌디에고와 팜스프링 전체를 총괄하는 담당자는 닥터 오마르다. 그는 모든 치과의사들의 봉급과 전출 그리고 승진에 대한 결정권을 손아귀에 쥐고 있다. 나는 그를 만나는 기회가 있을 때마다 그에게 다가가, 언제 엘센트로를 벗어날 수 있는지 물었다. 부정적인 답변이 늘 돌아왔지만, 계속 그에게 내가 전출을 희망한다고 각인시켜야 한다. 그가 엘센트로를 방문하는 것은 한 달에 한번 정도다. 다른 오피스에 비해 방문 간격이 좁다. 새로이 연 엘센트로 오피스는 극빈자가 환자의 대부분을 차지하는 까닭에, 다른 오피스에 비해 매출이 바닥을 기고 있다. 그러한 까닭에 그는 엘센트로를 자주 찾아왔다. 언제나 그는 얼굴을 일그러뜨리며 치과의사들을 포함한 모든 직원들을 구석으로 몰았다. 자본주의의 극치를 보여주는 치과 사업은 여러 개의 공장을 돌리는 사업가와 같다. 가끔 오마르의 뒷모습에서 서커스 단장의 뒤태가 느껴진다. 다른 사자들에게 각기 다른 크기의 고깃덩어리를 보여주며, 불구덩이의 링으로 달려가게 만드는 것이다. 질투심이 강한 원숭이들에게는, 각기 다가가 '단장은 너를 제일 사랑한다'고 속삭이며, 주머니 속에서 삐죽 나온 바나나의 껍데기를 보여준다. 그의 수입은 각 치과들의 매출에 의해 오르락내리락 하고 있을 것이다. 이집트 출신의 치과의사인 그는 새로이 연 엘센트로 오피스에 그의 이집트 대학 후배인 닥터 무사를 메니징 닥터로 불러왔다. 그의 이름을 한국어로 비틀면 그의 이미지가 더욱 선명하다. 날렵한 무신武神의 아들 같은 무사武士는 손이 빠르다. 게다가 선하지는 않지만 민첩한 머리를 가지고 있다. 그는 언제나 이전 오피스에서는 상위 매출을 올리던 용맹한 무사 같은 치과의사였지만, 엘센트로에서는 방법이 없었다. 오마르는 무사를 포함한 치과의사들을 끝없는 궁지로 몰 수 없었다. 이곳은 어느 치과의사도 오기를 꺼리는, 대지가 이글거리는 사막 한가운데 치과인 까닭이다. 하지만 오마르는 부족한 인내심의 공간을 잔인한 욕심으로 채운 사람이다. 평판을 잃은 무사를 내려 앉히고 그의 자리를 특별히 영입한 아리안에게 던져준 것이다. 자본주의 정글에서 같은 국적이나 대학후배라는 인연은 개에게 던져줄 사치에 불과하다.

일년의 직장생활이 지나도 언제 엘센트로를 벗어날 수 있는지 도대체 알 수 없었다. 뉴욕의 아내에게 전화를 한다. 샌디에고로 우선 집을 옮기자고 말을 꺼낸다. 주중에는 엘센트로에서 일하고 주말이라도 가족이 함께했으면 했다. 경제적으로도 엘센트로에 있으면서 높은 봉급을 유지하고 싶었다. 한 달 후에 다가오는 메모리얼 데이(한국의 현충일)에 가족이 함께 샌디에고에서 살 집을 찾아보자고 말을 꺼낸다. 아내의 답이 흐릿하다. 가느다란 목소리에 맥박이 없다. 가족은 모두 기다리다 지쳤을 것이다. 아내는 아이들의 아버지가 되기가 버거웠을 것이다. 아이들은 스스로의 성장을 부추기며 어른으로 바삐 크기가 무서웠을 것이다. 나는 가족의 호흡을 느끼지 못한 채, 사막 한가운데 시들어 말라가고 있음이 두려웠다.

아내와 아이들을 마중하려고 샌디에고로 차를 달린다. NYU에서 같이 임프란트 수련을 마치고 한국으로 돌아간 선배에게서 구입한, 15만마일이 훌쩍 넘은 일제 토요타 코롤라 중고차는 아직 늠름하다. 하지만 이 차는 2000마일마다 엔진 오일을 태워 마셔 버린다. 그런 이유로 트렁크에 엔진오일을 서너 통 싣고 다녀야 했다. 게다가 심한 오르막이 계속되는 구간에는 일정 속도 이상을 달릴 수가 없다. 샌디에고로 넘어가는 돌산의 오르막길은 무섭도록 잔인하다. 수많은 멕시칸들의 노후 차량들이 갓길에 퍼져 있다. 아이들을 데리고 오가는 이번 여행 기간만이라도 잘 버티어 주길 바랄 뿐이다.

샌디에고 공항에 너무 일찍 도착했다. 언제나 무엇에 쫓기는 듯 서두르는 것이 습관이다. 초라하고 오래 묵은 삶의 그림자가 등가죽에 붙어 있다. 한국에서도 그랬지만 미국에서의 때 늦은 유학생활로 밥 먹는 속도가 더 빨라졌다. 스스로의 게걸스러움이 무섭도록 두렵고 창피하다. 뉴욕 JFK 공항을 떠나 도착하는 비행기의 시간을 전광판에서 확인하느라 목을 내민다. 공항을 오가는 사람들의 표정이 밝다. 캘리포니아에서 가장 살기 좋은 도시 중 하나로 뽑히는 샌디에고를 방문한 대부분의 사람들은 가슴이 들뜬 관광객들이다. 나는 자라처럼 고개를 쭉 내밀고 아이들과의 재회를 기다린다. 멀리서 아이들이 잰걸음으로 달려 나오는 모습이 보인다. 한국을 떠났을 때, 아들은 5학년 작은 딸은 3학년이었다. 어느새 아이들은 9학년 7학년이 되었다. 고향을 떠나 말이 다른 객지에서 자라는 아이들에게 잔인한 사춘기가 급하게 달려온다. 서로가 힘이 부족하고 버겁다. 게다가 아이들은 아버지의 등 뒤에 숨을 수도 없었다. 아이들은 미국의 동쪽 끝 롱아일렌드에서, 아비는 서쪽 끝 사막 한복판에서 각각 힘겨운 생존을 이어가고 있었다. 아이들을 혼자 책임졌을 아내의 고통은 이루 말할 수 없었을 것이다. 그러기에 대화는 갑자기 끊기고 무섭도록 가파른 침묵이 흐른다. 특히 아버지와 아이들은 서로 서먹서먹하다. 오래 전 T.V에서 보았던 다큐멘터리 한 장면이 떠오른다. 아이를 잃어버린 후 십수 년이 지나, 아이가 미국으로 입양 보내진 것을 알게 되는 이야기다. 화면 속에서 아이를 재회하는 어머니는 목이 터져라 울고 있었다. 그 옆에 멀뚱하게 시선을 어디에 둘지 몰라 하는 아버지가 있다. 나의 겸연쩍은 활달함은 다큐멘터리의 조용한 아버지와 180도 다르지만, 왠지 모르게 어리숙한 작위성을 같이한다. 누구도 잘못을 저지르지도 않았지만 서로가 미안하다. 아내와 아이는 중동 출신의 사나운 유태인들이 활보하는 롱아일랜드에서 고전하고 있다.

스콧 피츠제럴드가 쓴 『위대한 개츠비』라는 소설이 있다. 주인공 개츠비가 추앙하는 연인 데이지는 그랙넥 (Great Neck)이라는 도시에 산다. 도시의 이름이 어디에서 왔는지는지도를 보면 쉽게 짐작할 수 있다. 뉴욕 퀸즈(Queens)를 벗어나 동쪽으로 길게 뻗어가는 뉴욕 주 롱아일랜드는 낫소 카운티(Nassau County)와 서폭 카운티(Suffolk County)로 나뉘어진다. 뉴욕 퀸즈에서 가까운 곳이 낫소 카운티이다. 낫소 카운티보다 더 깊숙히 동쪽으로 길게 늘어진 곳이 서폭 카운티다. 뉴욕시를 벗어나 나타나는 롱아일랜드의 첫 도시가 바로 그렛넥이다. 지도 상에서 보면 마치 북쪽으로 접한 바닷가로 목을 쭉 빼고 있는 듯하다. 지도상 그렛넥 바로 서쪽 뉴욕 퀸즈에도 자그마하게 목을 내민 도시가 있다. 그 도시의 이름은 작은 목과 같이 생겼다고 하여 리틀넥(Little Neck)이다. 맨하튼 팬스테이션(Penn Station)에서 포트워싱턴(PortWassington)으로 가는 롱아일랜드 기차 LIRR(Long Island Railroad)를 타면 후러싱(Flushing)을 지나 리틀넥 그렛넥 마지막으로 포트워싱턴에 도착한다. 그렛넥은 다시 북쪽과 남쪽으로 나누어진다. 특히 최북쪽 바닷가 근처의 킹스포인트(Kings Point)는 어마어마한 대저택들이 자리를 차지하고 있다. 아마도 데이지는 킹스포인트에 살았을 것이다. 소설의 문장에서 그녀를 묘사하는 구절을 떠올린다. '부富가 가둬 보호해주는 젊음과 신비, 그 많은 옷이 풍기는 신선함, 그리고 힘겹게 살아가는 가난한 사람들과는 동떨어진 곳에서 데이지가 안전하고 자랑스럽게 은처럼 빛을 내뿜는다.' 그녀에게 끊임없이 다가서는 개츠비에 대한 묘사는 바로 이렇다. '어디서 굴러먹다 왔는지도 모르는 작자.'

아이들의 친구들 중 상당수가 킹스포인트에 사는 유태인이다. 거대한 부촌 옆에 존재하는 우범지대의 한 모퉁이 동네에, 우리 가족이 사는 렌트집이 있다. 도시의 흑인들과 멕시칸들이 모여 사는 동네다. 킹스 포인트의 저택에서 일하는 인부들이나 가정부들도 많이 있다. 아이들은 친구들을 한번도 집에 초대하지 못했다. 아비는 사막 한가운데 도시 엘센트로에서 타들어 가고 있다. 미래를 위해 고향을 떠난 우리 가족의 현실은 비참하다. 기러기 아빠가 되어 가족과 떨어지지 않기 위하여 43살의 늦은 나이에 유학을 결심했었다. 하지만 지금 우리 가족은 미국 내 동서부 기러기 가족으로 잔인하게 흩뿌려져 있다.

갑자기 하늘에서 빗방울이 떨어진다. 캘리포니아로 온 지 일 년 반이 지나서야 처음 만나는 비다. 얼마나 반가웠던지 눈물이 나려고 했다. 하지만 가족들 앞에선 표를 낼 수 없다. 그들은 비와 눈의 도시, 뉴욕에서 왔기 때문이다. 생각해 보니 지난 해 추수감사절, 가족을 만나러 뉴욕에 도착한 날에도 하루 종일 비가 내렸다. 유학생 기간 동안 나는 매일 새벽 6시에 집사람이 태워주는 차로 그렛넥 기차역까지 가서 맨하튼으로 가는 기차를 탔다. 동네 버스는 너무 이른 새벽에 운행을 하지 않아, 아침잠이 늘 부족한 아내는 늙은 유학생 남편의 등굣길을 위해 새벽부터 눈을 떠야했다. 맨허튼에 내려서 다시 버스를 탄다. 허드슨강 가까이 있는 NYU 치과대학 첫 강의 시간은 8시부터 시작된다. 강의는 오전 10시에 끝나고 그 다음부터 계속되는 임프란트 수술이다. 학교가 끝나면 다시 도서실이 끝나는 시간까지 공부를 하고, 맨허튼에서 기차를 타고 그렛넥에 도착한다. 기차역 앞에서 집으로 가는 마지막 버스를 탄다. 43살에 시작한 늦깎이 유학생활은 신체적으로나 정신적으로나 극한 상황으로 몰리고 있는 듯했다.

맨허튼에 내리는 비는 유난히 무겁고 처량하다. 유학생 기간 동안 나는 뉴욕에서 겨울이면 수북이 쌓인 눈을, 가을에는 겹겹이 쌓인 낙엽을 뻘뻘대며 치워야 했다. 그러나 지금은 캘리포니아의 사막 한가운데에서, 비 한 방울도, 눈 한 톨도, 낙엽 한 이파리도 찾아볼 수 없다. 어차피 나는 Western Dental과 3년간의 계약을 맺고 있기에, 비와는 인연이 먼 이 도시와 친해져야 한다.

시간이 허락하는 한 샌디에고의 여러 집을 둘러본다. 아무리 새집들을 보아도 아이들의 얼굴에 기쁨이 없다. 아내의 표정에도 마음에 드는 집을 찾으려는 열의가 없다. 너무 많은 집을 보았더니 기억하려 하여도 아무 집도 떠오르지 않는다. 모든 집들이 무등을 타고 산처럼 솟아 버린다. 허름한 호텔에서 지친 아이들이 먼저 잠이 든다. 아내가 낮은 목소리로 말을 꺼낸다. 어차피 샌디에고로 이사를 하더라도 주말부부로 살아야 한다면, 다시 생각을 해보자고 한다. 아이들은 이제야 겨우 미국 동부의 한구석에서 피부색이 다른 친구들을 만들고, 서서히 입을 떼고 있다. 나도 사실 무섭게 달려드는 현실을 이미 느끼고 있었지만 애써 감추려 했었다. 아이들의 표정에서 뉴욕에 남아있길 바라고 있음이 선명하게 떠오르고 있었다. 아내가 다시 힘겹게 입을 뗀다. 뉴욕에서 아이들을 계속 공부시키자고. 나는 가족의 의견에 힘없이 고개를 떨구며 동의한다. 나에게 남아 있는 사실은 내게 다가올 먹구름을 바라볼 수 밖에 없다는 현실이다. 그리고 아내는 뉴욕에 집을 마련했다.

6.

　아리안이 말하는 나의 두번째 실수는 가지고 있는 현금 모두
를 집에 쏟아 부었다는 것이다. 이미 3년 가까운 뉴욕 유학생활
과, 이어진 동서부로 흩어진 살림으로 인해, 나는 가진 돈의 상당
액수를 소진했다. 그 대가로 뉴욕의 집 구매에 막대한 은행융자
를 얻어야 했다. 아리안이 이곳 엘센트로로 얼마전에 온 이유는,
병원을 개업할 돈을 모으기 위해서였다. 이곳 오지로 오는 조건
으로, 상당한 봉급인상을 약속 받았다고 했다. 게다가 이놈은 미
국 시민권을 가진 행운아이기도 하다. 아리안의 눈으로 바라보는
나는 한심한 가장이다. 미래의 개업자금을 불필요한 집에 날려버
리고, 은행융자 할부금을 짊어진 채, 일주일에 6일을 근무해야하
는 나를 이해할 수 없었다. 하지만 이놈은 자기 집에 대한 막무가
내의 소유욕을 불러일으킨 나의 어린 시절을 모른다. 그리고 얼
마나 많은 한국인 아비들이 자식들을 위해 미국의 닭공장에서 일
하고 있는지도. 얼마나 한국인의 자식에 대한 사랑이 어리석을
정도로 맹목적인지도. 게다가 이놈은 지금 내게 엘센트로에서 더
이상 못살겠다고 투덜거리며, 이번 여행이 나와의 마지막 작별여
행이라고한다.

El Centro로 돌아오는 차도 위로 수없는 나비들이 떨어진다. 그리고 그들은 눈보라처럼 차유리로 돌진한다. 가족의 영주권을 위해 하루에 수만 마리의 닭모가지를 비틀고 있는 아버지들과 나도, 지금 저 유리창에 부딪치고 있다. 단지 우리가 꿈꾸는 것은 한가지다. 눈처럼 저 유리창에 수없이 부딪혀 녹아 내리다 보면, 아이들의 성장을 약속할 따스한 봄이 다가올 것이라는 바램 뿐이다.

왼팔이 오른팔보다 짧은 아이

1968~1974년 사이 어린 어느 날

학교 운동장을 떠난 시간은 오후의 해가 아직도 뜨거운 여름의 끝자락이었다. 여름 방학을 목전에 둔 시계는 유난히 시침과 분침을 느릿느릿 휘젓고 있었다. 학교 근처에 사는 친구들은 언제나 수업이 끝나면, 좁은 운동장의 구석에 모여, 시간 가는 줄 모르고 놀이에 정신이 없었다. 서울의 구석구석으로 아이들을 데려다 준 스쿨버스가 학교로 되돌아와 운동장에 주차를 하면, 놀이 공간은 하루 해가 저물듯 손바닥만한 여백으로 쪼그라들었다. 공간에 맞추어 축구 놀이는 피구 놀이로 바뀌고, 다시 말 타기로 탈바꿈하였다. 기억을 더듬어 보면 나의 어릴 적 초등학교 시절은, 수 없는 이사로 매번 얼굴을 달리하는 친구들과의 놀이에 빠져 들어 있거나, 구석에 처박혀 무엇인가를 물끄러미 바라보던 기억으로 떠오른다. 초등학교 시절 내내 반장이나 대표 같은 자리는 해본 직이 없었다. 학교의 후미진 시선이 머무는 곳이 늘 나의 차지였다. 그날도 나의 휘어진 왼팔을 보면서 우울해했다.

유치원 때였다. 그날은 첫눈이 내리는 겨울의 시작이었다. 옆집에 사는 동갑내기 경수와 나는 장독들을 하얗게 덧칠하고 있는 함박눈의 마법을 바라보았다. 하늘을 향해 작은 입을 크게 벌리고 내리는 눈을 받아 먹었다. 우리는 같이 노래를 불렀다. "펄펄 눈이 옵니다. 바람 타고 눈이 옵니다. 하늘나라 선녀님들이 송이송이 하얀 솜을 자꾸자꾸 뿌려줍니다." 노래가 채 끝까지도 전에, 나는 장독대의 높은 담 위에서 시멘트 바닥으로 떨어지고 말았다. 나는 아직도 경수가 나를 민 이유를 모른다. 팔을 부러뜨린 그 시절은 우리 집이 비교적 잘 살던 때였다. 동네에서 유일하게 자가용이 있었고, 누나들은 사립 초등학교에 다녔고, 나는 시내의 유치원에 다니고 있었다. 친구는 내가 깁스를 하고 방 안에 처박혀 있는 동안의 추운 겨울에, 부랴부랴 이사를 갔다. 옆집 귀한 장손의 팔을 놀부가 제비 다리 부러뜨리듯 동강냈다는 죄책감에, 밤새 짐을 싸서 도망갔다는 나의 기억은, 아마도 나의 망상에 사로잡혀 급조된 결과물일 것이다.

초등학교 조회나 체육시간이 찾아오면, 늘 마음을 힘들게 하는 구령이 있었다. '왼팔간격'으로 시작되는 모든 것들이었다. 나의 왼팔은 오른팔보다 10cm 가량 짧으며, 수줍게 몸의 안쪽으로 급

격히 휘어져있다. 부러진 팔뚝의 참혹한 결과다. 장독대에서 떨어진 날, 나는 부러진 팔을 위로 하고 오른팔로 기어 마루로 향했다. 엄마는 외출 중이었다. 가사 도우미 누나의 이름을 불렀다. 왼팔을 전혀 움직일 수 없었고, 통증이 전선을 따라 달리듯 온몸으로 퍼져 나갔다. 사실 그때 도우미 누나가 집에 있던 것이 다행이었다. 누나는 그때 사귀는 남자가 있어, 엄마가 집만 비우면 덩달아 집을 나서곤 했다. 누나의 이름을 기억할 순 없지만 누나의 주먹은 기억이 난다. 천하장사의 그것과 흡사한 크기의 주먹을 내 앞에 보이며, 애인의 존재를 비밀에 부치길 강요했었다. 힘이 센 누나는 나를 들쳐 업고 어디론가 뛰기 시작했다. 버스 정거장으로 한 정거장 거리의 불광동에는 이모부가 이비인후과를 열고 계셨다. 이모부의 병원 길 건너에는 주씨 성을 가진 이모부의 친구가, 그의 성을 상호로 접골이라는 선전문구를 내건 외과를 열고 계셨다. 두 의사는 모든 점심 시간에 황야의 무법자들처럼 혼신의 힘을 다한 바둑 대결을 벌였다. 숱한 대국의 결과로 친구가 되었는지, 이미 화석처럼 굳어버린 오래된 친구였는지는 알 길이 없다. 나는 주외과에서 깁스를 했다. 주원장님은 언제나 이모부와의 바둑에서 연패의 늪을 헤어나지 못했는데, 그 참패의 화풀이가 나에게 덮쳤다는 생각은, 역시 어린 아이의 망상일 것이다. 어쨌든 나는 곰배팔이가 되었다.

깁스를 푼 날, 나를 둘러싼 모든 이들의 기묘한 표정을 기억한다. 오랜 방랑 끝에 서서히 모국어를 상실한 집시 표정의 난감한 외과 원장님. 지난 밤 돋들인 파마머리가 너무 꼬인 것 같다는 듯, 머리카락을 손가락으로 비비꼬는 간호사. 목소리를 잃어버린 채, 하늘의 별을 관찰하듯 천장을 바라보는 엄마. 하여튼 첫눈의 대가는 비참하였다. 수십 군데의 외과 병원을 어머니의 손에 끌려 다녔지만, 양 팔의 길이 차이는 전혀 좁혀지지 않았다. 초등학교에 입학하면서 나의 짧은 왼팔은 나의 수줍은 성격을 더욱 더 구석으로 몰고 갔다. 호루라기 소리와 함께 이어지는 모든 집합의 시작에는 언제나 정렬의 과정이 등장하였다. 정렬의 한가운데 언제나 양팔 간격, 왼팔 간격, 반팔 간격 따위의 대칭과 평범의 팔을 필요로 하는 의식이 행해졌다. 어떻게 헤쳐 나가야 슬픔이 줄어들지 상상해보기를 고심한다. 내가 서있는 줄과 전체 행렬을 위해 나는 두 가지의 해결책을 만들었다. 하나는 가능한 집합의 맨 뒷줄에 어슬렁어슬렁 걸어나가 나의 짧은 왼팔을 들키지 않으려는 계획된 게으름이었다. 하지만 중간의 키로 맨 뒤에 자리를 잡는 것은 그리 쉽지 않았다. 또 하나의 차선책은 기하학적 계산 방법으로, 왼쪽에 서있는 친구의 어깨에서 10cm가량 공간을 부여한 채 왼팔을 펴는 것이었다. 하지만 가끔 전체를 향한 나의 계측을 모르는 선생님은, 배려된 공간을 이해하지 못하고 나의 박복한 머리를 쥐어 박곤 했다.

그날은 짧은 왼팔에 대한 우울함이 더욱 심했다. 친한 친구에게 용기를 내어 이야기하자, 친구는 나의 손을 끌고 자기 동네의 허름한 단독주택 앞으로 향했다. 그 집에 사는 아저씨는 못 고치는 병이 없는데, 특히 곰배팔이 전문이라고 했다. 무자비하게 팔을 잡아 빼어 다시 팔을 맞추거나, 가끔은 일부러 팔을 부러뜨려 기적을 행한다고도 했다. 병원 간판도 없었고, 집주인이 물 위를 걸었다는 소문도 없었다. 무서웠다. 이모부의 병원 위층에는 이모와 나의 외사촌들이 살았다. 병원 건물의 용도는 우리 사촌 형제들을 위한 놀이터로 바뀌곤 하였다. 나를 곰배팔이로 만든 외과 원장님은 여전히 환자가 많아 건물을 세우고 있었다. 점심시간에 벌어지는 바둑 대국은, 정기적으로 벌어지는 한일 축구 정기전처럼 꾸준히 껄껄거리는 웃음 소리와 함께 이어지고 있었다. 사촌들과 건물 이곳저곳을 뛰어 다니며 놀다가, 외과 원장님의 모습이 보이면 언제나 숨을 곳을 찾는 것은 나였다. 그를 보면 어떤 표정을 지어야 하는지 아무 것도 결정할 수 없었다. 내 안에 무엇인가 꿈틀거리는 것이 분명하지만, 그것이 무엇인지를 머뭇거리며 생각하는 까닭이었다. 분노였다. 그 당시 T.V에서는 '장희빈'이라는 사극 드라마가 인기를 모으고 있었다. 장희빈 역을 맡은 연기자는 윤여정이었다. 연기자 중 유일하게 그녀만이 기억되는 것은, 그녀가 보여준 철저한 악의 힘 때문이었다. 악은 언제나 선보다 위에 군림했다. 중전 인현왕후의 초상에 활을 쏘아대는 그녀의 저주를 바라보면서, 나는 외과원장님의 사진을 찾고 싶었다.

집안이 기울어 산동네 서민 아파트로 이사를 하자, 양팔의 비대칭은 조금 뒤로 물러섰다. 세상은 누구도 동일한 양의 햇빛을 받지 못했으며, 눈물의 무게도 각자의 저울을 필요로 했다. 왼팔이 오른팔보다 짧다고 오른팔이 왼팔을 나무라지도 않았다. 먼저 슬퍼할 일이 너무 많았다. 해질녘 주말이면 동네 전파사 앞에 모여, 사람들은 소리를 질러가며 권투 중계를 보았다. 사람들은 쓰러지는 선수에서 자신들의 얼굴을 보고, 상대방을 향해 뻗은 두 손에 분노를 쥐고 있었다. 피가 허공으로 흩뿌려지고, 선수들은 긴 팔이 아니라 강한 팔을 뻗었다. 머리가 조금 크고 나서, 어릴 적 나의 짧은 왼팔에 대한 진실을 알았다. 어린 아이의 팔꿈치가 부러지는 경우, 성장판도 같이 손상되어 간혹 부정유합이 생긴다는 것이었다. 전문 의학용어를 빌어 설명하면, 상완골 과상골절(Supracondylar Fracture of Humerus)로 동반된 내반사와 굴곡장애의 후유증이다. 과거에는 기능에 큰 지장이 없는 외형적인 문제일 경우, 그대로 놔두는 경우가 많았다고 했다.

외과 원장님은 아무런 죄가 없었다. 마음속으로 그에게 수없이 쏘았던 화살들을 한 개도 회수할 수 없었다. 어느 날 문득 거울을 보았을 때, 나의 온몸을 고슴도치의 외모처럼 뒤덮고 꽂혀 있는 수많은 화살들을 발견했다. 비대칭의 양팔로 인해 내가 쏜 화살이 어느새 되돌아와 있었다.

(추신 : 정형외과적 전문조언을 해주신 권세광 원장님에게 감사
를 표한다.)

'남아 있는 나날' 감상문

1980~1987년

1981년 화창한 봄으로 기억된다. 1980년일지도 모르고 가을이
었을지도 모른다. 날씨는 덥지도 춥지도 않았으며, 관악 캠퍼스
의 화창하고 좋은 날이었다. 나는 그때 치의예과 학생이었다. 자
연대 건물 한구석을 빌어 치과대학 예과 사무실이 있었기에, 과
사무실에서 나오면 바로 도서실 입구로 향할 수 있었다. 강의가
비는 시간에 나는 주로 도서실에서 이범선의 「오발탄」이나 염상
섭의 「표본실의 청개구리」 같은, 대학 입학시험을 위해 제목만을
외웠던 오래된 한국 소설들을 뽑아 들었다. 그날도 천천히 도서
실로 걸음을 옮기고 있을 때, 도서실의 2층 창문이 열리면서, 한
학생이 난간으로 내려왔다(운동권 친구들은 '도서관을 탄다'라고
표현한다고 한다). 낯이 익은 얼굴이었다. 우리 과 동기였다. 삼
수 끝에 치대에 입학한 지방출신의 형이었다. 나의 친가와 외가

어르신들은 내가 대학에 들어갔을 때, 한 분도 빠지지 않고 당부한 말이 있었다. '데모하지 마라!' 동기는 도서관을 타는 순간, 앞으로 모든 것을 잃을 것이다. 친구의 가족은 그가 삼수의 고난을 뚫고 대학에 입학했을 때, 돼지를 잡고 마을 잔치를 벌였음이 분명하다. 그리고 그가 체포되어 무기정학과 옥고를 치를 때, 벙어리처럼 조용히 숨죽여 자식의 소식을 닫았을 것이다.

나는 이해할 수 없었다. 무엇이 그들을 앞으로 나아가게 하는지. 얇디 얇은 계란의 외투를 입고 바위로 달려가는지. 예과시절 나는 여름방학과 겨울방학의 대부분을 돈을 벌기 위해 보냈다. 과외도 금지하던 시절이라, 대부분 몸을 쓰는 일을 했다. 어렸을 적부터 보아온 결핍에 대한 불안감은 '부모는 도적질을 해서라도 아이들을 굶기면 안 된다'는 단순 명료한 생각을 머리에 각인시켜 놓았다. 80년 봄, 전국의 모든 대학생이 거리로 뛰쳐나왔다. '서울역 회군' 하루 전이나 당일로 기억된다. 그날 저 멀리 이순신 장군의 부릅뜬 두 눈이 나를 보고 있었다. 나는 손을 들어 구호를 외치다 학생들의 대열에서 혼자 이탈해, 광화문 국제극장을 끼고 왼쪽으로 몸을 틀어 정동 방향으로 천천히 걸어 나갔다. 어깨까지 내려오던 장발 머리에 얇은 인조가죽 잠바를 입었던 나를 대학생으로 생각하는 경찰은 아무도 없었다. 나는 껄렁껄렁한 동네 양아치로 여겨졌을 것이다. 정동 MBC 건물 근처 지하에 친구들과 자주 가던 '코스모스' 다방으로 향했다. 죄라도 지은 양 구서진 자리에 앉아 친구들이 나타나길 기다렸다. 데모의 구호 속에서 '전두환'의 이름이 왜 등장하는 지, 12·12 쿠데타의 발발도 인지하지 못했다. 80년 5월에 벌어질 광주의 어두운 비극도, 몇 년이 지나서야 알게 되었다. 젊은 시절 사회의 정의나 진실에 눈을 감은 것은, 철저한 나의 비겁함에 기인한다. 무너진 가족의 외아들은 절대 바위를 향해 달려가면 안된다고 생각했다.

1987년 부활한 직선제로 대통령이 된 사람이 있었다. 그의 선거 유세의 표어는 '보통사람'이었다. '보통'이라는 단어는 쉽고 평범해 보이지만, 존재하기는 쉽지 않다. 생각과 형체는 모든 면의 크기와 각도가 비슷한 다면체의 균형을 가지고 있어야 안정적이다. 그래야만 인간은 '보통'이라고 잘못 표현된 범위에 앉아 있을지도 모른다. 그래야만 상식적이고 치우치지 않은 생각을 가지게 될 수 있다고 고집할 수도 있다. 하지만 그 누구도 상처로 인해 일그러지지 않은 사람은 없다. 일직선 상의 궤도를 꿈꾸며 몸을 굴리려 발버둥쳐도, 깊은 상처로 일그러져 패인 상처로 인해, 몸은 한 편으로 쏠리고 만다. 아무리 어릴 적 상처를 딛고 훌륭하게 자랐다고 하여도, 아픔은 기억의 검붉은 흉터로 뇌리의 깊은 구석을 차지하고 만다. '가즈오 이시구로'의 소설 『남아 있는 나날』을 읽었을 때, 주인공 집사 '스티븐스'의 일기는 나의 것과 데칼코마니의 형태로 포개어진다. '깨어 있다는 것은 무엇인가?'라는 궁극적인 의문 없이 자리한, '위대한 집사란 무엇인가?'라는 작고 위태로운 의문은 '품위'마저 허접스러운 치장으로 추락시켜 버린다.

　1986년 대학을 졸업하고 치과의사 면허증을 가지고 처음으로 돈을 번 직장은, 왕십리에 위치했던 경찰병원 치과 인턴직이었다. 경찰병원 치과는 전투경찰 및 일반경찰들의 구강외과적 외상 진료와 치과진료를 책임지고 있었다. 한 기수가 한 명뿐이었다. 인턴직의 첫 해, 1986년 봄부터 다음 해 1987년 봄까지, 365일 당직을 하여야만 했다. 1986년 10월, T.V에서는 3일째 건국대를 점거하고 농성중인 대학생들을 비춰 주었다. 용공좌경화 폭도로 표현된 대학생들은 66시간 50분 동안 항쟁하였다. 3일 동안 전투경찰들도 수없이 몸이 상해 병원으로 실려왔다. 그리고 '작전명 황소 30'이라는 경찰의 입체 진입 작전에, 학생들 1,000여 명이 넘게 연행되고 구속되었다. 그 시위 중 수많은 학생들의 화상 및 외상 상해자가 나왔으며, 그들 또한 부상당한 전투경찰과 함께 경찰병원으로 응급 치료를 받으러 끌려왔다. 층마다 외부로 향하는 창문들은, 끌려오는 시위 학생들을 보려고 서있는 간호사들과 환자 보호자들 그리고 의사들로 채워졌다. 산부인과 병동의 수간호사가 끌려오는 남동생 대학생을 발견하고, 한없이 눈물을 흘리던 모습이 떠오른다. 예과 시절 도서실의 창문을 넘어 난간에 기대어 유인물을 뿌려대며 독재타도를 외치던, 동기생의 불안한 보폭과 서늘한 얼굴이 다시 떠올랐다.

1987년 새해가 막 지나가고 그해에도 낙방한 신춘문예의 서러움을 되씹고 있었다. 당직을 이어 나가는 그 겨울 날, 물고문으로 죽은 박종철의 시신이 긴급화장을 목적으로 경찰병원에 잠시 안치되어 있었다는 사실을, 얼마 전 우연히 알게 되었다. 한 방송국의 뉴스 프로그램에서 가진 당시 고문치사 사건 담당 검사와의 인터뷰를 통해서였다. 박종철은 84학번 서울대학교 언어학과 후배다. 4살이 어린 후배가 싸늘하게 주검으로 변하여 같은 건물에서 식어가고 있을 때, 나는 대낮에 등불을 들고 신을 찾아 헤매는 '니체'와 시지프스와 함께 산정을 향해 돌을 굴리고 있는 '카뮈'를 생각하고 있었다. 가끔 이상의 금홍이를 부르며, 사치스럽게 당직실에 누워 날갯짓도 하곤 했다.

아무리 벗어나고 도망가려 하여도 세상은 모두 길다란 끈으로 연결되어 있다. 누군가 어느 한곳을 풀거나 잡아당기면 우리의 의지와 상관없이 서로가 멀어지고 가까워진다. 누군가의 희생 위에 세워진 해방과 독립 그리고 민주화에 무임승차한 나는, 아직도 일그러진 개인의 과거에 집착하여 어리석고 생각 없이 살아가고 있다. 모두가 얼어붙은 만주 벌판에서 총을 들 수 없고, 모두가 서슬 시퍼런 군부독재에 항거하여 울부짖지는 못할 것이다. 하지만 그들이 형장으로 끌려가는 동선에 기대어, 그들 삶의 무게를 낮추려 하면 안되는 것이다. 무임승차에 편승한 나는 언제나 비겁하고 용기가 없는 그림자였다.

자신의 운전기사가 결혼하는 날, 직접 자신이 차를 몰아, 기사 부부를 신혼 여행지인 경주로 모시고 간 변호사가 있었다. 그가 기사에게 해준 말이 있다.

'항상 깨어 있는 시민 일인이 대한민국의 주인이다.'

(추신 : 37년 전 봄, 관악 기억을 같이 더듬어 준 치대 동기 강윤모, 이재호에게 감사를 표한다.)

십계명을 어긴 아이

1972~1974년 사이 어린 어느 날

산 동네의 서글픈 시민 아파트에서 평지로 내려와, 영화감독이셨던 이모님의 집, 방 한 칸을 얻어 살던 냉천동 시절은, 모든 색깔들이 유난히 짙게 보였다. 동네 구석에 옹기종기 모여든 작은 크기의 집들과 초췌한 점포들은 유난히 시끄러웠다. 사람들 사이로 비가 내리면, 바삐 휘감아 도는 녹슨 처마 밑으로, 빗물은 유난히 요란스럽게 아우성치며 흘러내렸다. 작은 골목길과 거리를 지나는 사람들의 윤곽과 표정들은 언제나 뚜렷하게 내 머릿속으로 덮쳐 왔다. 집 앞에서 시작하여 조금 생기다 만 것 같은 작고 좁은 골목은, 곧바로 거칠고 요란한 큰 거리에 아무런 방비 없이 노출되었다. 20발짝의 짧은 거리를 두고 가족은 험한 세상으로 흘러갔다. 그러기에 골목과 거리는 서로 수줍어했다.

집 앞에는 대립되는 두 가지의 영업장이 흥분하고 있었다. 짧고 좁은 골목의 끝에는 신앙을 파는 하얀 교회가 있었고, 골목의 입구에는 작부들을 거느리고 분노를 사들이는 빨간 대폿집이 있었다. 극적으로 맞선 선과 악의 영업장은 한 가지 공통점이 있었다. 목사님은 교회 건물의 증축을 위해 신도를 늘리려 여념이 없었고, 연집이 엄마는 밀가루 국수처럼 예쁘고 구성지게 노래를 잘 뽑아대는 작부를 데리고 오기 위해, 머리가 아팠다. 모두가 부엌의 바닥을 분주히 오가는 한여름 개미들처럼 무척 바빴다.

교회는 나와 연집이가 다니던 곳이었고, 목사님의 아들은 나보다 한 살 어렸다. 그리고 그보다 한 살 어린 연집이는 대폿집 외아들이자, 죄악의 진흙탕 수렁에서 건진 양처럼 교회 안에서 중하게 여겨졌다. 우리 셋은 구슬치기를 늘 같이 하던 맞수였다. 목사님 사모님은 미군부대에서 일을 한다고 했다. 교회 건물의 지하에 살림 집을 가졌던 목사님 댁에는, 언제나 미군 부대에서 나온 햄과 베이컨이 'R'이나 'L'자 발음을 내며 꼬부라지고 익혀졌다. 내가 도둑 고양이처럼 교회의 공터를 어기적 걸을 때면, 화기애애한 목사님 가족의 웃음 소리와 함께 그 냄새를 맡을 수 있었다. 마치 성경에 나오는 '만나'의 풍요로움이 떠오르며 지리하고 익숙한 허기가 달려 들었다.

사모님은 하늘 위까지 반짝거리는 시끄러운 금테 안경을 끼고, 언제나 품위 있는 팔자 걸음을 걸었다. 그 뒤로 서 계신 큰 키의 목사님은 선지자의 덕목 같은 낮고 조용한 목소리를 가지고 계셨다. 목사님 아들의 이름은 전혀 떠오르지 않지만, 지금도 연집이의 이름을 기억하는 이유가 있다. 목사님 사모님의 온화한 얼굴 위로 강력하게 올라선 연집이 엄마의 튼튼한 얼굴 때문일 것이다. 내가 그림 실력이 있었다면, 머리카락 한 올까지 떠올리며, 세밀화 기법의 초상화로 그녀의 얼굴을 불러낼 수 있겠지만, 그렇지 못해 못내 아쉽다. 얼굴의 굵은 윤곽은 각진 턱을 밑변으로 사각의 강함을 완성한다. 하변이 상변보다 유난히 강렬한 사다리꼴의 얼굴은, 약간의 비대칭으로 더욱 더 억셈이 강조된다. 오른쪽 입술의 가장 자리 위, 뺨으로 올라서는 구석에 자리 잡은 검은 점은 꽤 크기가 크고 요란했다. 너무나 강렬하고 진해, 마릴린 먼로처럼 혹시 그녀가 일부러 만들어 낸 매력 포인트일지도 모른다고 생각했다.

그녀는 초저녁의 어두움이 골목에 내려 앉으면, 가게 밖으로 등받이 없는 작고 동그란 의자를 내어 놓았다. 연분홍 치마와 샛노란 저고리는 바닥으로 물감을 떨어뜨릴 듯 짙었다. 그리고 그 모든 것 위에 군림하는 아주 빨간 립스틱이 살아 숨쉬며 세상을 향해 분주하게 떠들었다. 분명 매일 아침 쥐를 잡아 먹고 있었음이 분명했다. 그렇지 않고서야 어찌 저리 시뻘건 색깔의 입술을 가질 수 있단 말인가!

그녀는 해가 저물고 초저녁이 타오를 무렵이면, 그녀의 화려했던 지난 인생도 덩달아 추락한다고 느꼈던 듯하다. 의자에 털썩 걸쳐 앉아, 자신의 모든 화려함을 빼앗아 가버린 세상을 향해 욕을 내뱉기 시작했다. 가끔 그녀를 아래로 쳐다보는 아저씨들에게, 그들의 성기를 물어 잘라 버린다고 대들었으며, 그들의 성적으로 나약한 아내들을 향한 무서운 험담과 저주를 토해냈다. 그녀는 골목의 정적을 몰아내는, 앞가슴에 화려한 갈기를 가진 숫사자였다. 가끔 그녀의 옆에, 만화를 보다 지치거나, 노력한 흔적이 하나도 없는 화장을 일찍 끝낸, 젊은 작부들이 합류하기도 했다. 그들의 주식主食도 분명 쥐였을 것이 분명하여 시뻘건 입술을 가지고 있었다.

초저녁 골목은 온통 원색의 치마 저고리가 부르는 합창의 낭랑한 목소리로 가득 찼다. 노래의 제목과 가사는 언제나 '아저씨 놀다 가세요'라는 힐링의 추임새로 마무리됐다. 물론 그들의 합창은 목사님이나 목사님의 사모님이 지나갈 때에는, 잠시 막간의 달고 단 휴식시간을 가졌는데, 그것은 아마도 서류상의 오류로 남아 있을지도 모르는 천국의 빈 자리 때문이었을 것이다. 하여튼 그 당시 나는 술 부을 '작酌'자와 노는 여자 '창娼'자가 섞인 단어들을 숱하게 뱉어냈다. 가끔씩 그녀들의 구성지고 걸진 욕지거리가 내게로 달라 붙어, 식구들과의 식사 중에 나도 모르게 튀어나오면, 어머니는 잠시 수저를 놓고, 소돔과 고모라에서 살아 돌아온 아들을 한없이 물끄러미 쳐다보셨다.

목사님의 천국과 대폿집의 지옥은, 언제나 열 발자국 거리에 등을 맞대고 있었다. 나는 두 곳 사이에 가는 줄을 걸고, 영혼을 건 줄타기를 하고 있었다. 연집이의 아버지는 형사라는 이야기가 있었다. 가끔 버스가 바삐 지나가는 차도 변에서, 술에 취해 몸을 가누지 못하는 아버지 곁에 주저 앉아, 한없이 울고 있는 연집이를 볼 수 있었다. 연집이 엄마에게 아저씨와 연집이의 모습을 건네는 순간, 나는 또다시 두 손으로 귀를 막아야 했다. '원수'라는 표준어는 '웬수'라는 강조어로 둔갑했다. 차도로 달려가는 동안, 그녀의 거친 혀는 횟집 칼로 바뀌어 그녀의 남편을 수백 번 잘라 포를 떴으며, 이글거리는 붉은 연탄집게로 코를 꿰었다.

내 머릿속에 음탕한 것들이 가장 충만한 시절이었다. 몰락한 집안의 아이가 보는 세상은 온통 거칠고 투박했으며, 모든 사람들은 쉽게 옷을 벗어 던지며 무너졌다. 학교에서 돌아오면 집에는 늘 아무도 없었다. 엄마도 돈을 벌기 위해 분주히 발품을 팔던 시기였다. 몰래 이모님의 방에 들어가, 수백 권의 일본과 미국 영화 잡지를 뒤졌다. 물론 대충 넘겨 가면서, 가슴이 크고 벗은 몸매가 드러난 여배우의 사진을 찾는 것이 첫 번째 과제였다.

〈해바라기〉의 '소피아 로렌', 그녀의 몸속에 분명히 집시의 피가 흐르고 있다고 생각했다. 〈자이언트〉의 '엘리자베스 테일러', 그녀가 너무 완벽한 얼굴을 가지고 있어서 일부러 얼굴 한 쪽에 점을 찍었다는 이야기를 들었다. 〈로미오와 줄리엣〉의 '올리비아 핫세', 그토록 청순하고 아름다운 여인이 일본 남자와 두번째 결혼을 한 것은, 그녀의 키가 너무 작았기 때문이라고 믿었다. 〈뜨거운 것이 좋아〉의 '마릴린 먼로', 그녀의 치마는 사람들에게 지하철의 도착을 알려주는 야한 시계였다. 〈로마의 휴일〉의 '오드리 헵번', 거짓말을 하면 입을 다물어 손을 물어 버린다는 진실의 문에 그녀가 손을 내미는 순간, 나는 나의 손이 잘려 버릴 것 같아 손을 움츠렸다. '갈보'라는 천한 여자직업의 이름을 만들어 냈다는 '그레타 가르보'는 소문과 달리 천사처럼 아름답기만 했다. 〈바람과 함께 사라지다〉의 '비비안 리', 저 작은 허리 안에 모든 내장들이 엉켜 있을 것 같아 무서웠다. 동화 속 신데렐라처럼 실제로 모로코의 왕비가 된 '그레이스 켈리'. 나는 그 당시 언제나 꿈속에서 그들을 만나고, 어긋난 성性의 균형을 가진 불안한 아이가 되어가고 있었다.

어느 여름날 연집이의 사촌 형이 시골에서 올라와 구석방 하나를 차지했다. 나보다 2-3살 정도 위였으며, 하늘이 주신 손을 가지고 있었다. 그에게 작은 쇠꼬챙이만 쥐여지면, 모든 문을 열 수 있었다. 여름방학이 다가오고 여름 성경학교가 시작되었다. 산 동네 서민 아파트에 살던 시기에도, 나는 잠시 교회를 다닌 적이 있었다. 어느 날 아파트 앞으로 긴 행렬의 요란한 음악소리가 들렸다. 큰북을 치는 형과 탬버린을 흔드는 아이들, 트럼펫을 부는 전도사 아저씨도 행렬의 앞에 서있었다. 피노키오를 유혹하여 말로 변하게 만든 유쾌한 행진과 흡사했다. 여름 성경학교에 아이들을 모으고자 벌이고 있는 전도행렬이었다.

나는 몇 달간 교회에 다녔고, 나의 주일 선생님은 얼굴과 머리카락이 길고 뚜렷한 말의 얼굴을 가진 여인이었다. 우리들은 선생님을 만나러 앞 동의 아파트 2층 한구석을 차지한 방으로 들어갔다. 방 안에는 수많은 검은 선들이 허공을 향해 날아다녔다. 벽에는 수많은 구멍들이 이야기를 하려고 입을 벌리고 있었다. 선생님은 전화 교환원이었다. 가난한 교회에서는 낮은 신분의 사람들도 선생님의 자리에 오를 수 있었다. 주일학교에서 온갖 이야기를 들려주는 선생님은, 분명 누군가의 전화 통화를 훔쳐 듣고, 앵무새처럼 우리에게 그 이야기를 내뱉고 있다고 생각했다.

산 아래 동네 냉천동 근처에는, 금화 초등학교와 동명여자 중학교의 건너편에 자리한, 커다란 신학대학이 있었다. 대학의 정문은 마치 하늘 나라로 들어가는 듯한, 우아한 곡선미의 예쁜 꽃무늬 쇠창살 문으로 꾸며졌다. 주일학교 선생님들은 대부분 천국의 문을 통해 걸어 나오는 신학대학의 학생들이었다. 와이셔츠나 티셔츠의 날이 몹시 날카롭게 서 있었으며, 그들의 말투는 전화 교환원 선생님과는 달리 낮게 가라 앉아 무게를 더했다. 그들은 여름 성경학교 출석률을 높이기 위해, 출석 때마다 예쁜 칼라 그림 카드를 나누어 주었다. 카드마다 번호가 새겨져 있었다. 예수님이 길을 잃은 양을 안고 있거나, 두 팔을 벌려 사람들의 앞날을 축복하거나, 무거운 십자가를 어깨에 짊어지고 가는 모습 등이 그려져 있었다. 30장의 그림카드를 전부 모은 학생에게 커다란 선물을 주겠다고 약속했다. 나는 이미 5장의 그림카드를 빠짐없이 받아 놓은 상태였다.

연집이와 그의 사촌 형 그리고 내가, 평일 오후의 불손한 발걸음을 향한 곳은 텅 빈 교회였다. 아무런 두려움도 없이 구부린 철사로 묵묵히 문을 따고 들어가는 형의 의젓함이 돋보였다. 본당을 지나 작은 방으로 들어갔다. 형은 값나가는 학용품 일체를 주머니에 쑤셔 넣기 시작했다. 연집이의 손도 덩달아 바빠졌다. 하지만 나는 한 발자국도 발을 뗄 수가 없었다. 그 방은 내가 속한 초등부 친구들의 성경공부 방이었다. 나는 성경학교의 모범생이었다. 주기도문과 사도신경을 줄줄이 외울 수도 있었다. 십계명의 작은 토씨 하나까지도 암송할 수 있었다. 그 중에서도 가장 먼저 떠오르는 것은 '도적질하지 말라'는 제8계명이었다.

형이 갑자기 고개를 돌리며 무서운 얼굴 표정으로 나를 쏘아보았다. 내가 기억하는 가장 차가운 인간의 모습이었다. 도적질에 함께 가담하지 않는 행위를 용서할 수 없다는, 암묵적으로 맹세한 서약을 확인하고 있었다. 나는 얼떨결에 앞에 있는 탁자의 서랍을 열었다. 이미 대부분 좋은 물건들은 그들의 수중에 들어가 있었다. 서랍에서 발견한 것은 그림엽서들이었다. 나는 모든 것들을 주머니에 쑤셔 넣기 시작했다. 모든 그림엽서의 인물과 배경들이 뒤섞였다. 예수님의 얼굴이 구겨지며 검붉은 주름이 잡했다. 십자가는 부서지며 덜그럭거렸다. 홍해를 가르던 모세는 바다에 빠지고 말았다. 모든 것들은 나의 어두운 호주머니 속으로 삼켜지고 있었다. 그리고 집 한편에 떨어진 화장실 위, 지붕과의 좁은 틈 속으로 모든 그림을 숨겼다. 다음날부터 성경학교 선생님들은 출석표의 그림을 나누어줄 수 없었다. 나는 매일 선생님들을 졸랐다. 여태껏 한 장도 빠뜨리지 않고 모았다고 울먹였다. 제발 그림카드를 달라고 졸랐다.

나의 도적질로 인해 출석표가 사라진 것을 깨달은 때는, 까까머리 중학생이 되고 나서였다. 어린 아이는 성스러운 교회로 들어갈 때마다, 자신의 도적질을 자신도 모르게 지워버린 것이다. 내 안에 있는 또다른 내가 너무 무서웠다.

임꺽정을 보면 생각나는
나의 친할아버지는 대단한 몽상가이셨다

1972~1974년 사이 어린 어느 날

추석이 다가오면, 나는 할아버지가 묻혀 계신 망우리 공동묘지의 등선을 가쁜 숨을 참으며 올랐다. 그맘때쯤 서울의 시내 버스들의 앞 유리창에는, 추석을 맞아 연장 운행되는 목적지의 이름들이 붙여졌다. 운전기사 아저씨들의 졸리고 희멀건 얼굴 옆으로 보이는, 흰 바탕 종이에 쓰여진 새로운 종점의 목적지는, 초등학교 신입생들 왼쪽 가슴팍에 축 늘어지게 걸려있는 하얀 손수건 이름표를 떠올렸다. 목적지는 대부분 시립이나 국립 공동묘지였다. 가장 많은 버스들을 불러들이는 공동묘지는 망우리에 있었다.

할아버지는 집안의 장손인 내가 태어나기도 전에 이 세상을 떠나셨다. 어머니가 갓 시집온 지 얼마 안되어 돌아가셨다고 했다. 그러기에 나에게 친할아버지는 윤곽이 불분명한 실루엣으로 남아 있다. 그나마 흐릿한 선들은, 친척들의 이야기와 진실이 확인되지 않은 소문의 덧칠이 보태어지며 그어진다. 다만 가족의 오래된 사진 앨범 속에, 멀리서 어렴풋이 고개를 살짝 들이대며 등장하는, 한 장의 희미한 할아버지 사진이 있다. 그림 맞추기의 퍼즐 속에서 완성되는 친할아버지 모습의 유일한 단서가, 바로 그 사진이다. 사진 속의 배경은 분주함과 서러움으로 가득 찬다. 나의 어머니가 시아버님의 초상을 치르느라, 여러 개의 국밥을 쟁반에 담아 초라하게 바삐 움직이는 옆으로, 바로 그 사진이 있었다. 굵은 줄의 검은 사선을 비스듬히 모자처럼 위로 한 할아버지가, 우뚝 선 사각의 영정 사진 틀 속에 갇혀 계셨다.

숯 검댕이처럼 짙은 양 눈썹과 상반신 만으로도 느껴지던 친할아버지의 육중한 거구를, 50여 년이 지난 지금도 선명하게 기억한다. 친할아버지에게서 처음 느낀 인상을 표현하려고 하니, 나의 할아버지가 무덤에서 벌떡 일어나셔서, 기다란 곰방대로 나의 머리를 내려 치실까 섬뜩하다. 그래도 말을 꺼낼 수밖에 없는 이유는, 여자 틈에서 자란 까닭으로 몸에 배버린 여자들의 수다 때문일 것이다. 처음으로 할아버지의 사진을 보고 내가 떠올린 두 직업이 있다. 시퍼런 칼을 휘어 잡고 황소를 내려다보는 백정 출신의 건장한 임꺽정과, 대원군의 명에 따라 천주교 신자들의 목에 칼을 들이댄 채, 입으로 '푸우' 하고 물안개를 뿜어내는 아주 바쁜 망나니였다. 떠오른 두 직업군이 교과서 국사책의 무대

인 삼국시대나 고려 조선 어느 시기에도, 제일 밑바닥 계급에 속한다는 것이 나를 몹시 우울하게 만들었다. 나의 엉뚱한 상상을 그 누구에게도 말한 적이 없다. 분명 입 밖으로 내뱉는 순간, 조상을 욕보인 죄로 숱한 물리적 테러가 가해질 것이 분명했기 때문이다. 작은 아버지들은 나의 얼굴에서 아빠의 얼굴을, 아빠의 얼굴에서 할아버지의 얼굴을 볼 수 있다고 말하셨다. 시집온 지 얼마 안된 며느리가 시아버지의 초상을 겪어야 한다는 것은 몹시 슬픈 일이다. 숱한 드라마 속에서 눈물을 하염없이 떨구는, 시아버지를 잡아먹은 며느리로 등장하는 것이다. 그래서 유난히 사진 속 어머니가 피곤해 보였다. 하지만 처음 사진을 본 어렸을 적에는, 국밥을 한꺼번에 너무 많이 나르고 있는 가느다란 엄마의 허리 때문이라고 생각했다.

나는 여러 가지 재미있는 할아버지의 이야기를 알고 있다. 그것이 육중한 적토마에 몸을 실은 채 만주 벌판을 달리며 일본군과 싸우는 영웅이 아니어도 즐거웠다. 할아버지의 죽음과 젊은 날의 행적은, 아주 오래된 〈나운규의 아리랑〉이나, 〈윤심덕의 사의 찬미〉 같은 구식 흑백 무성영화를 보는 듯했다. 내가 그러한 이야기를 들을 수 있었던 까닭은, 장손이라는 위대한 서열의 포장으로 태어났기 때문이다. 삼촌들과 고모들은 명절 때마다, 할아버지의 시시콜콜한 이야기들을 할아버지의 산소나 술좌석의 저녁상에서 하셨다. 그럴 때마다 나보다 어린 사촌 동생들은, 약간은 미성년자 수위를 넘나드는 할아버지의 무용담을 듣지 못하게 하기 위하여 다른 방으로 보내졌다. 누나들도 단지 여자라는 이유로 마찬가지였다. 하지만 나는 장손이라는 어마무시한 비옷을 입고, 모든 오염과 부패를 머리로부터 받아냈다. 사실인즉 한두 살 터울의 사촌동생들은 나보다 성숙하고 머리가 이미 익었었다. 그에 비해 나는 나이는 조금 많더라도 여자들 사이에 끼여 자란 터라, 아직 덜 익고 생각이 없는 미성숙의 상태였다. 이러한 까닭에 나는 어른들의 자리에 아무런 두려움 없이 내팽개쳐진 상태로, 모든 이야기를 받아먹었다.

할아버지는 그 누구와의 술내기에서도 한번도 패한 적이 없는 동방불패의 대단한 주량을 소유한 알코올중독자가 분명하다고 느껴졌다. 하지만 어른들 앞에서 절대로 그런 내색을 하지 않았다. 그렇게 되면 우리는 모두 가여운 술꾼의 자손이 되는 것이다. 게다가 한참 흥미 있는 이야기가 끊기고 말 것이 분명했기 때문이다. 하여튼 할아버지의 이 세상 마지막 날을 기억한다. 엄청나게 술에 취한 채 집으로 비틀비틀 들어오신 할아버지는, 마루에 그대로 벌렁 누워 주무시다 돌아가셨다고 한다.

그래서 나는 할아버지의 신분과 직업을 현실 보다 높인 채, 머릿속에서 마구 상상하기 시작했다. 팔도를 누비며 황소를 휩쓸어 담는 씨름꾼이 성큼성큼 앞으로 다가선다. 사실 할아버지는 아빠를 포함한 다섯 명의 사내와 두 명의 고모를 더하여 일곱의 자식을 양성해낸 대단한 힘의 소유자다. 조국의 패망을 슬퍼하는 독립운동가, 어쩌면 할아버지의 품속에는 백범 김구 할아버지의 밀서가 숨겨져, 굵은 바늘로 꿰매어 숨겨져 있을지도 모른다고 생각했다.

하지만 뒤이어 들은 할아버지의 신분은 나를 매우 실망시키는 것이었다. 할아버지는 고리타분한 선생님이셨다. 그 당시 나는 내가 다니던 초등학교의 모든 선생님들을 싫어했기 때문에, 할아버지의 직업이 달갑지 않았다. 할아버지가 왜 그리 술을 많이 드셨는지는 뒤이은 삼촌들의 넋두리에서 대강 그려질 수 있었다. 6·25가 할아버지의 모든 것을 앗아갔다고 하셨다. 아버지의 사업이 망한 이후, 가끔 삼촌들은 내게 집안의 화려한 과거를 얘기해주었다. 어른들이면 누구나 말하는, 집안 깊숙이 숨겨 놓은 금송아지 같은 이야기가 틀림 없었다.

우리 집안의 고향은 함경남도 홍원군 용원면 천하리라는 곳이다. 나의 증조 할아버지는 함경남도에서 알아주는 대단한 지주셨다고 한다. 할아버지는 일찍부터 서울과 일본 동경에서 유학생활을 하셨다고 한다. 하지만 공부에는 관심이 없고 늘 무엇인가를 저지르는 골칫덩어리라고 하셨다. 방학이면 나의 할아버지는 증조 할아버지에게 늘 꾸중과 매를 맞아야 했으며, 서울과 동경으로 보내던 학비와 생활비를 수도 없이 중단하셨다고 했다. 증조 할머니는 아들을 배웅하는 기차역에서, 증조 할아버지 몰래 노새에 싣고 온 돈뭉치와 은괴 몇 덩어리를 쥐어 주셨다고 했다. 아버지를 비롯한 5남 2녀의 자식 외에 할아버지는 본처에게서 낳은 한 명의 딸이 있다고 했다. 나의 아버지보다 3살 정도 위로, 나에게는 큰고모님이시다. 할아버지가 본처에게서 아들을 얻지 못하자, 나의 중조 할아버지는 며느리에게 집안의 과수원과 집 한 채를 떼어 주고, 새로운 며느리를 찾기 시작하셨다. 할아버지는 중조 할아버지의 바쁜 발걸음 덕택으로, 함경남도 신포에서 큰 상선 2척을 보유한 유명한 사업가 집안의 신여성 막내딸인 나의 친할머니와 다시 중매결혼을 하셨다고 한다.

중조 할아버지는 나의 할아버지를 늘 탐탁히 여기지 않았지만 손주들은 늘 끔찍이 아끼셔서, 방학이면 기차를 타고 오는 장손과 손주들을 위해 기차역에 마차를 보냈다고 하셨다. 귀한 손주들이 남의 땅을 밟지 않게 하기 위하여, 역에서 집으로 가는 대로변의 모든 땅을 사들였다는 삼촌들의 목소리가 무게감 없이 커진다. 사실 내가 가장 좋아하는 이야기였지만, 곧이곧대로 믿지 않았음을 밝혀둔다.

6·25 전쟁이 없었다면, 장손인 나는 대지주의 고리를 연결하는 핏줄의 위대함을 맛보았을 것이다. 그리고 어디서부터 어디까지가 삼촌들과 고모들이 지어낸 이야기 중, 진실의 편에 서있는지도 알게 되었을 것이다. 대부분 할아버지의 친척들은 이북에 남아 계셔서, 명절이면 할아버지의 핏줄을 제외하고는 다른 일가

를 볼 수 없었다. 그러기에 아버지의 형제들은 언제나 피가 더 붉었고, 끝없이 이어지는 농담과 웃음으로 그 피는 더욱더 끈적거리게 되었다. 명절의 등장인물은 바뀌지 않았다. 돌아가는 필름의 길이와 스토리도 늘 똑같았으며, 언제나 마지막 이야기는 이북에 살아있을 친척들에 대한 그리움이었다. 하지만 나에게 있어서 친가 외가 모두의 친척들 숫자는, 이미 양손의 손가락을 수십 번 펴고 쥐어야 하는 고단함을 불러올 정도였기에, 외로움이나 그리움은 멀리 떨어져 있었다. 하여튼 할아버지와 우리들은 6·25 전쟁을 통하여 모든 것을 잃었다고 하셨다. 끝없이 펼쳐진 토지의 풍요로움과 고향을 잃은 사람들은, 가끔 시무룩하고 무뚝뚝한 표정을 지으며 시간을 쫓아다녔다.

나에게 처음으로 다가온 풍요로운 대지는 망우리 공동묘지다. 물론 모든 산과 언덕들은 끝없는 봉분으로 평탄함을 잃었지만, 이어지는 수많은 이름들의 등장이 바쁘고 싱그러웠다. 그 까닭에 우리는 언제나 할아버지의 묘를 찾는데 많은 시간을 허비하며 애를 먹곤 했다. 운동회 때 김밥을 싸 오신 엄마를 수많은 학부모 중에서 찾는 것보다 서너 배는 힘들었다. 내가 할아버지의 묘를 찾는 기준은, 할아버지의 묘지 서너 줄 앞에 있던 어떤 사람의 묘비였다. 선명한 한글로 이름이 새겨진 묘비와, 묘 주인이 썼다는 시가 적혀 있던, 아담한 크기의 사각 기념비 때문이었다.

〈시인 김영랑 여기에 잠들다〉

그리고 모란이 피고 지고 가슴이 울고 바람이 부는 긴 시가 적혀져 있었다. 아버지는 이분이 아주 유명한 시인이라고 하셨다. 할아버지의 묘지가 용원으로 옮긴 지 한참이라, 시인의 묘지가 아직도 그곳에 있는지 모르겠다.

나의 본적인 서울 서대문구 천연동은 할아버지와 할머니의 집이었다. 할아버지의 박봉을 모아 살림을 하던 할머니는 일곱 자식들의 생계를 이어 나가기 위해 한옥집의 빈방들을 세를 놓았다. 여기서 나의 존재가 피어나는 인연이 시작된다. 대구 출신의 이화여대 국문과 신입생인 나의 어머니가 상경하여, 서울대학교 성악과에 다니던 오빠의 자취방인, 나의 할머니와 아버지가 사는 한옥집에 등장한 것이다.

(P.S 1)

얼마 전 한국에 계시는 작은 아버님과 할아버지에 관한 이야기가 오고 갔다. 이제는 돌아가신 아버님의 남자 형제 중에는 두 분의 작은 아버님만이 생존해 계신다. 작은 아버님이 들려주신 이야기를 여기에 잠시 보탠다. 증조 할아버지는 자식들의 서울 유학을 위해 서울 서대문 근처 천연동에 큰 한옥집을 마련해주셨다. 이 집은 함경남도 홍원 출신의 박씨 집안 모든 친척들의 서울 유학과 일본 유학을 위해 반드시 들려야 하는 관문이자, 임시 숙소로 사용되었다고 하셨다. 할아버지에게는 2명의 남동생들이 있었다. 모두 일본에서 유학하셨는데 나의 할아버지는 동경의 유명한 사범대학, 막내 할아버지는 동경대 법학부를 나오셨다고 하셨다. 할아버지는 이화여고 교감, 보성고 교감, 서울고 교감, 덕수상고 교감을 지내셨다고 하신다. 그리고 할아버지가 늘 술에 취하신 까닭도 어렴풋이 알게 되었다. 6·25가 터지고, 할아버지는 한강 다리가 끊기고 피난 시기를 놓치며, 서울에 남아 계셨다. 도강파渡江派에게 이북이 고향인 잔류파殘留派로 낙인 찍힌 할아버지는 모든 것을 잃으셨고, 이어지는 폭음의 결과로 뇌졸중으로 쓰러지셨다고 하셨다.

(P.S 2)

일본 수사가 등장하는 일제 시대 이야기를 하다 보니, 떠오르는 친할아버지의 고향 이야기가 떠오른다. 친할아버지의 고향인 함경남도 홍원의 천하리는, 샘내라고 불려졌다고 했다. 친할아버지와 작은 할아버지가 일본 유학을 하면서 샘내에 들여온 것이 과수나무였다고 했다. 와세다 대학을 나온 작은 친할아버지는 고향의 못사는 무산자들에 대한 관심이 매우 큰 좌경주의자였다. 작은 할아버지는 무산자들의 소득 향상을 위해 과수원에 힘을 쏟으셨다고 한다(당시 조선의 지식인 상당수가 진보 좌파 성격을 가진 듯하다. 나의 작은 할아버지는 김일성 집권 후 당분간 높은 서열의 당직에 계시다가 좌천되어 소식을 알 수 없다는 것이 80년대에 확인되었다).

거대한 침묵을 삼킨 외할아버지는
무슨 말을 하고 싶었을까?

1972~1974년 사이 어린 어느 날

어렸을 적 신기하던 사실이 하나 있다. 나의 아빠와 엄마는 '성'이 같다는 것이다. 여기서 말하는 '성'은 남자와 여자의 정체성을 말하는 성性이 아니다. 할비와 아비 그리고 내게로 내려오는 집안의 성姓을 말하는 것이다. 친구들은 자신의 부모와 할아버지 할머니 이름을 외우고 있는 것을, 높은 벼슬인 양 자랑스러워했다. 사실 미취학 아동의 나이에 "저희 부모님 이름은 * '자' * '자' * '자'를 쓰십니다"라고 외워대는 순간, 센베이 과자나 눈깔사탕 부스러기를 사먹을 수 있는 50환짜리 동전이 손에 쥐어지곤했다. (놀라지 마라. 나는 분명히 50환짜리 커다란 은빛깔 동전을 기억한다. 5원짜리 동전과 같은 가치로 통용되었다.)

어른들은 왜 아이의 부모님 이름을 알고 싶어할까? 도대체 어느 곳에 그 수많은 이름이 쓰였을지 궁금했다. 어릴 적 내가 만들 어낼 수 있는 이유는 두 가지였다. 어른들은 모두 동네를 샅샅이 뒤져, 빚지고 도망간 사람들을 찾아 헤매는 돈 떼인 사람이거나, 아이 머리의 좋고 나쁨을 알아보는 감별사였다. 시골에 있는 친 구 계상이는 익은 수박을 찾아내려고 수박서리의 바쁜 와중에도 늘 같은 행동을 했다. 주먹으로 두들겨 보거나, 땅 위의 수박에 거꾸로 머리를 짓이기며 수박이 신음하는 소리를 들었다. 사람의 머리와 수박은 익어가는 방법이 분명히 달랐으므로, 아이들의 머 리를 주먹으로 한 명씩 두드리고 다닐 수는 없었다.

하여튼 나의 차례가 되어, 외워대던 나의 아버지와 어머니의 이름은 똑같이 '박朴'으로 시작되었다. 그런 참사가 벌어질 때마 다, 잠시 내게로 떨어지던 어른들의 차가운 시선이 느껴졌다. 그 들은 부모의 성도 제대로 기억 못하는, 덜 떨어진 아이를 측은하 게 바라보았다. 아니면 사랑에 눈이 멀어 동성동본同姓同本의 불 륜으로 태어난 나를 불쌍히 여겼을지도 모른다. 그러기에 나는 성이 다른 부모를 가진 대부분의 친구들을 부러워했다. 그 당시 나는 '본本'이 다른 두 '박朴'씨의 남자와 여자가 결혼할 수 있다 는 것을 몰랐다. 머리가 조금 굵어지고 나서부터 성씨 얘기가 나 오면 '밀양박－함양박'의 결혼에 대한 타당성을 설명해야 하는 귀찮은 시간을 참아내야 했다.

함양 박씨 성을 가진 나의 외할아비지를 친할아비지에 비해 생생하게 기억할 수 있는 이유가 있다. 내가 기억하는 어릴 적 수 없는 이사 속에, 외할아버지와 외할머니의 집도 포함되어 있기 때문이다. 그것은 이사라기보다는, 커다랗고 강하게 느껴지던 아버지의 어깨와 날개가 꺾이고 부러지면서 시작된, 처가 더부살이였다. 사실 아버지는 시골에서 요양을 하시면서 조그마한 농장을 하셨으니, 우리 가족의 외가 기생살이라 보아야 할 것이다. 하여튼 나의 두 번째 몽상가를 직접 만날 수 있는 기회를 얻은 것이다. 나의 첫 번째 몽상가이자 우상인 친할아버지를 소문과 사진으로 접한 것과는 달리, 두 번째 몽상가이신 외할아버지는 살아 숨쉬는 실존實存으로 내 앞에 서 계셨다.

그는 거대한 침묵으로 상징된다. 심한 천식과 해소로 말을 하시기 힘드셨다. "쉭쉭" 거리던 목과 성대의 마찰음이 내가 들었던 할아버지의 대화 의지였다. 원래부터 말이 거의 없으신 분이라고 하셨다. 그가 침묵으로 말을 아껴 모아 두었던 입담의 여유분은, 외할머니에게 달려가 그녀의 것이 되었다. 그녀는 끊임없는 입담과 다소 폭력의 부작용을 수반하는 정열을 가진 여인이었다. 어린 시절 가정도우미와 할미가 서로의 머리카락을 부여 잡은 채 마루를 뒹굴던 모습을 기억한다. 그 당시 우리를 열광시키는 T.V 속 영웅은 박치기 왕 '김일' 선수였다. 그의 상대 선수는 대부분 덩치가 큰 미국 선수들이었는데, 할미와 도우미 아줌마의 대전에서는 두 선수의 크기가 거의 비슷한 아담한 체급이라, 국적을 나누기 힘들었다. 외할아버지는 언제나 약간 거리를 두고 누구의 편에도 서지 않은 채, 아무 말없이 경기를 관람하셨다. 사실 싸움의 대부분은 도우미 아줌마가 외할아버지에게 보내는 끈적끈적한 시선에서 시작되었기 때문이다. 외할아버지는 기골이 장대하고 주름진 얼굴 넘어 젊은 시절의 잘생긴 얼굴이 선명하게 떠오르는 분이셨다. 선비적이면서 우아한 외모, 거기에다 화룡정점으로 보태진, 치명적인 침묵이 그의 장점을 하늘 위까지 끌어 올렸다. 하여튼 외할아버지를 가운데 두고, 두 여인의 결투는 마치 노인들의 새벽산책 마냥 정기적으로 벌어졌다.

외할머니는 그 시절 모든 할머니처럼 키가 몹시 작으셨다. 하지만 왜소한 체구는 완벽하고 타당한 잔근육으로 가득 채워졌다. 그녀는 작은 보폭을 끊임없이 움직이며, 집 안의 모든 구석구석과 자식들의 일상에 참여하셨다. 학교에서 돌아오면 할머니가 차려준 독상을 받을 때가 많았다. 내가 허겁지겁 밥을 먹는 동안 할머니는 나의 몸 모든 구석구석과 마음속 이곳저곳을 헤집으셨다. 그녀는 일그러진 손주의 깊숙이 숨어버린 속내를 볼 수도 있었다. 무엇이 나의 마음을 불안하게 하는지, 언제나 나는 손톱을 물어뜯었다. 너무 잦은 이사가 불러들인 행동이었을지도 모른다. 손톱 가장자리에 언제나 염증이 생겨 노랗게 부어오르기 일쑤였다. 할머니는 나를 앉히고 바늘을 준비하셨다. 치유의 능력을 가

99

진 제사장의 의식은 언제나 똑같았다. 하얀 명주실이 달린 작은 바늘을 두피에 긁으셨다. 바느질을 하실 적과 똑 같은 행동이었다. 두피에 여러 번 긁어진 바늘은 날을 세우면서 두피의 기름을 듬뿍 바른 채, 더욱 더 민첩하고 날렵하게 변신했다. 거의 50년 전이지만 지금도 눈앞에 선명하게, 서울 서대문구 영천의 작은 한옥집들이 모인 오르막 길을 기억한다. 안방 한 구석에 차려진 응급실 건너편 방에는 새끼줄에 덩그러니 메주들이 달려있었다. 알맞게 익은 메주의 시큼한 향이 할머니의 단단한 손 힘에 갇혀 있던 나의 코 주위로 날아다녔다. 바늘을 손에 단단히 쥐신 채, 할머니는 노랗게 부은 손가락 부위를 노려보신다. 어디에서 칼질을 시작할지 상상을 하는 수술 집도의의 강한 의지다. 단호하게 단 한번의 공격이 이루어졌다. 아무런 주저도 없이 깊숙이 찌르고 나서, 노랗게 터져 나오는 고름을 보는 할머니의 얼굴엔 아무런 표정이 없으셨다. 미리 준비한 덥혀진 간장 속으로 손가락을 담그며 소독과 쾌유를 향한 의식이 뒤를 따랐다.

나를 괴롭히는 수많은 아픔 중에서 유일하게 치유된 것은, 할머니의 은혜를 듬뿍 받아 붓기가 빠진 손가락 뿐이었다. 나이가 들어 머리가 지금의 두 배가 되면 모든 것을 잊을 수 있다고 생각했다. 주머니에 며칠간의 음식을 살 수 있는 돈이 있으면, 끊임없는 허기가 사라질 것이라고 생각했다. 하지만 모든 아픔은 고목의 나이테처럼 선명하게 동심원을 그리며 마음속에 뚜렷이 새겨졌다. 미루어 놓은 분노는 언젠가 다시 떠오를 시간을 기다리며, 검붉은 점토처럼 호수 바닥에 가라앉았다. 고개를 들 수 없이 창피한 비겁은 시커멓게 가슴 속 깊은 멍을 만들었다. 수치스러움이 아무도 모르게 다져졌다. 굳은 표정으로 뻔뻔하게 살아 숨쉬는 것과, 비교와 대립으로 시들어 죽어가는 모든 것들이 차곡차곡 쌓여갔다.

그때는 주적主敵이 분명하고 선명한 시절이라 분노는 유예되었다. 외할아버지의 집으로 이사해 들어가기 전에도, 토요일이면 가끔 할아버지 할머니에게 인사를 드리려 갔었다. 그때 어른들은 토요일을 반공일로 불렀다. 자나깨나 언제나 사방을 두리번거리며 간첩일 듯한 수상한 사람을 찾아야 하는 때였다. 그래서 토요일은 공산당을 반대하는 반공反共의 날로 알았다. 오전만 일하고 오후에 쉬는, 반은 공휴일이라는 반공半空의 의미라는 것을 안 것은 머리가 커지고 나서였다. 태극기 태극마크의 위쪽이 붉은 색인 까닭도 빨갱이 공산당들이 한반도의 위를 차지한 이유라고 생각했었다. 미술시간이면 자주 반공 포스터를 그려야 했으며, 친구들은 언제나 머리에 뿔이 난 김일성을 그리거나, 검은 안경을 낀 채 중절 모자를 쓴 간첩을 그렸다. 늑대의 얼굴을 한 채 입가에 붉은 피를 뚝뚝 떨어뜨리는 공산당의 얼굴은, 너무나 익숙해서 조금은 식상했던 것이 사실이다. '자나깨나'라는 시시때때로의 부사는 간첩들과 불조심에 늘 따라 다니는 수식어였다. 네덜

란드의 댐 붕괴를 막은 소년보다, '나는 공산당이 싫어요' 라고
목이 터져라 외치고 죽은 '이승복' 어린이가 더 유명했다. 그러기
에 박정희 대통령은 우리나라를 위해서 영원히 대통령으로 남아
있어야 하는 사람인 줄 알았다.

1971년 내가 초등학교(사실인 즉 '국민학교'라고 불렀다) 4학
년 시절, 대통령 선거가 있었다. 박정희 대통령은 언제나 양말을
벗고 모내기에 뛰어 드는 모습과 시원하게 막걸리를 들이키는 인
자한 미소로 기억됐다. 사람들은 영천 시장으로 향하는 골목의
벽보판 앞에 서서 팔짱을 끼고, 후보들의 공약과 구호를 읽어 나
갔다. 나는 선명하게 김대중 후보의 무섭고 서늘한 구호를 기억
한다. 내가 기억하는 문구는 이렇다.
"이것저것 다 썩었다, 못 살겠다 갈아 치자"
(인터넷에서 사실을 위해 검색해 본 구호는 다음과 같다,
"십 년 세도 썩은 정치, 못 살겠다 갈아보자")

맞수 야당 후보의 얼굴은 면도칼로 수없이 그어져 있었고, 친
구들은 차례로 그의 얼굴에 침을 뱉었다. 물론 나는 아무 행동도
하지 못했다. 말주변도, 주변머리도 없었다. 나이에 비해 수줍고
덜 자란 아이였다. 씩씩하게 나서는 친구들이 부러웠다. 나는 무
엇이 옳고 그르고, 선과 악이 어디서 나누어지는지, 아무런 관심
을 가질 수 없었다. 너무나 잦은 이사에 이어 등장하는, 수없이

교체되는 밝음과 어둠에 적응하느라 바빴다. 그러기에 나는 세상을 지금도 흑과 백의 단순함으로 밖에 보지 못한다. 일곱 가지 무지개색으로 표현할 수 없었다. 삶은 아픔과 기쁨 그리고 증오와 행복 등이 버무려진 거대한 용광로에서, 수만 가지의 불안한 색을 토해낸다. 하지만 나에게 비추어진 세상은 색상의 다양함이 아니라 색의 짙고 흐린 농담濃淡으로만 다가왔다.

　나는 외할아버지의 말수가 줄어든 이유를 두 가지로 생각했다. 그 하나는 끊임없이 터져 나오는 외할머니의 잔소리 때문이고, 다른 하나는 육체적인 까닭인데, 이 이야기를 하려면 어머니의 형제들 이야기를 피해갈 수 없다. 어머니는 일곱 번째 아이였다. 위로는 언니들이 네 명이 있었고 오빠가 둘, 아래로는 남동생이 둘, 여동생이 하나 있었다. 양 손가락을 모두 펴야 만날 수 있는 '10'이라는 숫자의 자식을 만들어 낸 할아버지는, 너무 지쳐서 말이 없으신 것이 분명했다. 하지만 직접 열 명의 아이를 낳으신 외할머니는 아이들을 키우느라 뼈빠지게 힘들었다고 하시면서도 용맹함을 잃지 않으셨다. 어머니를 비롯한 열 명의 아이들은 대부분 경북고등학교와 경북여고를 거쳐, 대구 사범대학이나 서울의 대학생활로 삶을 이어갔다. 아버지 형제가 살던 천연동 한옥집에, 서울대 성악과에 다니던 외삼촌이 자취를 시작했고, 그 뒤로 이대 국문과에 입학한 나의 어머니, 그리고 뒤를 이어 이대 미대에 입학한 이모가 줄줄이 자취방에 합류했다.

일제시대 열 명의 자식 모두를 대학교에 보냈던 외가는 대구에서 꽤나 유명한 집안이었다고 했다. 외할아버지는 대구에서 커다란 잡화상을 경영하셨는데, 일본에서 대부분의 상품을 수입하는 국제상인이셨다. 외할아버지가 일본으로 건너가는 뱃머리에 몸을 실은 채 사업의 손실을 주판알로 튕기며 계산을 하신다. 그 옆으로, 친할아버지가 파이프 담배를 문 채 시집을 한 손에 쥐고, 물끄러미 외할아버지를 바라보는 모습을 상상해 본다. 변사가 떠들어대는 흑백영화에 어울릴 것 같다. 아니면 연한 파스텔의 그림이 어울릴까?

나의 큰 이모님 두 분은 대구 사범대를 나와 교직에 계셨다. 셋째 이모님은 전에 이야기가 나온 우리나라 최초의 여자 영화감독이다. 셋째 이모는 언제나 늘 우리 엄마를 보면 습관적으로 하는 말이 있었다. 자신이 나의 엄마를 늘 업어 키웠다는 것이다. 우리 엄마가 8살쯤, 심한 고열에 방구석에서 신음하고 있을 때, 엄마를 발견한 것도, 엄마를 들쳐 업고 몇 십 리 거리 시내의 병원으로 달려간 것도 자신이라고 했다. 엄마는 며칠 간 혼수상태에서 깨어나지 못했다고 했다. 엄마의 절대 절명 위기 한복판에도 분명 외할머니는 등장하지 않았다. 둘째 이모는 넷째 이모의 기저귀를 늘 갈아 주었다고 하고, 우리 엄마는 막내 외삼촌을 쫓아 다니며 밥을 먹었다는 이야기 등으로 미루어 짐작하건데, 외할머니의 직책은 총감독의 위치가 아니었을까 하는 생각을 지울 수 없다. 하여튼 외할머니가 양산한 열 명의 아이들은 일제시대의 '자녀 많이 갖기 운동'에 부합되어, 총독부로부터 상장을 받았다는 이야기도 기억난다. 외할머니가 일본 순사로부터 상장을 부여잡고 하얀 치아를 드러내고 웃고 있는 조금 옆으로, 먼 산을 바라보는 외할아버지의 사진이 내 머릿속에 찍히는 것은, 나의 상상력이 지어낸 추억의 선물이다.

　외할아버지의 모든 표정과 행동에서 보여지는 것은, 침묵의 바다 위에 수놓아진 인자함이었다. 열 명의 자식 중에서 가장 고생하는 딸 아이의 손주를 바라보는 애틋한 시선이, 나에게 줄 수 있는 유일한 선물이었다. 심한 해소와 천식으로 외할아버지는 거의 말을 뱉어낼 수 없었다. 외할머니와의 싸움에서도 그가 할 수 있는 유일한 표현은 가쁜 숨을 몰아 쉬는 것뿐이었다. 마음속으로 소리치는 헉헉거림이 전부였다. 외할아버지의 집에서 살던 1년여의 시간 속에서 한 장의 사진을 찍고 싶다면, 주저하지 않고 한 장면을 꼽을 수 있다. 외할머니가 외할아버지의 입 속에 하얀 가루를 작은 숟가락으로 넣어 주시던 순간이다. 하얀 분말 가루가 눈송이처럼 흩어지며 외할아버지의 입가에 흩어진다. 그는 가능한 입을 크게 벌려 하마가 된다. 만약에 조금이라도 눈가루가 입 밖으로 떨어진다면, 그녀의 끝을 알 수 없는 잔소리가 시작될 것이 분명했다. 눈송이를 받아내는 그의 입가에서, 나는 언제나 작은 경련을 느낄 수 있었다.

그 약은 만병통치약이었다. '박카스'와 함께 그 시절 T.V의 선전 중에 가장 많은 시간대에서 볼 수 있었던 그 가루약의 선전 문구는, 특이하고 아름다웠다. 1970년대 초의 T.V 선전 중에서 내가 사실 제일 좋아하는 것은 따로 있었다. 외할아버지의 입속으로 흩어지던 해소천식약의 선전이 마음을 사로잡는 문구로 이루어졌다면, 또 다른 하나는 찰리 채플린의 무성영화를 연상케 하는 감기약 선전이었다. 한 소방관이 불을 끄다가 갑자기 컵을 꺼내 호스의 물줄기를 컵 속으로 바꾸어 감기약을 먹는, 컬트 무비 같은 장면이었다. 나는 길거리에서 소방관 아저씨를 볼 때마다, 그들의 호주머니에 들어 있을 감기약을 떠올렸다. 이제 내가 좋아하던 해소천식약의 선전 문구를 떠올려 본다.

"이 소리도 아닙니다. 이 소리도 아닙니다. 용각산은 소리가 나지 않습니다."

외할아버지의 조용한 그림자 뒤에는 소리가 나지 않는 신비의 눈가루 약이 숨겨져 있었다. 그들은 서로의 벗이 되어 침묵의 시간을 만들고 있었다. 서울의 하늘 아래에서 말이 없어진 초등학생이 외할아버지의 손을 잡고 걸어간다. 우리는 언제나 서로 말을 하지 않았다. 우리는 언제나 서로를 측은한 눈빛으로 바라보았다. 나는 외할아버지의 모든 것을 알고 있다고 생각했다. 그도 나를 알고 있는 듯했다. 사람들은 할아버지가 말이 없는 까닭이

해소와 천식과 살짝 맞아 버린 중풍 때문이라고 했지만, 나는 진실을 알고 있었다. 그도 나처럼 몹시 외로웠다. 열 명의 자식들을 위해 자신의 모든 것을 소진한 채 야위어가는 대구출신의 노상인老商人과, 풍요의 세계를 잃어버린 채 망상의 바다를 허우적거리는 초등학생은 서로를 바라보고 있다. 늦은 오후의 기울어진 햇살 아래 기대어, 그들은 서로의 손을 꼭 잡고 끝없이 졸고 있다.

높이가 다른 어깨를 가진 아비와
길이가 다른 팔을 가진 아들은
늘 서먹서먹했다

1972~1974년 사이 어린 어느 날

내가 처음으로 기억하는 거대한 건물 이야기를 시작한다. 하얀 색으로 칠해진 높은 건물에는, 벽 전체의 대부분을 차지하는 창문들이 있다. 그들은 커다란 입을 벌리고 하늘의 구름을 마구 빨아 들이고 있다. 건물은 둔탁하지만 안정적으로 커다란 두 발을 땅속으로 박고 있다. 입구에는 '국립마산결핵요양소'라는 건물의 줄곧 굳건한 이름이 새겨져 있다. 인쇄사업이 실패하고 결핵성 기관지염이 재발한 아버지는 붉은 피를 토하신다. 붉은 색을 말끔하게 빨아들이는 흰 건물은, 아주 커다란 미소를 머금고 있었다. 마치 흔들의자에 앉아 있는 듯, 간혹 건물이 앞뒤로 흔들리는 기분이 들었다. 늘 불안정한 내가 원인인지, 건물이 숨죽여 울고 있는 까닭인지, 갈피를 못 잡았다.

아버지와 어머니 그리고 나는 김포공항에서 비행기에 올랐다. 아버지의 병세가 위독하여 가능한 빨리 요양소로 가야 하기에 가족은 비행기를 택했을 것이다. 하나 밖에 없는 아들인 내가 그 여행에 동참한 것은, 작은 배려라고 짐작할 수 있다. 모든 경비와 입원비 요양비는 친척들에게 얻었을 것이다. 공항으로 향하는 차 안에서 이미 비행기의 흔들림을 느낄 수 있었다. 하늘을 날아가는 것이다. 팅커벨의 반짝이는 날개와 선녀의 날개 옷을 빌려 입은 마냥, 날아다니는 모든 새들이 나의 곁을 맴돌며 비행궤도를 함께 하고 있는 것 같았다.

사실 비행기를 타본 경험은 초등학교 시절, 나를 유일하게 어두운 구석에서 밖으로 불러냈다. 자연 시간에 선생님은 우리나라의 황폐한 산림 상태를 이야기하면서, 비행기를 타본 사람들은 손을 들어보라고 하셨다. 그것은 아주 익숙한 의식이었다. 학년 초에 손을 들라는 명령어에는 늘 한가지 주문이 따라다녔다. 모두가 눈을 감고 장님이 되어야 하는 것이었다. 집에 자가용이 있는 사람, 집에 T.V가 있는 사람, 집에 전축이 있는 사람, 아버지가 대학교를 졸업한 사람……. 구석진 가정형편을 물어보는 시간에, 모두에게 내려진 조건이었다. 몰래 가느다랗게 실눈을 뜨면 기울어진 세상이 보였다. 누구는 계속 손을 든 채로 키득거리고 있었으며, 누구는 한번도 손을 들지 못한 채, 지친 어깨와 무거운 고개를 떨구고 있었다.

하지만 그날 우리는 모두 눈을 뜨고 있었다. 나는 그날 모두 가 눈을 시퍼렇게 뜬 가운데, 비행기를 타본 소수의 부자에 속했 다. 그때는 온 나라가 나무 심기에 총력을 기울이던 시절이었다. '메아리가 살게시리 나무를 심자'라는 노래 구절이 아직도 귓가 를 맴돈다. 나는 앞서서 말하는 친구들의 이야기를 똑같이 떠들 었다. 비행기 위에서 내려보는 도시 근처의 산은 민둥산이고, 도 시를 벗어날수록 산들은 푸르러진다고. 그날이 초등학교 시절 내 내 처음이자 마지막으로, 아이들 앞에서 자신 있게 서있던 날이 었다.

다시 마산에 도착한 그날로 돌아간다. 아침 일찍 비행기에 올 라선 까닭에, 입원 수속과 병실을 정돈한 뒤에도 하루 해는 여전 히 병원의 큰 창문 너머로 걸려 있었다. 그날 밤기차를 타고 서울 로 돌아가려는 어머니와 나는 걸음을 바삐 옮겼다. 마지막 서울 행 열차를 타기 위해 플랫폼을 달리던 그날 밤의 헉헉거리는 숨 가쁨을 뒤로 한 채, 마지막 기차는 역을 매몰차게 떠나버렸다. 지 금도 기억한다. 멀어져 가는 기차를 하염없이 바라보면서 나는 끊임없이 울었다. 나는 누나들 밑에서 자란 까닭에 울음이 많았 다. 엄마는 하는 수 없이 마산에 계신 고등학교 동창 친구분 집에 서 하룻밤을 보내고 새벽기차를 타기로 하셨다. 마산역에서 시작 된 울음은 친구분 집에서 잠이 들 때까지 그치질 않았다. 이불을 머리 끝까지 잡아 당겨 얼굴을 감추고 울었다. 새로이 풀을 먹인

홑청은 뻣뻣하고 차가웠다. 밤새 내려 쌓여있는 눈 위를 걸을 때처럼, 홑청을 손으로 쥐어 잡으면 처음 밟아보는 객지의 서러움이 달려왔다. 나는 그때 내가 울었던 까닭을 지금도 기억한다. 멀어져 가며 사라지는 기차의 꽁무니를 보면서, 서울로 갈 수 없다는 공포감에 빠지고 만 것이다. 아버지를 두고 왔다는 상실감은 이상하게도 없었다. 아빠는 그의 하얀 집으로 돌아갔다고 생각했다. 무섭고 정감 없던 서울의 단칸 셋방이 내게는 분명 돌아가야만 하는 고향으로 여겨지며, 강물을 거슬러 오르는 연어처럼 퍼덕거리며 울고 있었다. 아니면 폐병에 걸려 피를 토하시던 아빠가 갇혀 있는, 마산의 그 하얀 건물을 멀리하고 싶었을지도 모른다.

아버지는 마산에서 대략 일 년 정도 머무셨다. 사업이 망하고 무너진 건강을 추스르시려 나주의 시골 농장으로 가시기 전의 기간이었다. 그해 여름에 우리 식구는 아버지를 만나러 마산으로 내려갔다. 결핵 요양소 조금 떨어져, 가포 해수욕장이 있었다. 우리는 아버지의 병환을 핑계로 여름 피서를 가는 것이었다. 요양소 건물 뒤로 산들이 넓게 병풍처럼 널브러져 있었다. 마산에서 바라보는 바다는 내가 처음으로 대하는 거대한 물의 세계였다. 그때까지 내가 접한 물들은 북한산성이나 광릉 같은 계곡이나 시냇가였다. 대부분 아버지의 회사 모임을 쫓아 나선 곳이었다. 그곳에는 언제나 아버지와 같은 출판사나 인쇄소 등에서 일하시는 친구분들이 계셨다. 잉크 냄새가 저지대의 숲으로 가라 앉았다. 물줄기는 언제나 높은 곳에서 낮은 곳으로 중력의 법칙을 따라 시끄럽게 달려갔다. 바위를 향해 달려가면서 산산이 부서지고 다시 몸을 돌려 흩어지는 물방울들은, 우리 형제들처럼 온몸이 시퍼렇게 멍이 들었다. 우리는 미끄러운 책받침 위에서 말굽자석의 움직임에 따라 마구 흔들리는 쇳가루처럼 서걱거리며 몸부림쳤다.

처음으로 마주 보는 마산의 바다는 그렇지 않았다. 집채만한 바닷물의 거대함이 수없이 밀려오고 물러서는 분주함이 자리했다. 계곡도 아닌 곳에서 높낮이를 창조하며 울어대는 커다란 목청이 신기하기만 했다. 생각해보면 초등학교 자연시간에 선생님은 밤이면 살며시 얼굴을 들이미는 달님과, 우리가 발을 딛고 있는 말없고 서먹서먹한 지구의 불편한 관계를 얘기했었다. 언제나 서로 밀고 당기며 멀어져 가는 그들이 이토록 바다를 시끄럽게 만들었다고. 바다가 혼자 토라진 지구와 달을 오가며 바쁘기만 하다고. 이 세상에서 가장 크고 믿음직스러운 것은 널찍한 어깨와 등을 가진 아빠라는 믿음을 어쩌면 저 바다로 바꾸어야 할지도 모른다고 생각했다. 나는 저녁 노을로 붉게 피를 토한 바닷가의 모래사장에 앉아, 한없이 바다의 울음소리를 들었다. 바다는 폐가 삭아 기둥이 허물어진 우리 집을 위해 울고 있다고 생각했다. 아니 엄마를 위해서라고 생각했다. 엄마를 위해서야만 했다.

나는 그곳에서 나와 닮은 비대칭의 사람들을 만나게 됐다. 어린 시절 여름 낮잠에 빠진 아버지의 옆에 누우면, 등돌린 아빠의 넓은 등을 볼 수 있었다. 소매가 없는 내의였기에 나는 아빠의 드러난 등과 어깨의 넓은 곡면을 볼 수 있었다. 오른쪽 어깨 등뒤로 수십 바늘이 넘어 보이는 커다란 수술 자국이 기찻길처럼 뻗어 있었다. 꿰맨 간격과 실밥의 흔적은 무지막지한 바늘이 아빠의 등을 휘젓고 솟구쳤음을 짐작하게 했다. 아버지는 베어진 칼자국의 길이만큼 어깨가 처져 있었다. 마산의 흰색 건물에는 온통 결핵을 앓고, 어깨가 처진 비대칭의 환자들로 가득 차 있었다. 일요일이면 아버지는 교회에 가셨다. 아버지는 신실한 기독교신자는 아니었을 것이다. 나의 기억에서 내가 아버지와 교회에 간 것은 그때가 처음이자 마지막이었다. 친분이 두터운 목사님을 만나러 가셨던 것일지도 모른다.

아버지와 목사님의 친분은 아주 오래전으로 거슬러 올라간다. 아버지는 아주 젊은 시절부터 오랫동안 요양소에 계셨다. 6·25 전쟁이 한창인 때에도 아버지는 하얀 건물에 갇혀 있었다. 그 시절에는 뒷산에서 노루가 내려와 얼굴색이 하얀 환자들을 물끄러미 바라보았다고 했다. 낡은 아버지의 앨범 속에 그때의 사진들이 있다. 얇고 거친 피부 너머로 뼈들의 가녀린 나열이 비치고 있었다. 아주 잘 정리된 환자들이 조용히 떨어지는 봄 햇살을 맞으며, 줄지어 바람에 흩날리고 있었다. 장작개비처럼 마르고 비틀려 있었다. 툭 한번 어깨를 치면 바닥으로 부서져 내릴 듯한 아주 나약한 젊음들. 모두는 노루의 눈을 가지고 있었다. 커다랗고 순하고, 가끔 휑한 시선으로 무너져 내리는 하늘을 바라보는 눈. 2차 세계대전 폴란드 아우슈비츠 얘기가 나오면, 언제나 아빠의 사진을 떠올렸다. 어쩌면 목사님도 아버지의 사진 속에 있었을지도 모른다. 목사님을 처음 보았을 적, 나는 아버지의 모습을 거울로 보는 듯했다. 그도 젊은 시절부터 앓아온 결핵으로 한쪽 어깨가 아버지처럼 밑으로 떨어져 있었다. 그해 여름, 목사님의 기울어진 어깨를 따라 계속 땅으로 흩어지던 신앙심은 하나도 움트지 않았다.

아버지의 입원실에는 4명의 백지장 얼굴을 가진 환자들이 누워 있었다. 체구의 크고 작음에 상관없이, 모두는 뾰족한 턱을 가지고 있었다. 결핵은 모두의 입을 틀어 막기 위해 볼살을 제일 먼저 탐내는 것 같았다. 아버지는 자신의 입원실을 낙원으로 꾸몄다. 작은 선반에는 언제나 문학잡지들이 수두룩하게 쌓여 있었다. 그리고 그 당시 매우 귀한 이동식 일제 녹음기와 전축이 있었다. 아버지는 빚에 쫓겨 다니면서도 머리에 전축을 이고 다녔음이 분명했다. 우리 가족에게는 한때 잘살았다는 증거물이 필요했다. 아버지의 검은색 가방에는 수십 개의 롤 테이프가 담겨 있었다. 테이프가 담긴 각각의 정사각형 종이 박스에는 베토벤, 브람

스, 멘델스존, 쇼팽, 비발디 등의 이름들이 적혀 있었다. 초등학교 음악책이나 음악 교실의 천장 가까이 사방 구석에 달려, 우리들을 노려보던 작곡가들이었다. 그들은 유난히 머리가 크고 무겁게 보였다. 무엇인가를 뚫어지게 쳐다보면서 자신들의 눈을 괴롭히던 음악의 천재들이다. 마음만 먹으면 언제나 나는 그들을 어두운 가방 속에서 밝은 밖으로 초대할 수 있었다. 내가 가진 유일한 능력이었다. 그리고 유별나게 작은 팽이 크기의 롤 테이프가 하나 있었다. 가족들의 오락시간을 녹음한 것이었다. 매끄러운 누나들의 노래에 이어, 수줍음에 끝없이 노래를 빼던 나의 칭얼거림이 고스란히 담겨 있었다. 아버지의 병실은 언제나 많은 사람들이 북적거렸다. 아빠의 녹음기 때문이었을지도 모른다. 아빠가 사람들을 좋아한 까닭일 수도 있다. 하지만 이상한 생각을 지울 수 없다. 아무리 기억하려고 해도, 내가 아버지의 등에 업히거나 무등을 탄 기억을 떠올릴 수 없다.

바다는 밤마다 계속 슬피 울부짖었고, 동네 아이들의 수군거리는 소리에 잠이 깨곤 했다.
"저놈은 폐병쟁이 아들이야."

(P.S 1)
결핵에 대한 화학요법이 원활하지 못한 그 시절에는 폐 손상이 심했다고 했다. 그러한 연유로 절제술이 널리 시행되었으며, 그 결과 흉강 내 빈 공간(Dead Space)이 많이 생겼다고 했다. 흉곽성형술이 뒤따르며 그 결과 가슴이 좁아지고 어깨가 처져 보이는 후유증이 많았다고 했다.

(결핵 환자들의 과거 수술 후유증에 관한 조언을 주신 흉부외과 남구현 원장님께 감사를 드린다.)

여기서 잠시 아버지의 마산결핵요양소 시절의 시 동인지 활동을 간단히 써 내려가려 한다. 나는 이 자료를 인터넷의 너른 바다를 헤매다 [잘 몰랐던 경남문학지대]의 8편 사나토리움 동인지 『청포도』라는 기사에서 찾아냈다. 15년 전에 돌아가신 나의 아버님의 이름이 불쑥 튀어나오면서 1950년대의 색 바랜 사진들이 나를 엄습했다.

『청포도 1집』 창간 동인은 김윤기, 박국원(나의 아버지), 이동준, 이부영, 남윤철, 박철석, 김연수, 김대규 등이다. 이들은 "시를 쓰고 시에 산다는 것은, 우리에겐 시로의 생명을 기른다는 것 외에 또 무엇이 있으랴!"라고 선언한다.

이들은 당시 마산에 거주하는 시인들과 교류하였고, 특히 김춘수 시인의 도움이 컸다. 김춘수 시인의 그들에 대한 글을 빌려 온다.

"그들의 시가 지성적이려고 하는 태도만을 보여주었다고 생각한다. 여기에 그들이 가진 세대적 의의와 동시에 그들의 위험이 있는 것이다."

1953년 발간된 『청포도 3집』 발문에 실린 김춘수 시인의 글을 다시 빌려 온다.

"생경하고, 공허한 내용의 공전에 흐르기 쉬운 위험성을 품고 있었던 언어들이 착실해지고 성실해지고 또는 겸손해졌다…. 어딘가 좀 간지러운 것 같고 어색하고 어울리지 않던, 즉 남의 옷을 빌려 입었을 적의 야릇한 느낌 같은 것이 거진 가시어지고 대부분의 동인들의 작품이 제각기 제 자리를 차지한 것 같다."

아버지는 이후 1953년, 김대규씨가 주축으로 발행한 국내 최초의 의료계 잡지인 『보건 세계』의 편집동인으로도 참가하였다. 여기에는 물론 마산결핵요양소에서 동고동락한 이부영, 김우곤 등이 참여한다.

(P.S 2)

아버지의 오랜 친구 두 분의 이야기를 덧붙인다. 우리가족은 가끔 아버지의 손에 이끌려 아버지의 오랜 친구 김대규 선생님이 계시는 결핵협회를 방문했다. 그곳에서 우리는 대물림의 결핵을 두려워하며 흉부 방사선 사진을 찍었다. 내가 치과대학 본과에 발을 들였을 때 아버지의 부탁으로, 서울대학교 의과대학 정신과에 계시던 이부영 교수님께 인사를 드리러 간 적이 있다. 나는 그때 그분이 대한민국 분석심리학의 대가이신 것을 몰랐다. 환한 웃음으로 내 손을 잡아주시던 얼굴이 지금도 생생하다. 그들은 모두 젊은 시절 시인을 꿈꾸던, 노루 눈을 가진 아버지의 친구들이었다.

세 명의 치과의사 이야기

1. 명수 이야기 - 2011년 7월

명수가 죽었다.

아침 신문 기사에서 '이소룡이 죽었다'거나, 만우절날 T.V 긴급 속보에서 '장국영이 죽었다'라는 뉴스를 보는 듯한 기분이 드는 것은 무슨 이유일까? 너무나 가까운 사람을 잃으면 갑자기 그의 죽음을 멀리 놓고 싶은 까닭일지도 모른다.

그와 나는 이곳 엘센트로에서 한국말을 하는 유일한 치과의사였다. 명수를 알게 된 것은 사람들이 나의 차를 짙은 의구심으로 바라보는 시선에서 시작한다. 그때 내가 가지고 있던 차는 뉴욕 유학시절 친한 선배로부터 구입한 10년 된 토요타 중고 코롤라였다. 나중에 알게 된 사실이지만 명수가 이곳에서 일자리 제안을

받은 시기는, 내가 도착한 2005년 11월보다 겨우 몇 달 전이라고
했다. 비지니스 마인드를 갖춘 그는, 한국인 교회에 들러 인사를
빠뜨리지 않았다. 아이돌처럼 노랗게 머리를 물들인 채, 그가 몰
고 간 자동차는 백마처럼 하얗고 예쁜 벤츠 오픈카였다.

　한국인이 드문 이곳, 외진 사막도시의 동일한 시간에 우연히
두 명의 치과의사가 등장한 것이다. 피에로가 바삐 마술사의 주
위를 오가며 마술을 기다린다. 마술사는 금방이라도 멈출듯한 중
고차와 그 옆에 서 있는 늙은 남자 위로, 커다랗고 검은 천을 씌
운다. 잠시 사방에서 나팔과 북소리가 관객을 부추긴다. 천을 서
서히 치우자, 고급 벤츠 오픈카 위에 무스로 머리를 뒤로 넘긴 젊
고 잘생긴 치과의사가 나타난다. 나는 분명 처음에 사람들의 환
호를 불러오기 위한, 작고 낡은 소품이었다. 어떤 이들은 젊은 치
과의사인 명수를 먼저 보았고 어떤 이는 늙은 치과의사인 나를
먼저 보았다.

　하여튼 한국인 치과의사 두 명의 등장은, 좁디좁은 시골의 한
인사회를 몹시 술렁이게 했다. 인구 4만의 도시에 한국인의 숫자
는 400명을 밑돈다고 했다. 가끔 한국인 의사나 치과의사가 잠시
누군가의 자리를 채우느라 나타나긴 하여도, 이 작은 시골에 장
기적으로 눌러 살게 되는 의사는 처음일지도 몰랐다. 내가 치과
의사라고 인사를 하자, 그들은 나의 차를 보며 고개를 갸우뚱거

렸다. 벤츠에 올라탄 젊고 잘 생겼다는 청년이, 졸지에 후줄근한 중늙은이로 바뀐 것이다. 게다가 언제 설 지 모르는 중고차를 옆에 세우고 있으니, 그들의 혼란도 이해가 간다.

나를 이곳으로 보낸 이들은, 3년간의 튼튼한 영주권 스폰서라는 목줄을 잡고 있는 거대한 미국 치과 그룹이었다. 바쁜 숨을 몰아 쉬며 미국의 첫 직장 생활에 힘겨워하고 있을 때, 나는 명수를 시골의 초라한 골프 연습장이나, 듬성듬성 사람들이 앉아 있는 식당에서 만날 수 있었다. 우리는 서로 형식적인 인사만을 하는 관계였다. 그것은 마치 영역이 겹치는 두 마리의 표범을 둘러싼 역학이었다. 멀리서 그저 상대방의 발걸음과 가쁜 호흡에 귀를 기울이는 것이다. 그리고 코를 킁킁거리며 상대방의 힘과 민첩함을 핥아본다. 그는 대부분의 대화를 영어로 했다. 가끔 인사치레 내게 던지는 그의 한국말은, 몹시 어눌하고 간격이 떨어진 예의를 입고 있었다. 나는 아마도 조선 표범이 분명했고 그는 시베리아를 아우르는 영역을 가진 다국적 표범이었다. 어쩌면 종이 다른 호랑이였을지도 모른다.

NYU에서의 임플란트 수련 2년에 이어, 미국 치과 기업과의 3년간 계약기간을 채운 시기가 2009년 초였다. 미국에 온 지가 여섯 해를 조금 못 미치는 시기였다. 43살 늦깎이 공부를 시작한 NYU임플란트 수련기간 보다, 미국 치과기업에서의 3년이 비교할 수 없을 정도로 길고 비참했다. 게다가 기나긴 3년을 채우고도 빠져나올 수 없었다. 2007년에 터진 서브프라임 모기지 사태가 화근이었다. 3년 계약기간이 끝나는 2008년 11월까지도 치과 개업을 위한 은행 융자가, 여러 번 막판에 취소되고 있었다. 나는 암울한 직장에서 3개월을 더 일해야만 했다. 사람의 표정에서 인간의 그림자를 찾을 수 없었던 시기였다. 암호를 풀어나가듯 사람을 읽어 나갔으나, 언제나 오독으로 인한 심한 고통이 뒤를 쫓았다. 옳다고 믿었던 생각도 의심이 끊이질 않아, 주머니 속으로 깊숙이 꾸겨 넣던 시기였다. 권위와 상황에 쫓기어 바닥을 엉금엉금 길 때도 많았다. 비탈에 선 가족을 위해서라면 모든 것을 참아야 했다.

대출 은행을 서너 번 바꾼 2009년 2월에야 개인 치과를 개업할 수 있었다. 어느 정도 가쁜 호흡의 시간이 지나자 계절이 바뀌며 찾아오는 공기와 색깔의 차이가 느껴졌다. 데면데면 사람들을 바라보는 미국의 건조한 정서가 서서히 몸으로 떨어져, 차곡차곡 물들기 시작했다. 살기와 분노가 서서히 가라앉았다. 새로 개원한 치과 자리가 잡혀가면서, 그제서야 전방으로 굳어진 시선을 좌우로 돌릴 수 있었다. 그때 우연히 명수를 다시 만났다. 넌지시 손을 내밀면서, 그와 나는 서로가 술꾼임을 확인하고 가까워지기 시작했다.

동서양을 막론하고 최고의 자살률과 단명 직업은 언제나 치과 의사다. 그만큼 이 직업은 환자로부터의 스트레스가 많다. 우리 병원의 내원 환자 수는 이미 만 명을 넘어섰다. 인근 도시인 브롤리, 칼렉시코, 핫빌에서도 환자가 소수 내원하고 있지만, 4만의 인구를 가진 이 도시에서 아이들만을 보는 병원이 만 명의 환자 수를 가지고 있다는 사실은, 도시의 반을 넘어선 인구가 나를 알아본다는 것이다. 대충 천 명의 환자마다 한 명이 병원을 뒤집어 놓으니, 10번 이상의 환자로 인해 나는 잠을 이루지 못했다.

사실, T.V 선전을 잠시 뒤로 미루는 까닭도 거기에 있다. 사람들이 나의 얼굴을 더 이상 알아보지 않았으면 하는 바람이 숨어 있다. 6년 동안 이 도시에 갇혀 있던 명수 또한 비슷한 상황이었다. 우리 둘은 한 달에 한번 사람들이 알아보지 못하는, 인근 애리조나 유마로 차를 달려 술을 퍼붓는다. 명수의 멕시칸계 미국인 여자 친구 헤이즐이 늘 우리의 운전기사였다. 나는 명수에게 더 이상 늦기 전에 가정을 가지라고 기회가 있을 때마다 말했다. 헤이즐과는 진지하게 결혼을 생각하고 있다고 말했다. 헤이즐도 긍정적인 입장을 보였지만, 그녀의 아버지는 명수보다 젊다. 마지막 술판에서 그들 둘의 관계가 조금 서먹서먹했었기에, 전화가 뜸한 것을 그리 대수롭지 않게 여기고 있는 터였다.

그리고 난데없이 무거운 전화가 울렸다. 산드라는 명수와 같이 근무했던 동료라고 자신을 밝혔다. 나는 그녀를 모른다. 명수의 가족 연락처를 찾고 있었다. 그날 저녁 치과가 끝나는 대로 그가 입원해 있는 멕시코로 달려갔다. 자살을 시도했다고 했다. 눈을 뜨고 있었지만 사람을 알아보지 못했다. 이름도 모르는 사람들의 행렬이 앞과 뒤의 표식도 없이 명수의 주위를 맴돌며, 퍼즐게임처럼 뒤죽박죽 꼬여 있었다. 극빈자들을 위한 무료병원에 입원해 있는 명수는 당장 고비를 넘기기 위해 신장투석이 필요하다고 했다. 미국으로 넘어와 당장 필요한 돈을 현금지급기에서 빼내어 전해주었다. 산드라와 자정이 다 되어가는 시간에 밤새워 영업을 하는 데니스에 들렀다. 커피를 마시며 실타래의 한쪽 끝 이야기를 조금씩 당기며 퍼즐을 맞춘다.

　명수는 미국에서 추방당한 상태였다. 그 이유가 무엇인지, 왜 극빈자의 병원에 누워있는지, 모든 것이 뒤엉켜 있다. 가족을 찾는 것이 우선이다. 그의 생년월일과 이름만을 가지고 한국 영사관에 전화를 걸었다. 전화선은 영사관의 여러 곳을 휘젓고 뒤집는다. 여자의 목소리가 남자의 목소리로 바뀌고, 거칠고 무뚝뚝하다가 다시 상냥하게도 변한다. 마침내 영사님의 목소리가 수화기 너머 들려온다. 어릴 적 미국에 온 명수는 한번도 한국으로 들어간 출입국 기록이 없다고 했다. 그 까닭에 그의 기록을 찾을 수 없다고 했다.

다시 명수를 면회하러 간다. 중환자실의 명수는 얼굴이 무너진다. 모든 근육들은 미세하지만 잔인하고 정확한 중력의 힘에 충실하게 반응한다. 침대의 바닥과 어제의 기억을 향하여 축 처진 얼굴은 여전히 표정이 없다. 가망이 없어 보인다. 그를 그냥 보내는 것이 나을 수도 있을 것 같다. 빌어먹을 나에겐 그럴 권한이 없다. 명수와 나는 닮은 점이 많다. 두 명의 누님과 한 명의 여동생을 가진 외아들이라는 점. 의지가 함께 하는지 아닌지는 모르지만 가족과 멀리 떨어져 살고 있다는 점.

'도대체 널 낳아주신 분은 누구냐?'

'너와 함께 뛰놀던 너의 누이들과 동생은 도대체 어디 있느냐?'

"상호 형, 기회가 되면 형한테는 꼭 말하고 싶어요. 왜 제가 가족들과 연락을 끊고 사는 지."

명수는 글을 쓴다는 나에 대해 무언가 커다란 착각을 한다. 내가 어렴풋이 삶에 대한 해답을 알고 있다는 오해 말이다. 나는 눈을 뜨고 있지만 한쪽으로 치우치고 굳어진 시력으로 사물을 뚜렷이 볼 수 없다. 바삐 책들을 삼켜대지만 도량이 적어 늘 흘러넘치거나, 그물이 얼기설기 빈약하여 아무 것도 남아 있지 않는다. 우매한 종족의 후예다. 그 아둔하고 무능력한 무서움을 달래기 위해 넋두리의 모습으로 끄적거리는 것이다.

명수의 전처를 찾아냈다. 그녀는 특이한 이름을 가진 화가라 명수가 근무하던 치과의 직원들이 인터넷에서 그녀의 화실 연락처를 찾았다. 가족을 찾는다고 그녀에게 전화를 하고, 그녀는 명수의 누나를 찾아냈다. 누나가 말했다.

"우리는 명수와 인연을 끊은 지 오래입니다. 유골이라도 전해주시면 고맙겠습니다."

이미 누나는 자신의 동생을 마음속에서 지웠다. 전처가 마음을 바꾸어 명수의 얼굴을 보러 왔다.

"제가 명수씨와 살아 봐서 그를 압니다. 저렇게 누워 있기를 본인은 원치 않을 겁니다."

그리고 그녀가 떠났다. 모든 것이 내 발 아래에 다시 떨어지고, 내가 또다시 주워야 한다. 그를 보내려면 뇌사판정을 위한 MRI가 필요할 거라고 했다. 졸지에 내가 그의 죽음을 결정하는 저승사자가 됐다. 매일 국경을 넘나들며 명수의 상태를 내게 말해주던 산드라도 지쳐 버렸다. 누나에게 마지막으로 전화를 했다. 죽기 전에 마지막으로 동생을 볼 기회 같다고. 누님은 인연을 끊었어도 어머님은 그를 보고 싶어 할지 모른다고. 그리고 내가 이성을 잃었다.

"야! 너희들이 가족 맞냐?"

누나도 덩달아 광란의 줄 위에 선다.

"당신이 도대체 뭔데, 나한테 소리를 지르냐?"

내가 명수에게 누구로 남아 있기는 한 것일까? 어쩌면 나는 아무도 아무 것도 아닌, 우연히 명수의 길 위에 서 있던, 지나가던 팻말이었을지도 모른다. 누나는 더 이상 내 전화를 받지 않는다. 그 주말에 나는 우리 치과의 회계사를 만날 일이 있었다. 회계사의 사무실은 명수의 가족이 사는 LA 근처다. 누나에게 메시지를 남겼지만, 주말 내내 그녀에게서 답이 없다. 엘센트로로 돌아오는 일요일 누나와 전처에게 메시지를 남겼다.

'당신들의 명수이니, 당신들이 결정하라고. 나는 이제 더 이상 관여를 하지 않겠다고.'

월요일 아침 환자를 보는 사이 전처로부터 Missed Call이 떴다. 나는 전화를 하지 않는다. 점심시간에 산드라가 전화를 했다. 명수가 죽었다고. 전처가 장례비를 지불하기로 했다고 했다.

'빌어먹을 하루만 참고 내가 이놈을 보냈어야 했는데. 빌어먹을 빌어먹을.'

장례식에서 내가 유일한 한국인이다. 그의 가족들은 아무도 내려오지 않았다. 장례식에서 본 그의 주검은 석단 위에 관도 없이 천으로 덮혀져 있었다. 멕시코의 화장 전 장례식 절차가 이렇듯 초라하냐고 물었다. 관을 사용하려면 추가로 돈을 지불했어야 했지만 아무도 지갑을 열지 않았다고 했다.

'빌어먹을, 빌어먹을.'

산드라와 헤이즐이 그의 뼛가루와 그의 유품들을 가지고 전처에게 올라갔다. 명수의 옛 친구들이 모여 추모의 밤을 가졌다고 했다. 뼛가루는 가족들이 태평양에 뿌렸다고 했다. 누나로부터 전화가 왔다. 명수의 죽은 날짜와 시간을 정확히 알고 싶다고. 이미 오래 전에 그들의 마음속에서 죽었건만, 무엇 때문에 시간과 때가 필요한 것일까? 명수는 제삿밥을 먹을 수 있을 것 같다. 전처는 내가 바라지도 않던 그녀의 의지대로 명수의 물건들을 팔아, 내가 지불한 병원비를 보내왔다. 이제 명수와 나의 대차 대조표가 끝이 난 것일까? 12일 만에 모든 일이 벌어지고, 무대 위 모든 등장인물들이 사라졌다. 수없이 전화를 걸고, 걸려 오는 전화를 받으며 소리쳤다. 전생에 명수 네놈은 분명 내 어미였을 거라고.

(명수는 가명이다. 그의 전처 직업도 실제와는 다르다)

2. 파텔 이야기 : 1943~2014

'파텔'이라는 이름은 인도에서 아주 흔한 성이다. 마치 우리의 김, 이, 박, 최 같은 것이다. 하지만 내게 있어 그의 이름 'Patel'은 큰 의미를 갖는다. 그는 나의 친구이자 아버지이자 형제이자 연인이다. 68세의 그가 갑자기 은퇴를 했다. 난 아직 그가 은퇴할 정도로 경제적 여력이 충분하지 않다는 걸 안다. 분명 그의 몸에 이상이 생긴 것일 게다. 그와 나는 Western Dental에서

Managing Doctor와 Associate Doctor 관계로 처음 인연을 맺었다. 간단히 말하자면 그는 나의 상관이었다.

이곳 엘센트로의 치과병원을 부흥하기 위해, 회사가 보낸 최고의 베테랑 의사다. 손이 빠르고 수입을 많이 올리는 의사를 보내도 보고, 엄격한 규율과 옥박으로 병원을 장악하는 의사도 보내어 보았지만, 엘센트로의 Western Dental Office는 언제나 수입이 오르지도 못하면서 끊임없이 문제만 야기되고 있었다. 그래서 늙은 베테랑 덕장 파텔이 드디어 엘센트로에 온 것이다.

그와 나는 서로가 자기를 만난 것을 천운天運으로 여겨야 한다고 우긴다. 일주일에 한번 이상은 그의 집에서 밥을 얻어 먹는다. 고기가 한 점도 떨어지지 않은, 끝없는 풀밭 위를 걸어야 하는 전통 채식주의자다. 그래서 그의 집에 가기 전에 햄버거 한 조각을 먹거나, 그의 집에서 나와 치킨 한 조각을 사서 입에 베어 물어야 했다.

같이 일한 기간은 겨우 반년 남짓하다. 그리고 나의 3년 계약 기간이 끝나갔다. 파텔을 포함한 내 주위의 모두가, 최악의 경제 상황에서 개인병원을 여는 것을 자제하라고 했다. 안정적인 봉급 생활자로 있으면서 경기가 풀리기를 기다리라는 조언을 아끼지 않았다.

하지만 내게는 어떠한 대안도 없었다. 매달 내 통장의 잔금은 거의 제로를 오고 갔다. 뉴욕 집에 대한 대출 이자와 원금, 뉴욕과 캘리포니아 생활비를 지출하다 보면 저축이 불가능했다. 매달 조금씩 돈을 쪼개어 서너 달에 한번 가족을 만나러 뉴욕으로 날아갔다. 아이들은 커가고 첫째는 곧 대학에 들어갈 것이다.

엘센트로는 참으로 묘한 도시다. 이곳에 이주하는 사람들에게는 사뭇 비장함과 진지함이 있다. 그것은 마치 패권을 잡으려던 반역의 거사가 실패로 돌아간 이후의 서글픔이다. 수고스럽게 물러난 사람들의 허함이 있다. 유배지에 쫓겨난 몰락한 사대부 선비의 서늘한 뒷모습도 보인다. 막장의 탄광촌에서 시커멓게 석탄가루를 뒤집어쓴 광부가 떠오른다. 갱도에서 막 걸어 나오는 모든 이들은 거친 입으로 걸걸한 과거를 내뱉는다.

이곳을 벗어나려면 끝없는 사막을 한참이나 달려야 한다. 미국에서 가장 실업률이 높은 곳. 현재 이곳의 실업률은 거의 30%를 넘어선다. 그래서 이곳으로 직장을 옮기는 이들에게는 추가의 수입이 보장된다. 나 또한 이곳에 오는 대가로 일을 시작하기도 전에 일당을 올리는데 성공했다. 하지만 많은 이들이 이곳에서 다시 탈출하려고 한다. 그들이 보장받은 모든 것을 내팽개친 채 사라져간다. 나에겐 가족과 떨어져 살아야 하는 형벌이 주어졌다. 일년의 반이 40도를 넘나들면서 빈번이 50도의 온도로 치솟는다. 미국에서 가장 혹독한 사막의 열기를 참아 내야 하는 부수적 고통도 덤으로 주어진 것이다.

하지만 나에게 이 도시는, 병원을 열 수 있는 틈새 시장을 마련해 준 축복의 대지다. Western Dental에서는 계약이 끝나고 동일 도시에 병원을 열게 되는 의사들에게, 엄격한 내부 규율을 정하고 있다. 일정 거리 내에 병원을 개원하지 못하게 하고, 가능한 병원을 일찍 떠나게 한다. 환자들을 몰고 나갈 수 있기 때문이다. 나의 계약은 2008년 11월에 끝났지만 서브프라임 모기지 사태, 최악의 경제 상황으로 인해 은행에서의 융자금이 계속 지연되었다. 게다가 공사의 지연이 맞물리며, 다음해인 2월 말에서야 병원을 열 수 있었다. 파텔과 전 직원들이 거의 3개월 동안 나의 개원을 비밀에 부쳐 주었다. 후에 파텔은 나의 개원을 상관에게 말하지 않은 것으로 인하여 심한 곤혹에 빠졌지만, 친구를 위해 그저 웃어 넘겼다. 나는 비즈니스 카드와 선전 포스터를 위해, 막무가내 그의 친손녀 '미탈리'와 외손녀 '케야'와 사진을 찍고 싶다고 매달렸다. 그는 나의 손에 들려진 낡고 초라한 디지털 카메라를 물끄러미 쳐다보았다. 그는 자신의 손녀들과 사진을 찍을 때가 됐다는 거짓말을 하면서, 나의 손을 잡고 그의 손녀들을 앞세운 채, 전문 포토 스튜디오로 가서 모든 경비를 지불했다. 지금의 병원자리를 결정한 것도 파텔이다. 개업 초에는 병원이 한산하여 수입이 없을 거라며, 나에게 주 3일의 일자리를 상관을 협박하여 Western Dental에 마련해 주기도 했다. 그 호의는 내가 정중히 거절하며 나의 병원에 몰입했다.

그는 매일 명상에 빠진다. 그의 선함이 타고난 것인지, 명상으로 인하여 터득된 것인지, 그것은 그리 내게 중요하지 않다. 나는 성선설과 성악설 중 무엇이 옳은지 한번도 고민한 적이 없으며, 그저 내 앞에서 숨쉬는 저놈이 착한 놈인지 나쁜 놈인지 만을 생각했다. 하지만 여기에는 커다란 모순이 있다. 정작 착한 사람 근처에도 가지 못한 나라는 작자가 착한 사람을 찾고 있는 것이다. 그의 가족과 친척들 모두가 나의 친구다. 그는 나에게 잠시라도 가만히 앉아 있으라고 한다. 내 머릿속에는 끊임없이 뛰어다니는 원숭이가 있다고. 나는 말한다. 나의 분주함과 역동성이 나의 명상이라고.

파텔의 은퇴 소식을 접하고 우연히 같이 근무했던 옛 친구를 만났다. 파텔의 이야기를 꺼내자 그녀는 눈물을 흘리기 시작했다. 자신도 그의 소식을 알고 있다고 했다. 전립선암이 재발하여 6개월 남짓의 시간이 남았다고 했다. 명수를 보낸 지 얼마 지나지 않았다. 요즘은 눈물이 너무 흔하다. 그렇게 파텔은 엘센트로를 떠났다. 그가 은퇴한 후 한 달 사이, 그의 로마린다 집을 찾아가서 저녁을 같이 한 것이 벌써 두 번이다. 언제나 그의 친척들이 그의 집에 있다. 아무도 슬퍼하지 않았으며 평소처럼 웃고 떠든다. 내가 합류하면 그 웃음소리는 언제나 더욱 커진다. 머리카락이 더욱 하얗게 변했으며 그 수도 많이 사라졌다. 얼굴에 힘이 사라져 시선이 서서히 떨구어진다. 허락하는 한 자주 얼굴을 보러

가야 할 텐데, 이놈의 분주함은 세상 끝까지 나를 따라다닌다.

엘센트로에서 그와 내가 같이 근무하던 시기, 우리는 늘 섬처럼 둘이 함께 떠다녔다. 파텔의 처, 찬덴도 무슨 핑계를 대던지 그를 사막에 던져 놓은 채, 가능한 로마린다에 남아 있으려고 했다. 그래서 두 홀아비 그와 나는, 게이 부부 마냥 엘센트로의 모든 식당을 휘돌아다녔다. 그의 첫 골프 채와 첫 골프 신발을 내가 골라주었고, 그의 첫 골프 라운드의 옆에 내가 서있었다. 그러고 보면 그는 나보다 18살이 위다. 그런데 아직도 그는 나에게 친구로 서있다. 모든 것을 빨아 들이는 블랙 홀처럼, 그는 모든 이의 아픔과 비상식과 일그러진 기억들을 흡입한다. 그는 내가 43살의 나이에 미국에 온 것보다 더 늦은 나이인 50을 훌쩍 넘은 나이에 미국으로 건너와 치과의사 면허를 따느라 온갖 고생을 했었다. 그 힘든 시기에 그를 도운 사람도, 미국에서 처음 만난 인도 친구들이었다고 했다. 언제나 그의 주위에 사람들이 구름처럼 모여든다. 때론 비바람이 되어 그를 힘겹게 하고, 때론 칼날 같은 눈보라가 되어 그의 살갗에 상처를 내도, 그는 언제나 웃으며 서있다.

3. 로드리게스 (Rodriguez) 이야기 – 2012년 9월

그렇게 두 명의 친한 친구를 보내야 하다 보니, 몹시도 우울한 시간이 흐르고 있었다. 그래서 가끔 만나 맥주 한잔을 하는 페루 출신의 치과의사 로드리게스를 만나러 갔다. 서른 중반의 걸출한 유럽 피를 이어받은 호남형의 그는, 몇 해 전 그의 대학 캠퍼스 친구와 결혼했다. 그는 치과에 없었다. 뇌 안에 커다란 종양이 생겨 LA 병원에 입원해 있다고 했다.

그의 추도식은 엘센트로의 작은 성당에 마련됐다. 길고도 지루한 냉담의 가톨릭 신자인 나는 오랜만에 성당에 살며시 발을 집어넣는다. 좋은 사람을 아쉽게 보낼 때는, 겸손한 입과 열린 귀 그리고 슬픈 눈들이 몰려든다. 그에겐 뇌종양 수술에 이어진 항암치료도 아무 소용이 없었다. 5살 어린 33살의 아내는 좋은 친구를 잃었다. 사람들은 하나둘씩 나와서 그와의 추억을 이야기한다.

해를 넘기며 나는 이곳 엘센트로 사막에서 두 명의 절친한 치과의사 친구를 영원히 잃었다. 명수는 지난겨울 스스로 목숨을 끊었다. 유일하게 남은 인도 치과의사 파텔은 재발한 전립선암으로 로마린다 그의 집에서 약물치료도 포기한 채 투병 중이다. 이렇듯 삶은 간단 명료하게 무영속성의 한계를 말한다. 그러기에 50을 넘은 나는 이제 모든 것을 줄이기로 했다. 우선은 지나친 말과 성급한 표현, 의미 없는 투정을 줄이기로 했다. 이제는 무엇을 계획하고 이루었는가가 중요하지 않고, 어떻게 조용하고 구차함

133

없이 남에게 피해 없이, 그림을 마무리하느냐가 중요한 것 같다. 하여 지인들에게 보내던 편지도 중단한 지 오래다.

올해 나는 이곳 엘센트로의 모든 치과의사 친구를 잃을지도 모른다. 사람들은 갑자기 주위에서 죽음을 접하다 보면 어쩔 수 없이 뒤를 돌아보게 된다. 그리고 덧없는 시간과 지나간 일들을 곱씹어본다. 나는 지난해 친한 선배와 인연을 끊었다. 사람은 상대방의 무게를 가늠할 때, 자신도 모르게 자신의 발을 저울에 올려 놓는다. 상대방의 죄를 무겁게 하기 위함이다. 자신의 무게를 잴 때에는, 슬며시 한 발을 저울에서 내려놓는다. 죄를 감하고 자신의 잔인함을 잊어버리기 위함이다. 서로는 모두가 옳고 모두가 옳지 않다는 것과, 사람은 틀린 것이 아니라 단지 다르다는 것을 나이 50을 넘기고도 몰랐다.

내가 친구들을 모두 잃고 선배와의 관계를 회복하러 그를 다시 찾아갔을 때, 내가 얼마나 어리석은 행동을 하고 있는지 절실히 깨달았다. 이미 깨진 항아리는 아무리 정성스레 조각을 붙여도 물이 새기 마련이다. 생각해보면 난 살면서 사람들과 심하게 부딪혀 본 적이 없다. 그런데 이상하게 엘센트로에서는 나도 놀랄 정도로 사람과의 만남이 힘겹다. 소수의 한국인이 존재하는 사막의 한가운데 고립된 도시에서는, 사람 자체가 빗물처럼 눈물겹도록 반갑다. 그래서 사람들은 자신도 모르는 사이에 최소한의 생존을 위한 거리를 무시하는 실수를 한다. 모든 옷을 훌훌 던져 버린 채, 고통스럽게 찔릴 것을 잠시 잊은 채, 알몸으로 상대방을 안으러 달려간다. 더욱더 무서운 것은 신앙심으로 덧칠한 가면은 너무나 정교하여 맨 얼굴과 똑같은 표정을 만들 수 있다는 현실이다. 도저히 인간의 나약한 잣대로는, 그 둘 사이의 차이를 구분할 수 없다. 사람됨과 신앙심 사이에는 아무런 연관이 없다. 잔인함과 이기심의 소유자도 무릎을 꿇고 기도하며, 덧칠한 경건함을 넘쳐나게 할 수 있다. 성령의 비둘기가 실수로 그들의 어깨 위에 내려 앉을지도 모른다.

티베트 불교의 근본은 자비와 연민이라고 한다. 그 자비심의 근본을 어미에 둔다. 그리고 이 사실에 환생이라는 사건이 현재와 과거 미래의 줄을 타고 광대 마냥 춤을 춘다. 그래서 모든 이는 나의 부모이고 서로의 부모였기에 너와 나는 다르지 않다는 것이다. 명수의 누나와 전처의 목소리에서 나는 알 수 있었다. 그들이 명수의 어떠한 일에도 연루되는 것을 피하고 싶어 한다는 사실을. 명수는 그의 가족과 전처에게 많은 아픔을 주었음이 분명하다. 파텔은 가족들의 따스한 사랑 속에도 편히 눈을 감지 못할 것이다. 그에게는 늘 상사와 충돌하며 일자리를 박차고 나오는 아들이 있다. 로드리게스에게는 아직도 너무나 젊고 예쁜 아내가 남아 있다. 얼마 전 나는 친구로부터 나의 선배의 나에 대한 증오심의 중심을 알았다. 선배의 아이들은 나를 작은 아버지로 따랐으며, 나 또한 그들을 조카마냥 대했었다. 내가 선배와의 인연을 끊음으로써, 아니다 내가 끊김을 당함으로써, 아이들은 나로 인해 사람에 대한 신뢰를 잃어버렸던 것이다. 나는 티베트의 대초원에 움막을 피고 통렌의 자비 수행을 하는 승려들이 부럽다. 하안거夏安居의 마지막 일주일간 죽비竹篦 소리와 함께 무수면 용맹정진하는 스님들이 부럽다. 한여름 포도밭 뙤약볕 아래 김을 매는 수도사들이 부럽다. 이 무자비한 현실과 떨어져 모든 인연을 끊으면 무엇인들 못 이루겠는가!

(P.S)

내 친구 Patel 은 2014년 7월 11일 편히 잠들었다. 그가 암으로 긴 투병생활을 마치고 편안한 저 너머의 세상으로 간 지 4년 반이 되는 2018년 겨울, 나는 그의 가족들을 다시 만나기 위해 아리조나 투산에 들렀다. 그의 가족과 나는 아직도 그를 잊지 못하고 있다. 다 함께 실컷 떠들고 웃으면서 시간을 보냈지만, 내가 준비해간 와인은 나 혼자 벌컥벌컥 다 마셔야 했다. 이들은 채식주의자다. 알코올은 입에도 안 대는 나와는 동떨어진 명상주의 친구들이다.

응접실에 마련된 간이 침대에서 코를 드르렁드르렁 골다가, 동틀 무렵 숙취와 갈증에 일어나 물을 벌컥댔다. 아직도 Patel이 내 곁에서 여전히 같은 말을 하는 듯 하다. '제발 너의 머릿속에서 끊임없이 흥분한 채 날뛰고 있는 원숭이를 진정시켜야 한다.' 그는 언제나 나의 지나친 역동성과 조바심이 가득 찬, 빠른 발걸음을 잡아당겼다.

이제 그는 떠나고 모든 것은 되감고 싶은 추억으로 가라앉는다.
하지만 원숭이는 여전히 내 안에서 마구 날뛰고 있다.

가장 길고 더웠던 그해의 여름

1974년 언저리 어린 어느 날

우리 가족의 이사 이야기는 구구절절 그 길이도 길지만 만곡도 심해, 가끔 손가락을 꼽아가며 숫자와 깊이를 세고 재어야 한다. 녹번동의 초등학교 저학년 시절에 살던 집이, 부모님이 마련한 처음이자 나의 기억 속에 어렴풋이 기억되는 유일한 우리 집이었다. 우리 집은 수없이 또 다른 셋방과 전셋집으로 이사를 다녔다. 가세가 무너진 후 서대문 산동네 서민아파트로 처음 이사를 간다. 영화감독 출신의 이모님 집 아래채 방 한 칸을 얻어 살던 냉천동 시절이 뒤를 잇는다. 외할아버지의 집 건너 방 하나에 얻어 살던 옥천동 시절이 있다. 지금부터는 그 다음 번의 교남동 시절 이야기를 하려고 한다. 초등학교와 중학교에 걸쳐진 해였다. 물론 우리 집이 아니었다. 외삼촌 집이었다. 그 이후에 막내 이모님 집에서도 살았다. 그러니까 우리 형제의 유년 시절 대부분은 외과가 키운 것이나 다름없다.

　어머니는 언제나 집에 늦게 돌아오셨다. 아버지는 시골에서 돼지를 키우면서 간헐적으로 피를 토하셨다. 어린 시절이나 지금이나 여전히 나는 사오정이며 눈치가 없다. 아주 어릴 적 나는 어머니가 그저 바깥 나들이를 좋아하는 그런 분이라고 생각했다. 손이 심심할 테니, 그저 한 손에 커다란 보따리를 들고 친구들 집에 들러 이야기 보따리를 푸신다고 생각했다. 너무 신나게 놀아, 거친 세상의 하루를 지나 늘 피곤하신 줄 알았다. 집으로 돌아오는 어머니의 휑한 보따리 안에는, 언제나 맛있는 양과자나 미제 초콜릿이 들어 있었다. 지금 생각해보면 그것들은 어머니의 친구분들이 어머니 보따리의 온갖 물건들을 사주시면서, 아이들에게 주라며 손에 쥐어준 것들이 분명하다.

　외삼촌은 집안 형편이 딱한 여동생의 가족을 위해, 본인 명의의 한옥집에 잠시 살게 해주었다. 외할아버지 외할머니와 함께 살면서 문간방 하나를 쓰던 독신 외삼촌에게, 따로 집이란 의미가 우리 가족들처럼 절실하게 크지 않았을 것이다. 외삼촌 역시 작은 출판사를 경영하셨다. 잠시 한숨을 쉬고 있던 사업성 여유 자금으로, 헐하게 나온 가정집을 사놓았던 것이다. 우리 가족이 그 집에 들어가서 사는 것에는, 아마도 아무런 조건이 없었을 것이다. 서울대 성악과 출신의 외삼촌은 후에 전문화가로의 길을 찾기도 했다. '법 없이도 살 수 있다'라는 말이 딱 어울리는 분이 셨다. 극빈의 아버지가 요양하고 계시던 시골 농장 이름도 외삼 촌의 '한서' 출판사 이름을 따온 것을 보면, 분명히 농장 구입에 외삼촌의 지갑이 열렸음이 분명하다.

방이 6개쯤 되는 꽤 커다란 한옥집이었다. 이삿짐이 도착하자 각 방에 흩어져 살던 사람들이 모두 흩어져 나왔다. 주인집 여동 생 가족의 이사를 도우러 나왔던 것이다. 한 집에 어떻게 그렇게 많은 사람이 살 수 있는지 놀랄 수 밖에 없었다. 그것은 마치 소 설가 펄벅의 『대지』속에 나오는 중국인들의 깨알 같은 분주함이 나, 논밭의 곡식을 서걱서걱 소리를 내며 휩쓸어 버리는 메뚜기 떼를 연상시키는 광경이었다. 어쩌면 우리가 집주인이라고 오해 했을지도 모른다. 아니면 우리 가족 모두가 무의식적으로 집주인 행세를 했을지도 모른다. 가족 전체가 집단 최면에 걸린 듯, 가난 의 옷을 훌훌 벗어 던지고 잠시 부자 놀이를 했을 수도 있다.

아직도 이삿짐이 방 안 가득히 어지럽던 다음날 아침부터, 처 음으로 바라보는 기다란 줄에 익숙해져야 했다. 단 한 개의 화장 실 앞에는 흐느끼는 사람들이 몸을 비비 꼬고 있었다. 저마다 신 문지나 온갖 종류의 종이를 들고 있었다. 사람들이 저마다의 지 문을 가지고 있듯이, 각자의 특유한 몸짓으로 생리의 불안감을 울부짖었다. 나는 늘 양발을 비비 꼬며 시간을 잡아 당겼다. 마당

한가운데 수돗가에도 사람들이 모여 있었다. 건기에 유일하게 남아 있는 물웅덩이에 모여드는 아프리카의 동물들처럼, 방에서 튀어나온 모든 사람들이 모여 있었다. 누구는 입에 치약거품을 뻘밭의 게처럼 보글거리고 있었다. 구석방 누나는 내의가 비치는 차림으로 긴 머리를 세숫대야에 풀어 헤치고 머리를 감고 있었다. 남자들은 목에 흰 타월을 걸치고 헝그리 복서의 차림으로 야윈 몸을 모두에게 들키고 있었다.

나는 구석방 누나의 얼굴을 지금도 어렴풋이 기억한다. 긴 머리카락은 그 당시 여름이면 납량특집으로 TV에 심심치 않게 방영하던 '장화홍련전'을 떠오르게 했다. 빨간 립스틱과 작달막한 키가 선명하게 떠오르는 것은, 어머니와 함께 마당에 선 무거운 모습 때문이다. 두 여자의 심각한 대화가 수없이 반복되며, 내 머릿속에 진하게 각인되었기 때문이다. 우리가 이사간 며칠 후로 기억한다. 마당의 대화에 이어 안방으로 들어온 누나는, 이 집에서 계속 살 수 있게 해달라고 부탁하고 있었다. 가난한 우리 집에도, 누군가 무엇을 부탁한다는 것이 신기하게만 느껴졌다. 나는 도깨비 방망이로 혹을 뗀 노인처럼 노래를 흥얼거렸다. 어깨를 으쓱대던 어린 나를, 그들은 염두에 두지 않았다. 누나의 하소연은 긴 시간 동안 이어졌다. 경상도의 어느 시골에서 올라왔다는 그 누나는, 어린 두 동생을 공부시키면서 작은 방에서 함께 살고 있었다. 방을 옮길 형편이 안 된다는 것과, 어머니와 그 누나의 고향이 서로 그리 멀지 않다는 얘기가, 서로 방향이 다른 벽을 향하여 울리고 있었다. 어머니는 대화의 자리에서 조금 발을 뗀 채, 시선을 천정의 얼룩 한곳으로 던지고 있었다. 내가 알던 정이 많은 어머니는 그곳에 없었다.

그 많던 사람들이 모두 집을 떠나고, 골목에 붙여진 전단지를 읽은 후 나는 그 사이 벌어진 일들의 이유를 알게 되었다. '하숙생 구함', 어머니는 꿀벌을 치듯 하숙을 치기 시작했다. 사람들이 떠난 방에는 꿀벌들의 밀실처럼 하숙생들이 다시 들어찰 것이고, 벌집같은 육각형의 어머니 지갑에는 끈적끈적한 돈들이 차곡차곡 쌓일 것이다. 외삼촌은 고생하는 여동생을 위해 자신의 집 전체를 잠시 내어 주신 것이다. 하숙생들 대부분은 학생들이었다. 모두가 남자였다. 첼로를 하던 예원고등학교에 다니던 키가 엄청 컸던 형이 생각난다. 달걀 형의 길고 갸름한 얼굴을 가진 형의 어머님이 찾아왔다. 그녀도 그의 어머니답게 길고 갸름한 얼굴을 가지고 있었다. 어머님께 아들을 부탁하던 공손한 말투와 깔끔한 옷맵시가 눈이 부시도록 빛났다. 거친 골목을 걸어야 했던 우리 모자母子에게 도저히 찾을 수 없던 것들이다. 문간방에는 취직 준비를 하고 있던 노총각 아저씨가 방바닥에서 이불을 뒤집어 쓰고 있었다. 어머니는 절대로 연탄불을 꺼트린 적이 없었다. 아랫목은 언제나 지글지글 끓었지만 아저씨는 늘 추워했다. 빈 호주머니와 허기진 외풍이 방 안을 감돌고 있었을 것이다. 담배에 불을 붙일 성냥이 떨어지면 아저씨는 언제나 나를 어머니 몰래 불렀다. 부엌 구석에 있는 팔각 UN성냥 통에서 한움큼 성냥을 집어 아저씨의 작은 성냥갑에 쑤셔 넣었다.

입구가 따로 나 있는 대문 옆의 문칸방이 있었다. 숙식이 독립적으로 가능해서 신혼부부를 위한 월세방으로 나간 것으로 기억한다. 젊은 부부는 아니었다. 나이 차가 심하게 나는, 늙은 아저씨와 젊은 아줌마의 만남이었다. 노안老顔의 남자와 동안童顔의 여자일 수도 있다. 어린 시절 내가 가장 또렷하게 기억나는 드라마를 뽑으라면, 그것은 당연히 장욱제 태현실 주연의 '여로旅路'다. 많이 모자라는 영구(장욱제 분)가 불편한 팔다리의 불균형적인 몸동작으로 늘 부르던 '봄이 왔네 봄이 와, 숫처녀의 가슴에도'로 시작되는 〈처녀 총각〉이라는 노래가 제일 먼저 떠오른다. 숱하게 어른들을 울리던 드라마였다. 드라마를 하나 더 뽑을 수 있는 기회가 쥐어 준다면, 최불암 주연의 '수사반장'을 서슴없이 고를 것이다. 어린 나이에도 멜로와 수사 드라마 두 편을 섭렵하다 보면, 세상이 어렴풋이 보이기 시작했다. 문칸방 부부는 분명히 불륜이었다. 나도 알고 엄마도 알고 누나들도 알았을 것이다. 여동생만 몰랐다. 나와 여동생은 가끔 아줌마의 방에 초대되어 맛있는 과자를 얻어 먹는 기쁨이 주어졌다. 그 방에 들어서면 법적 부부의 증거물을 찾아 두리번거렸다. 불륜의 하자를 덮어줄 수 있는 어떤 것이라도 좋았다. 하얀 면사포를 쓴 아줌마와 머리에 기름칠을 한 채, 화사하게 웃고 있는 아저씨의 결혼식 사진 같은 것이었다. 아무 것도 찾을 수 없었다. 가끔은 울그락불그락한 얼굴로 화차 같은 콧김을 씩씩거리면서 등장하는 아저씨의 본처를 상상하기도 했다. 방 안의 온갖 집기들이 마당으로 내동댕이쳐지고 식기들이 요란스럽게 깨지는 소리도 기다려졌다. 나의 호기심은 여러 번의 이사를 통해 접했던 이웃들에 의해 갈고 닦여진 것들이었다. 하지만 그런 일은 벌어지지 않았다. 우리 가족은 모두 눈감고 쉬쉬하며 소리 없이 몸을 숙이고, 조용하고 은밀한 월세가 들어오길 기다렸다. 그것으로 족했다.

비가 오면, 부모는 아이를 위해 허겁지겁 우산을 씌우고 옷을 덮어준다. 가능하다면 온몸을 던져 비를 막아주려고 한다. 그렇게 애를 쓰면, 아이는 비에 젖지 않을 것이라고 생각한다. 하지만 이미 아이는 빗방울을 처연하게 맞는다. 우리를 더욱 슬프게 하는 것은, 아이는 비가 오고 있다는 것을 부모가 머뭇거리며 말하기 전에, 그 작은 눈으로 미리 알고 있다는 것이다. 우리 가족은 펑펑 쏟아지는 빗줄기에 아무런 가리개 없이 흠뻑 젖어야만 했다. 그나마 나와 동생은 너무 어려, 멀리 떨어뜨려 놓고 싶은 추억이나 짙은 상처로 여길 수도 있었다. 어른은 아이 앞에서 당당하게 비를 맞아야 한다는, 어리석은 말은 접기로 한다. 어른도 아이처럼 아프고 슬프고 달아나고 싶다. 어쩔 수 없이 잠시 슬픔을 감추고 아픔을 늦출 뿐이다.

우리 형제들은 억수로 쏟아지는 빗줄기 속으로 숱하게 내몰렸지만, 왜 비를 맞아야 하는지, 어느 누구도 설명해 주지 않았다. 겸연쩍었을 것이다. 구석에 몰린 부모는 아무리 막으려 해도 비에 흠뻑 젖어 버리는 자식을, 그저 처참하게 위에서 내려볼 수밖에 없다. 어차피 아이는 평생 비를 맞고 살아야 한다고, 스스로 위안했을지도 모른다. 아버지의 얼굴을 보기는 힘들었다. 이해할 수 없는 사실은, 드문드문 얼굴의 윤곽을 그릴 수 있는 아버지를 어머니는 늘 사랑하셨다는 것이다. 그녀는 가끔 멍하니 하늘을 바라보거나 딴 생각을 했다. 묵묵히 무거운 발걸음으로 늘 바삐 걸었다. 가냘픈 체구를 가진 어머니의 옷으로 네 형제의 그늘을 가릴 수는 없었다. 수없이 이어지는 이삿짐을 언제나 그녀는 능숙하고 꼼꼼히 쌌다. 그렇게 꽁꽁 묶어 이삿짐을 싸면, 이번이 마지막 이사가 될 것이라는 비장함이 깃들여 있는 듯했다.

아이의 눈은 영사기와 같다. 날카로운 시련의 비를 수없이 맞은 아이의 연약한 각막角膜은 상처로 굴곡이 깊어진다. 그 결과로 시력이 떨어지며 상像이 왜곡된다. 천연색의 환하고 밝은 피사체는 눈이 부셔 기록할 수 없다. 기억은 모두 슬픔과 외로움의 강력한 빛으로 바래, 흑과 백의 명암으로만 자리한다. 화려하지 않지만 잔상은 길고 때론 영원하고, 소리 없이 아프다. 날씨는 언제나 불안정하다. 갑자기 비가 쏟아지면, 멍하니 떠내려가는 모든 것을 넋을 놓고 바라보아야 한다. 바람이 세차게 불면 가족의 끈은 저항 없이 끊어지며, 연鳶은 끝없이 무참하게 허공을 떠돈다. 때론 비참한 가뭄과 잔인한 갈증으로 인해, 선과 악의 우물을 구분하지 못한다.

이제부터 어릴 적 내가 보았던 무서운 악몽 이야기를 시작하려 한다. 대학교 신입생 시절 영어회화 교외 서클의 겨울 MT에서 나온 이야기를 먼저 꺼내야 할 것 같다. 한 선배가 각자 자기가 보았던 가장 엽기적인 기억을 말해보자고 했다. 산 중턱에 흔들바위가 있다는 설악동의 어느 여관이었을 것이다. 선배는 목소리를 낮추어 진중하게 이야기를 시작했다. 말복末伏 근처의 여름 더위가 기승을 부리는 한낮이었다고 했다. 공사장의 인부들이 지나가던 개를 잡아 긴 장대에 묶은 채, 털을 태우고 있었다. 흠뻑 두들겨 맞은 개가 뜨거운 불꽃에 놀라 몸부림치며 깨어났다. 그리고 새끼줄을 끊고 갑자기 달리기 시작했다. 거의 다 타버린 검은 몸뚱이와 털에는 아직도 작은 불씨가 빛을 뿜고 있었다. 그 개가 죽음의 사자처럼 자기 앞을 지나 가며, 반쯤 빠져 나온 붉은 눈으로 자기를 노려보았다고 했다. 난 그때 선배의 말을 듣고 아무런 표정의 변화가 일어나지 않았다. 아무 말도 하지 않았다. 어린 날의 익숙한 기억들이 떠올랐다. 파스텔의 하늘을 떠다니는 말이 없는 개들. 짖을 수도 없고 뛰어다닐 수도 없는 개들. 어머니의 작고 따스한 손에 살점들이 갈래갈래 흩어져버린 개들.

집안의 하숙생들을 모두 내보내신 어머니는 누군가를 기다리고 있었다. 그리고 대구에서 어머니의 경북여고 동창분이 아들의 손을 잡고 오셨다. 나와 같은 나이였다. 반에서 늘 일등을 놓치지 않는다고 했다. 그렇다면 나와 다른 족속의 기분 나쁜 아이다. 나는 학교가 끝나면 어두워질 때까지 구슬치기나 축구, 야구를 하며 싸돌아 다니는 수준 미달의 아이였다. 어머니의 친구는 이혼을 하셨다고 했다. 그러기에 그 아이는 이미 차갑고 설익은 시간을 당겨 의젓했다. 혼자이신 어머니를 지키기 위해 필요 이상 몸이 굳어 있었다. 반대로 나는 필요 이하로 무르고 흩어져 있었다. 게다가 몸에 덕지덕지 붙은 수줍음과 의기소침함으로 인해, 제대로 서 있지도 못한 채 몸을 비틀거나 말을 더듬었다.

두 여고 동창생은 함께 식당을 열기로 했다. 나의 아버지는 달의 모습이 둥그런 원으로 여러 번 바뀌거나, 또다른 계절이 옷을 갈아입을 때쯤, 서먹서먹한 모습으로 서울에 올라오셨다. 어머니의 친구분은 이제 남편이 없다. 그래서 사람들은 우리 식당을 〈쌍과부집〉이라고 불렀다. 비즈니스의 성공을 위해, 우리는 아버지를 잠시 땅에 묻기로 했다. 식당의 이름은 실질적인 집의 소유자인 외삼촌의 출판사 이름을 빌어 〈한서 보신탕〉이라고 지었다. 언제나 노란색으로 끈적거리는 냄새가 집안을 휘감아 돌았다. 무거운 향香은 개의 털을 태우거나, 진한 양념 막장 속에서 모락모라 솟구쳐 피어 오르는 잔인함이었다. 게슴츠레 눈을 뜬 새벽마다 바라보아야만 하는 개들의 영혼이 내뱉는 한숨이었다. 나의 옷과 책, 공책들이 흩어져 있는 방에도 손님들이 들어찼다. 그들은 개고기가 흩어진 국밥을 게걸스럽게 입안에 쑤셔 넣고, 빨간 뚜껑의 소주를 끝도 없이 마셔댔다. 내 모든 것들에 흩어진 개와 그들을 삼킨 주검들이 달라 붙었다. 가끔 무심결에 넘긴 교과서나 노트의 평원에서 개들의 뜀박질이 보였다. 속 내의나 양말, 운동화에는 군침을 질질 흘리던 개들의 침 냄새가 배어, 어머니의 모진 빨래 방망이로도 물리칠 수 없었다. 그래서인지 '파블로의 조건반사' 이야기가 나오는 과학 시간에 유난히 정이 갔다. 우리에겐 개들의 영혼을 달래기 위한 부적이 필요했다. 미대 진학을 꿈꾸던 큰 누나는 강하면서도 예쁜 글씨체를 가지고 있었다. 그것으로 충분했다. 식당의 이곳저곳에 화장실의 위치를 가리키는 화살표의 안내판이 수를 놓고 있었다. 화장실이라는 글씨를 휘감아 도는 초록색과 노란색의 화해和解와 주홍색의 물결이 불러오는 환생還生의 꽃무늬가 피어 올랐다. 음식 가격표는 개들이 천국으로 가기 위한 기차 삯이거나, 고통이 없는 그곳까지의 거리를 말하는 듯했다. 파스텔이 흩뿌리는 안내판은 개들의 영혼을 달래기 충분했을 것이다. 화살표는 오른쪽이나 왼쪽 때론 비스듬하게 꺾여 있었다. 그것은 마치 개들의 영혼을 그 방향으로 불러 모아, 천국으로 인도하는 듯했다.

쌍과부 두 분은 때마침 식당에 들린 영업의 신이 들려준 조언을 받아들여, 입술이 몹시 빨간 여종업원을 뽑았다. 지금도 그녀의 얼굴이 기억난다. 어느 에로 여배우보다 섹시한 나의 어릴 적 마돈나였다. 그때 나는 중학교에 막 입학한 '수컷'의 왕성한 탄생 시기였다. 그녀를 보러 동네의 모든 한량들이 모여 들었다. 점잖은 아저씨들도 남의 시선을 피해, 그녀의 풍만한 가슴과 쭉 뻗은 다리를 훔쳐보았다. 대로변에는 골목 안쪽에 위치한 식당을 선전하기 위한, 이동식 입간판이 다리를 쫙 벌리고 있었다. 동네 파출소 아저씨들은 수 없는 발길질로 불법 입간판을 부수어 놓았다. 어머니는 날을 잡아 동네 파출소장을 포함한 순경 아저씨들을 식당으로 초대했다. 엉덩이를 좌우 위아래로 씰룩거리며 한 손에 먹음직스러운 개고기 수육 한 접시를 들고, 파출소장 옆에 달싹 달라 붙어 소주를 붓던 여인도 물론 그녀였다. 두툼한 돈봉투와 그녀의 눈웃음으로 입간판은 영원히 대로변에 안전하게 뿌리를 내렸다. 그녀의 남자 친구라는 사람들이 영업시간이 끝날 때마다 식당을 찾아왔다. 그들은 대부분 만취해서 자신의 사랑이 얼마나 뜨거운가를 고래고래 소리 질렀다. 그러면 언제나 그녀는 "저 웬수, 저 웬수 같은 놈!" 하며 혀를 찼다. 그 시절 내가 아는 원수는 인천 상륙전쟁을 성공으로 이끈 맥아더 원수 밖에 없었다.

그 시절 한없이 꿀꺽꿀꺽 보신탕을 삼켰다. 학교를 마치고 집으로 돌아오면 어머니는 늘 바쁘셨다. 나는 스스로 주방에서 보신탕 국물을 한 그릇 퍼서 밥을 말아, 손님이 없는 구석방에서 열심히 토란과 흐느적거리는 살코기를 입으로 처넣었다. 가끔 김치를 향해 젓가락을 뻗다 보면, 아줌마의 아들도 저편에서 거울을 보듯 김치를 향해 손을 뻗었다. 그놈은 밥을 먹으면서도 한 손에 영어 단어장을 들고 있었다. 어쩌면 매일매일 영어사전을 한 장씩 찢어 달달 외운 후, 염소처럼 우물우물 씹어 먹을지도 모른다. 나와는 분명 피가 다른 종족이었다. 아프리카에 던져 놓아도 양쪽으로 벌어진 나뭇가지로 수맥을 찾아 다니거나, 갑골 문자를 만들 놈이었다. 내 친구 어느 누구도 아침마다 우리 집으로 죽은 개들이 실려 온다는 사실을 몰랐다. 아줌마의 아들은 달랐을지도 모른다. 아니다 그놈도 아마 진실을 덮었을 것이다. 어쩌면 자기 어머니를 보석가게나 가구점 아니면 화장품 가게의 진열장에 올려 놓았을지도 모른다. 그놈은 언제나 창조와 노력의 하늘을 바라보는 라이트 형제의 후손이었다. 나는 언제나 낮은 땅바닥에 축 늘어져, 끝없이 굴러 다니는 축구공을 차거나 구슬치기를 하는 학습불감증 환자였다.

그때가 막 중학교에 들어간 1974년이었다. 내게 가장 길고 더웠던 여름이었다. 중학교에도 앙숙의 두 어른이 있었다. 그들은 언제나 세상의 끝에 서 있듯이 서로 으르렁거렸다. 하지만 싸움은 언제나 학생들의 수업을 통해 전해졌다. 그 중 한 분은 나의 담임이었다. '제또'라는 별명의 자그마하고 땅딸막한 체구에, 턱의 윤곽을 상실하여 '무턱'이라는 별명을 동시에 가진 영어 선생님이었다. 담임을 처음 보는 사람은 그가 일본인이라고 착각할지도 모른다. 머리에 빨간 수건을 동여매면, 금방이라도 양손에 생선회가 가득 놓인 접시가 들려 있을지도 모르는, 일식집의 스시맨을 떠올릴 수도 있었다. 그는 두 가지에 대해 열광적이었다. 하나는 테니스였다. 언제나 종례는 전광석화처럼 끝났다. 그의 발에 이미 테니스화가 신겨져 있었을 것이라는 착각이 든다. 또 다른 하나는, 앙숙의 빌미를 제공하는 '도요토미 히데요시'였다. 그 시절 『대망大望』이라는 도요토미 히데요시의 일대기를 다룬 대하소설이 베스트 셀러의 맨 위를 차지하고 있었다. 담임은 수업 중에 자주 그 책의 이야기 한 토막을 들려주면서, 수업 종료종이 치기를 기다렸다. 45년이 지난 지금도 생생하게 떠오르는 이야기가 있다. 어린 토요토미가 성주를 위해 처음 맡았던 일은, 성주의 집 앞 연못에 밤새도록 돌을 던지는 것이었다. 연못에는 수많은 개구리들이 살았다. 그들은 밤새도록 서로의 짝을 찾아 울어대면서, 성주의 단잠을 방해했다. 하늘에는 수많은 별들이 개구리의 울음에 맞추어 반짝거렸다. 별을 헤아리는 도요토미의 귓가에 개구리 소리들이 퍼져 나간다. 어린 정복자는 칠흑 같은 저녁 하늘과 맞닿은 연못에 조약돌을 던져 포물선을 그린다. 그리고 허공에 올라선 돌에 맞은 별똥별이 이득 없이 번잡한 세상으로 떨어진다. 그러면 그 아이는 생각한다. 나는 언젠가 저 별이 될 테야. 하지만 나의 상상력은 언제나 담임이 풀어헤치는 이야기와 다른 곳으로 달아났다. 담임이 게이샤를 자신의 인력거에 앉히고, 자신의 허옇고 짧은 다리를 길게 보이도록 죽기 살기로 쭉 펴고 있다. 기다랗고 거머리 같은 담임의 다리 털이 바쁜 도로 위로 달려드는 바람에 흩날린다. 담임의 발에는 테니스화 대신 나막신이 대롱대롱 매달려 있다. 그는 신주쿠의 한복판을 달리며 계속 외쳐댄다. "나이스 서브."

담임의 숙적宿敵이 누구였을지 상상을 해보기 바란다. 그가 가르치는 과목을 먼저 맞혀 보도록 하자. 도요토미 히데요시의 이야기를 전교에 떠들고 다니던 담임의 숙적은, 애국지사를 자처하는 국사 선생님이었다. 그도 또한 무지막지하게 키가 작았다. 그는 목숨을 걸고 두 가지에 대한 적대적 반감을 감추질 못했다. 담임이 늘 히죽히죽 테니스와 도요토미에 빠진 긍정의 화신이라면, 국사선생님은 부정과 저주의 아이콘이었다. 그가 미워하는 대상의 첫 번째는 『삼국사기三國史記』의 저자 김부식이었다. 삼국시대의 역사를 승자의 시각으로 왜곡하였다고 했다. 그리고 김부식이라는 자는 바로 승자의 피를 이어 받은 놈이라고 했다. 사기꾼답게 책이름에도 '사기邪氣'라는 말이 들어간다고, 교실의 맨 뒷자리에서 잠을 자고 있는 친구의 머리통까지 침이 튀길 정도로 흥분했다. 그의 두 번째 철천지원수는 일제시대를 포함하여 끝도 없이 왜곡된 한국사를 날조하는 일본이라는 숙적이었다. 민족주의자인 국사 선생님의 시선에서, 교실마다 돌아다니며 도요토미를 찬양하는 우리 담임은 묵과할 수 없는 거추장스러운 매국노요 즉결처단의 대상이었다. 그러기에 심지어 국사 시간의 고귀한 수업 시간의 한 자락에, "생긴 것도 쪽빠리처럼 생긴 것"이라는 어마 무시한 담임에 대한 폭언을, 사자 우리 같은 담임의 홈 그라운 드인 우리 반에서 뱉어 내는 것이었다. 그러기에 우리는 가끔 복도에서 마주치는 두 선생님의 복수혈전을 늘 기대했다. 한번도 우리의 소원은 이루어지지 않았다. 그들은 끊임없이 그들의 세치 혀로 피비린내 나는 설전舌戰만을 되풀이했다.

그해 여름의 가장 길고 더웠던 시간들. 집에서나 학교에서나 무섭도록 검푸른 하늘 아래서, 나는 누구로부터인가 도망치고 있었다. 가정방문을 바라는 담임의 요청을 온갖 핑계를 대며 빠져나갔다. 사립 초등학교를 나온 우리 집은 가정 방문 대상의 영순위였다. 담임의 수첩에는 출신 초등학교 이름만이 적혀 있을 뿐, 현재의 궁핍함을 적을 공간이 없었던 모양이다. 나는 그 시절, 무엇인가를 찾아 헤매고 있었을지도 모른다. 이제 우리 집의 어느 곳에서도 우리 만의 공간은 없었다. 우리 집은 보신탕을 먹어대는 모든 이들을 위한 여름철 공유지였다. 무늬가 어긋나는 두 명의 과부는 분주하게 집 안을 움직였다. 그저 끊임없이 움직여야만 하는 삶으로 인해, 그들에게는 고개를 돌려 어머니의 자리로 돌아갈 시간이 충분하지 않았다. 그 덕택에 나에겐 풍요롭게 던져진 시간이 있었다. 나는 언제나 끝이 없는 상상으로 시간을 보냈다. 만주 벌판을 헤매는 독립투사와 국사 선생님이 식당의 구석진 테이블에 자리를 잡아 연신 미나리를 듬뿍 보신탕에 집어넣고 있을 때, 또 다른 방에는 일본 전국을 통일한 도요토미와 영어 선생님이 게걸스럽게 수육을 삼켜대고 있었다. 누가 더 위대하고 존경을 받는지는 중요하지 않았다. 어떤 테이블의 매상이 높은 가가 관심이었다. 그해 여름 나는 더위를 심하게 먹었다. 매일 밤, 꿈속에서 나는 개로 변하지 않으려고 동일한 행동을 반복했다. 배 속의 보신탕을 죽을 힘을 다해 게워내는 것이었다. 그래야 새벽마다 배달되는 견공들의 혼백들에서 벗어날 수 있을 것이라고 생각했다. 하여튼 그때가 내가 살아온 평생, 가장 얼굴에 개기름이 줄줄 흐르던 시기였다.

그해 여름 우리 집은 부자들이 사는 나라로 곧장 갈 수 있을 것만 같았다. 딱딱하게 온몸이 굳은 채 새벽마다 집으로 실려오는 개들은 모두 입에 금화를 물고 있는 듯했다. 사실 부자들이 사는 서먹서먹한 그곳까지는 바라지도 않았다. 한번도 부자인 적이 없었기에 그곳이 어떻게 생겨 먹었는지도 몰랐다. 그저 절대 슬프지 않았던 녹번동 시절로 돌아가고 싶었다. 기억을 놓치고 싶지 않았다. 하지만 옛날은 이미 우리에게 맞지 않는 줄어버린 옷 같았다. 녹번동을 떠난 초등학교 시절, 우리 집은 일년에 한번 꼴이 넘는 네 번의 이사를 했다. 수단을 가리지 않고 동전이 모이길 기다렸다. 왕복 버스 요금이 생기면 버스를 타고 무심결에 우리가 살던 녹번동으로 향했다. 병아리들의 부화장처럼 그곳은 어머니의 품 같은 곳이었다. 우리 집보다 높은 대지에 위치한 뒷집의 문앞 계단에서, 우리가 살던 집을 내려다보았다. 누나들과 술래잡기를 하던 모든 구석들이 선명하게 일어섰다. 장독대 뒤에 숨어서 고개를 옆으로 빼꼼히 내미는 큰누나, 마당 가장자리 소나무에 몸을 숨긴 작은 누나의 머리카락이 보이는 듯했다. 현관문 옆에 숨어있는 여동생의 빨간 구두도 살며시 밖으로 코를 내밀고 있었다. 동네 친구들과 아줌마들에게 나의 모습을 들키지 않으려고, 사람이 나타나면 몸을 숨겼다. 언젠가 친구들에게 들켜 친구의 집에서 저녁밥을 얻어 먹은 적이 있었다. 친구의 어머니가 내 밥 위에 직접 반찬을 올려주셨다. 나는 지금도 친구 어머니가 내게 보내신 측은한 표정을 기억한다. 물에 흠뻑 젖은 불쌍한 병아리를 보는 듯했다.

찬바람이 불어오는 겨울이 되기 전에 가게는 끝이 났다. 나에게는 한 번의 찬란하고 무섭도록 무더운 여름이었다. 사람들은 헤어질 때 아름다울 수 없다. 그 시절 사랑하기에 헤어진다면서 서로 웃음을 보이던 '최무룡과 김지미'라는 유명한 영화배우가 있었다. 어릴 적 신세계 백화점에 우리나라 최초로 설치된 에스컬레이터를 타보기 위해, 친구들과 한 시간 넘게 걸어갔다. 서너 번을 오르락내리락거리다 우리는 싫증이 나고 말았다. 사람이 헤어진다는 것은 바로 그런 것일지도 모른다고 생각했다. 하지만 어머니와 친구분은 그것과는 좀 다른 분위기였다. 가게는 일년을 채우지 못했던 것 같다. 어쩌면 개들의 주검을 목격해야 하는 두려움을 피하기 위해, 나의 아둔한 머리가 날짜를 줄였을지도 모른다. 분명 서로 사랑하기에 헤어지는 것은 아니었으며, 찬바람과 함께 줄어든 손님들로 인해, 가벼운 금고를 더 이상 둘로 나눌 수 없었을 것이다. 솔직하고 차가운 작별 의식이었다. 차갑고 널따란 마루에서 벌어지던 분배 장면이 떠오른다. 식당의 모든 테이블 숫자가 세어졌다. 어머니와 친구분은 마주 앉아, 남은 물건들을 정확히 둘로 나누었다. 그 모습은 홍해를 둘로 가르던 모세의 기적과 닮았다. 줄줄이 둘로 갈라서던 숟가락과 젓가락들, 간장 종지들, 밥그릇들……. 이상한 나라의 엘리스와 함께 손을 잡고 여행하는 기분이었다. 트럼프 카드들이 색깔 별로 줄지어 편을 나누어 전쟁을 벌이고 있었다. 싸움터의 한복판에서 홀로 남은 밥주걱 하나가 꼿꼿이 등을 편 채 걸어 다니고 있었다. 그날 아버지의 모습도 함께했다. 그러기에 친구분은 더욱더 슬펐다. 그녀는 혼자였고 어머니는 아버지와 함께였다. 자신의 옆에 지푸라기처럼 가볍더라도, 실재하는 남편이 없음이 서럽다고 했다. 어머니의 옆에 피할 수 없는 출석표를 받기 위해, 멋쩍은 자세로 아버지가 앉아 계셨다. 음식점의 폐업에 맞추어 요양하시던 시골 농장에서 급하게 올라오셨을 것이다. 그렇게 아버지의 위치는 평생 우리 가족에게 똑같은 역할로 정해져 있었다. 단지 거기에 있다는 존재로.

이제는 더 이상 보신탕 국물에 밥을 말지 않아도 된다는 기쁨 외에, 또 다른 기쁨이 있었다. 계동에 위치한 중앙 중학교에 가려면, 독립문에서 205번 시내버스를 타고 사직터널을 통과하여 정동을 지나 계동 골목 입구에 내려야 했다. 그놈의 노선은 풍문, 창덕, 휘문, 대동, 중앙 중고등학교를 지나는 황금 노선인 까닭에, 늘 콩나물시루를 연상시켰다. 통학 시간의 버스는 곡예단에서나 볼 수 있는 온갖 묘기를 부리면서 학생들을 쑤셔 넣었다. 고의로 차를 좌우로 흔들어 사람들을 차곡차곡 옆으로 채워 나갔다. 버스에 매달려 온몸으로 학생들을 버스 안으로 밀어내던 안내양들은 때론 버스에서 떨어지기도 했다. 그녀는 종이돈을 배 앞에 걸쳐진 돈주머니에서 꺼내 세고 세고 또 셌다. 그리곤 꼼꼼하게 리본 모양으로 접어 넣고 다시 동전을 셌다. 그렇게 세다가 어느 순간부터 끝없이 졸고 또 졸았다. 두 갈래로 딴 머리카락은 녹녹하지 않은 삶 위에서, 더욱 더 단단히 조여지고 있었다. 그토록 우리를 힘들게 했던 만원 버스는 어린 날의 추억을 집어 삼키다, 정해진 시간이 되면 음악을 뱉어내는 축음기와도 같이 나의 꿈에 등장했다. 우연히 사람이 적은 버스가 내 앞에 선다. 널찍한 공간에 의아해하면서도 기쁜 마음으로 올라탄다. 버스는 처음 보는 도로를 지나 갑자기 낯선 도시를 가로 질러 달리기 시작한다. 등교시간에 늦을까 염려하여, 기사 아저씨와 안내양 누나의 얼굴만을 멀뚱멀뚱 초조하게 바라본다. 소심한 나는 한마디 말도 꺼

내지 못한다. 갑자기 기사 아저씨가 버스를 세운다. 아저씨와 안
내양이 내게로 성큼성큼 다가와 코를 벌름거리며 내 몸을 킁킁거
린다.

"학생 몸에서 개 냄새가 나!"

땀에 흠뻑 젖어 악몽에서 깨어나야만 마법의 버스를 탈출할
수 있었다.

만원버스의 공포에서 벗어나기 위해, 종로에 내려서 낙원상가
와 허리우드 극장을 거쳐 계동초등학교를 지나 계동 골목으로 향
하는 방법이 있었다. 하지만 그 방법은 너무나 많은 시간을 소비
해야만 했다. 그래서 같은 동네의 친한 친구와 나는 차라리 학교
까지 걸어가는 방법을 선택했다. 교남동에서 출발하여 사직터널,
사직공원, 청와대 외곽, 총리관저, 삼청공원, 감사원을 지나 학교
후문으로 통하는 도보 등교를 했다. 하지만 이 방법의 최대 난관
은 친구가 우리 집 앞으로 와서 나와 합류하는 것이었다. 친구의
아버지는 충정로 어느 은행의 은행장이었다. 친구에게 우리 집이
보신탕 가게를 한다는 것을 들킬 수 없었다. 그러기에 우리는 가
게 골목 입구에서 만났다. 친구가 우리 집의 정확한 위치를 물어
보면, 홍수환의 권투 얘기나 '박스컵' 국제 축구대회의 차범근이
나 이영무 얘기를 꺼내며 딴전을 피웠다. 보신탕 집의 간판이 사
라진 다음날 아침, 친구에게 당당하게 말했다.

"저기 골목 막다른 집이 우리 집이야! 이제 아침에 대문 앞에

서 내 이름을 부르면 돼."

　일년마다 이어지던 이사로 인해 새로운 주소지를 외워야만 하
는 것은, 영어 단어를 외우는 것과도 같이 버거웠다. 새로운 친구
들을 만나는 것도 싫증이 났다. 사실 나는 어떤 친구들을 만나길
바라지도 않았다. 몰락한 집안의 사립초등학교 출신에게는 모든
친구들이 엇박자의 리듬과 감정으로 자리 잡았다. 누군가를 바라
는 것은 욕심이었다. 그것은 마치 식당에서 밥을 시킬 수는 있었
지만, '식당의 사정에 의해서 오늘 가능한 음식은 김치찌개 하나
뿐입니다'라는 안내문을 바라보는 것과 같았다. 길거리에서 우연
히 초등학교 동창이 멀리서 보이면, 구석으로 숨거나 가던 길의
방향을 틀었다. 열악한 동네 친구들이 뿜어대는 심한 욕지거리에
서 새로운 어휘를 늘려가는 기쁨도 이미 사그라들은지 오래였다.
중학생이 되어 바라보는 세상은 모든 것들이 줄지어 세워져 있었
다. 그리고 그것들을 차례차례 머릿속으로 포개 넣어야 되는 단
순한 일들이었다. 새로이 습득한 육두문자의 어휘력들은 영어 단
어와 화학 공식 사이로 스며들어, 부화되길 기다리고 있었다. 아
버지가 멀리 있다는 것이 그리 슬프지는 않았지만, 가족이 다시
함께 살고 싶었다. 그러면 모든 것이 원래 모습으로 이어지고 자
리를 잡을지도 모른다고 생각했다.

　존경하는 직업이 있었다. 식당의 주방장 아줌마는 보신탕의

장인이라, 큰 숟가락에 듬뿍 소금을 담아 간을 보던 모습을 기억한다. 그녀의 비싼 월급을 감당할 수 없었던 어머니는 그녀의 신기神氣를 복사했다. 나는 그때 세상에서 살아 남으려면 한가지의 탁월한 기술이 필요하다는 것을 알았다. 그녀가 우리 앞에서 얼마나 당당하게 서 있었던가를 기억한다. 세치 혀로 입증되는 맛깔스런 음식, 그것이 우리의 계단으로 복귀하는 내가 알던 유일한 지름길이었다. 천리안의 망원경, 날아 오르는 양탄자, 세상의 모든 병을 낫게 해주는 사과를 가진 아라비아 형제들보다 그녀를 올려다보았다. 아름다운 페르시아 공주와 결혼하는 꿈의 동화책은 이미 불쏘시개와 함께 타버렸다. 주방 아줌마에게 월급을 주면서 한숨을 쉬던 어머니의 모습은, 아줌마의 세치 혀가 세 형제의 보물보다 탁월하다는 것을 일깨웠다.

사람들은 모두 보이지 않는 각자의 높이를 가진 계단 위에 서 있다고 생각했다. 꿈속에선 언제나 계단이 사라졌다. 그리고 한없이 바닥으로 떨어졌다. 영원히 그 높이의 위치로 돌아갈 수 없다는 불안감에, 어머니의 발걸음이 언제나 바쁠 수 밖에 없었다. 사실은 계단의 높이를 생각할 수도 없이 헐떡거리며 바닥을 뛰어다녔다. 절대로 잃어버린 위치의 높이로 돌아갈 수도 없으며, 나의 미래도 영원히 바닥에 주저앉아 있을 것이라 생각했다. 그 해 여름에 가졌던 나의 불안은 어디에서 왔을까? 아름다운 기억의 순간들을 어디에서도 찾아볼 수 없었던, 길고도 긴 어린 시절의 여름이 무서웠다. 동화 속 금화나 은화들이 가득 채워진 보물 상자를 꿈꾼 적도 없었다. 성장을 멈춘 채 굳어버린 시간의 공백 이었다. 아무리 이어 붙이려 해도 시간은 칼로 베이듯 잘려져 나 갔다. 커다란 시간의 띠를 잃어 버리고 헤매는 아이. 뫼비우스의 띠를 달리는 기차는 영원히 적빈무의赤貧無依의 궤도를 반복하여 달린다. 그래서 나는 지금도 빨간 포르쉐를 꿈꾸지 않는다. 차라 리 그 위에서 보라색 스카프를 날리며 하늘을 향해 손을 펼치는 '이사도라 덩컨'을 생각한다. 계단은 이미 작은 벽돌로 흩어져 널 브러져 있다. 그 사이를 걸으며 깨어진 벽돌과 가족을 바라본다.

그해 겨울 보신탕집은 다시 가정집으로 회복되어, 유난히 하얀 첫눈을 덮어 쓰고 있었다. 한옥의 기와 위에 내려 앉은 정갈한 눈 은, 그해 여름에 치러진 많은 개들의 아픈 상처를 어루만지고, 슬 픈 영혼들을 위로하고 있었다. 눈처럼 소리도 차이도 없는 하얀 시간이 돌아온 것이다. 그것이 어린 내가 바라 본, 그해 가장 길 고 더웠던 여름의 마지막 기억이다.

어머님에게 보내는 '꿈의 편지 & 꿈의 친구들'

2010년

저는 운이 좋아, 살면서 좋은 사람들을 많이 만났습니다. 문제는 제가 가지고 있는 역마살 기운 때문에, 늘 사람들과의 인연이 계속 이어지지 못했던 것이죠. '전생에 내가 누구였을까?'라는 의문을 푸는데, 사실 그리 오랜 시간이 걸리지 않습니다. 새벽녘 골프 가방을 등에 멘 채 걸어갈 때면, 마음이 늘 그리도 편안했으니까요. 게다가 실수로 읽던 책 여러 권을 골프가방에 쑤셔 넣어, 등짐의 무게가 어깨를 더욱더 내리 눌러도, 마냥 즐겁기만 했습니다. 반복되는 아둔함에도 육체적으로 슬픔을 느끼지 못하는 일상사가 되풀이되다 보니, 전생의 비밀은 확연히 드러나기 마련이었습니다.

어리석은 부피와 무게의 고행이 더해져도, 오히려 마음은 더욱 가벼워집니다. 전생에 저는 보부상이었음이 분명합니다. 들꽃처럼 여기저기 피어나 사람들의 발자국을 쫓아, 이 마을 저 마을을 하염없이 걸어 다녔을 것입니다. 무지갯빛 호박 보석의 찬란한 하늘 왕관을 쓴 임금님이나, 갈지자 좌우로 넓은 보폭을 구사하며 대로를 차지한 신분 높은 양반보다도, 마냥 자유스러운 보부상의 낮은 신분이 편안합니다. 이번 한국 방문을 계기로, 끊겼던 수많은 친구들과 지인들의 끈을 다시 이으려 합니다. 저의 편지는 '닥터 박 꿈의 편지 & 꿈의 친구들'이라는 이름으로 보내려고 합니다. 바쁜 미국생활로 인해 자주 보낼 것이라는 약속을 못하지만, 소중한 끈을 이어가려는 작은 희망은 놓지 않으려고 합니다. 첫 번째 편지는 저의 어머님 얘기로 시작하려고 합니다.

첫 번째 편지

미국으로 돌아오는 비행기 비즈니스석에 앉아 계신 어머님을 바라봅니다. 끝없이 흐르는 눈물을 어머님께 들키지 않으려고 자주 얼굴을 돌립니다. 어머님 올해 일흔일곱이십니다. 수년 전에는 치매와 심한 우울증에 시달리셔, 치매 병동에 입원하신 적도 있으십니다. 아무리 해가 지나도 끝없이 이어지는 심적 고생과 역경에 잠시 생각을 놓으셨던 것 같습니다. 이제 제 나이 50에서야 뻔뻔스러이 효도한답시고 미국으로 함께 여행 중인 것이지요. 어머니는 이화여대 국문과에 합격하여 대구에서 서울로 올라 오셨습니다. 서울대 성악과에 다니시던 외삼촌의 자취방에 짐을 부리면서, 저희 어머니는 집주인의 큰아들인 저희 아버님과 사랑에 빠지셨습니다. 젊은 시절부터 대부분의 삶을 결핵과 그 후유증에 시달리시며 경제적 개념이 약하신 아버님에 의해, 어머님과 저희 가족 전체의 삶이 그리 평탄하진 못했습니다. 아버님의 마산결핵요양소 시절, 구상 시인을 비롯한 아버지의 젊은 시절 창작모임 친구들로부터 이야기를 전해들은 바로는, 아버님 또한 꽤나 오래 시인을 꿈꾸셨던 것 같습니다. 그러니 제 피에 어쩔 수 없는 글쟁이의 운명이 섞여있는 것이겠지요.

시애틀에서 온 사촌누나 가족들과 저녁을 함께한 후, 어머님은 이모님과 LA에 잠시 머물기로 하시고, 저는 드디어 4시간 거리의 제가 사는 시골로 차를 몰기 시작했습니다. 자정 시간이 도착 예정시간이었으나, 너무나 피곤하여 고속도로에서 잠시 벗어나 두 번이나 잠을 청한 까닭에, 새벽 2시가 지나서야, 제가 사는 엘센트로에 도착했습니다. 너무나 잠이 쏟아져 Convertible 자동차의 뚜껑을 열고 달렸지만 여전히 잠이 쏟아졌습니다.

사막 한가운데 차를 세우고 쏟아지는 별들을 바라봅니다. 10여분이 지나도록 차는 한대도 지나가지 않습니다. 수 없는 사람들의 물결로 정신 없던 서울의 한복판에서, 사막 한가운데로 덩그러니 홀로 던져진 저를 바라봅니다. 도시에서 시골로 돌아온 시골 쥐 마냥 가슴이 차분해집니다. 무서울 정도로 달려드는 혼자로의 복귀를 간혹 떼어내고도 싶습니다. 그리고 일주일간 밀려오는 아이들 환자의 비명소리와 함께 하루가 달려갑니다. 집으로 돌아와서는 밀린 피로로 쓰러져 잠이 듭니다. 주말에 다시 차를 몰아, LA에서 어머님을 제가 있는 시골로 모시고 왔습니다.

어머니는 저와 함께 2주일간 함께 했습니다. 이토록 오래 어머니와 한집에 자면서 밥그릇과 수저를 함께 놓아 본 것이, 수련의 시절인 1988년 이후 처음인 것 같습니다. 22년 만이군요. 허리가 구부정하신 어머니는 할미꽃의 모습이 되어, 출근하는 저를 향해 손을 흔들어 배웅하십니다. 초등학교 시절 가방을 등에 멘 채 '학교 다녀 오겠습니다'라고 외치듯 어머님께 인사를 올리고요. 점심이면 어머니가 차려 놓으신 밥을 함께 합니다. 50이 다 되어 혼자 사는 아들에게, 직접 밥을 해 먹이고 싶어하시는 노모를 위해, 어머님 비록 힘드시더라도 자식을 위해 점심상을 차리시는 것에 반대하지 않습니다. 그리고 우리는 도란도란 옛날에 살던 동네 이야기를 시작합니다. 수없이 이사를 다녔기에 우리의 이야기는 끝이 없습니다. 저녁에는 무조건 어머니를 모시고 밖으로 나갔습니다. 하도 더운 사막 한가운데 도시라, 어머니는 하루 종일 제가 퇴근할 때까지 집안에만 계셨습니다. 어머니가 아무리 나갈 필요 없다고 손사래 치셔도, 저는 무조건 차를 밖으로 몰았습니다. 20분이면 넘어가는 멕시코에는 세 번 다녀왔고요. 한 시간 거리의 애리조나의 '유마'에도요. 주말에는 2시간 거리의 팜스프링에서 온천을 한 후, 어머님과 함께 하루를 호텔에서 묵었습니다. 짧았던 2주 후에 어머님을 다시 LA로 모시고 올라가면서, 비록 시간이 많이 소비되더라도, 태평양의 바닷가를 달리는 Old Highway 1번 도로를 이용했습니다. 바로 옆에 앉아 계시건만, 어머니가 자꾸만 멀리 떨어져 보이는 것 같았습니다. 태평양의 바다 바람이 어머니를 밀쳐냅니다.

그리고 저는 초등학교 어린 시절로 돌아갑니다. 끝없이 이어지는 논과 밭두렁을 걸어갑니다. 어머니는 자꾸만 앞에서 멀어져 갑니다. 가끔 어머니는 고개를 돌려 외아들을 안스러이 돌아봅니다. 손을 번갈아 가면서 들어도 계란은 너무나 무겁습니다. 걸으면서 생기는 전후 좌우 리듬 때문에, 보자기에 쌓인 계란판은 시계추처럼 움직입니다. 보자기가 끈적끈적 젖은 걸 보니 가장자리의 계란이 깨진 것 같습니다. 팔아야 하는 계란인데 아무래도 엄마에게 혼이 날 것 같아, 저의 발걸음이 더욱 뒤뚱거립니다. 그리고 시골길은 기억을 좇아 서울의 한복판으로 이어집니다. 영천의 집에서부터 서대문 네거리의 화양극장 뒤에 있는 출판사까지 직원들의 야식을 나릅니다. 20인분의 국 중, 이미 두 사람 분의 국물을 거리에 흘린 것 같습니다. 조금씩 줄여서 국을 푸면 될 터이니 걱정은 하지 않습니다. 하지만 화양극장 앞에 있는 이태리 빵집이 문제입니다. 제가 혼자 남몰래 좋아하는 같은 반 은주의 집입니다. 그 아이가 밥집에서 엄마를 돕고 있는 저를 볼지도 모릅니다. 피부가 까무잡잡한 은주는 아주 이국적으로 생겼습니다. 혹시라도 내 얼굴을 알아볼 까봐 고개를 돌리고 걷다 보니, 국 국물이 자꾸만 더 출렁거립니다. 가세가 기울어진 후 누나들은 모두 사립학교에서 공립학교로 전학을 시켰지만, 외아들이라고 저는 계속 사립학교 교복을 입은 채, 빈민가의 동네를 걸어 다녀야 했습니다. 교복을 입은 저의 모습은 마치 적도의 아프리카 초원 위를 뒤뚱거리는 펭귄 같았습니다.

학교 시절 저는 아주 평범한 학생이었습니다. 집안이 셀 수 없이 이사를 다니며 힘들었지만, 그것이 도리어 공부를 열심히 해야 되는 이유보다는, 주위의 낭떠러지로 언제라도 떨어질 수 있다는 변명의 구실을 제공해 주었습니다. 그런 저에게 고등학교 시절 한 장의 사진이 던져졌습니다. 오랜만에 어머니가 대학교 동창회에 다녀오셨던 모양입니다. 친구분들 중의 한 집에서 열린 점심 모임 후, 친구들은 거실에 나란히 앉아 기념 사진을 찍었습니다. 그 가장 자리에 저희 어머니가 서 계셨습니다. 중년의 뽀얀 피부에 삶의 여유와 기쁨이 가득한 사모님들 가장자리에, 마치 그 모임을 위해 고용된 파출부의 모습으로 제 어머니가 서 계셨습니다. 그날 이후 저는 그 여인을 위해 저의 모든

167

변명을 던져 버렸습니다.

　제 아버님은 제가 43살의 늦은 나이로 NYU에서 공부하던 첫
해, 2003년에 돌아가셨습니다. 제가 미국에서 바닥부터 다시
시작하여 기반을 잡는 동안, 제일 걱정한 것 중 하나가, 그사이
어머님이 돌아가지 않으실까 하는 것이었습니다. 이제 그 여인
이 제 옆에 서 계십니다. 비록 아들은 쉰으로 어머님은 일흔일
곱으로 이렇게 함께 하지만, 그나마 이렇게 함께 있음이 기쁩니
다. 일주일 후 지난 토요일, 다시 차를 몰고 LA 어머니에게 올라
갔습니다. 시애틀 사촌누님 댁에 2주간 방문하실 여정이 잡혀,
어머님을 비행장으로 모셔드리기 위해서였습니다. 원래 어머님
일정을 길어야 두 달 정도라고 잡아 놓았지만, 생각보다 어머님
이 미국생활을 즐거워하시는 것 같아, 건강이 허락하는 한, 관
광비자가 허락하는 최대한의 기간까지 계시게 하려고 합니다.
다음 달은 미네소타 주에 있는 여동생한테 가실 예정이고, 추수
감사절은 뉴욕의 제 식구들과 보내실 예정입니다. 여유 있게 어
머님을 모시고 나와 LA County 미술관인 LACMA에서 그림들을
감상하고, 미술관 내의 예쁜 레스토랑에서 점심을 먹었습니다.
휠체어 서비스를 부탁한 까닭에 2시간 전에 공항에 도착하였습
니다. 아무래도 어머니가 탑승 전까지 지루해하실 것 같아 항공
사 직원에게 부탁하여, 입장권을 얻어 탑승 게이트 앞에서 어머
니와 두 시간을 함께 했습니다. 수많은 사람들이 누군가를 위해

떠나고 도착하고 있습니다. 수많은 사람들이 누군가로부터 태어나고 뒤뚱거리는 걸음을 시작합니다.

어머님! 제게 세상을 아름답게 볼 수 있도록 나누어주신, 당신의 거친 살과 맑은 영혼에 감사드립니다. 이름 없이 피어난 들꽃이라도 추운 겨울을 이겨내고 당당히 피어날 수 있음을, 당신으로부터 깨닫게 해 주셔서 감사합니다. 사랑합니다 나의 어머니, 우리들의 어머니.

09. 28. 2010 04:54 AM

두 번째 편지

하늘을 바라보며 별을 세던 날들을 기억합니다. 어린 시절 시골에서 바라보던 맑은 별들, 등화관제로 드러난 서울의 은하수를 따라 흐르던 별들, 이곳 캘리포니아 사막 한가운데서 바라보는 별들은 똑같은 경외의 밝기를 가지고 있습니다. 그리고 모두 아름다운 기억으로 다가섭니다. 하지만 제게 우울했던 별들에 대한 기억도 있습니다. 별이 슬플 수는 없겠지요. 별을 바라보는 제가 슬펐던 것 같습니다. 수련의 기간을 끝내고, 저는 어릴 적 부러져 휘어진 팔 덕택에, 현역으로 군대에 가는 대신 벽지 무의촌 근무를 할 수 있는 행운을 얻었습니다. 1989년부터 3년간 충청남도 공주의 유구라는 곳에서 군복무를 대신하였죠. 그 시절 결혼하기 전까지 저는 끝없이 술을 마셨습니다. 그 당시 무의촌 보건지소에는 의사들의 응급환자 왕진을 위해 95CC 정도의 오토바이가 있었습니다. 자동차가 점차 일반화되면서 보건지소의 오토바이들은 대부분 구석에 처박혀 있었습니다. 그런데 95CC라는 크기가 아주 무서운 숫자였습니다. 안전을 보장할 만큼 충분히 대형도 아닌 것이, 속도감을 즐기기에 충분한 무게를 가지고 있었습니다. 쉽게 표현하자면 교통사고를 불러들일 마성의 숫자로서, 그 당시 오토바이 사고로 죽은 의사들이 상당히 많았던 것으로 기억합니다. 그때 저는 운전면허조차 없이 오토바이를 몰아댔습니다. 유구에서 30분 가량의 거리에, 고려시절 중건된 마곡사라는 오래된 절이 있습니다. 상원골 계곡을 따라 펼쳐지는 구불구불 급커브의 마곡사 길은 오토바이를 즐기기에 최상의 코스이자, 명을 단축할 수도 있는 최악의 코스로 기억됩니다. 저는 그때 대부분 한밤중 술에 취해 이 길을 오토바이로 달렸습니다. 제가 근무하던 유구면을 비롯해 신풍면 사곡면의 세 보건지소 오토바이를 차례로 계곡에 처박고도, 찰과상만으로 그친 것을 보면, 저라는 놈이 운은 억수로 좋은 놈인 것 같습니다.

무엇이 저를 그토록 취하게 만들었을 까요? 도무지 빛이 보이지 않았던 시기로 기억됩니다. 그날도 만취한 채 비틀거리다, 성당 입구 골목이 눈에 들어 왔습니다. 신부님과 저는 테니스

동호회에서, 그리고 가끔 참석하는 미사에서 서로 얼굴을 알고 있었습니다. 갑자기 신부님을 만나고 싶었습니다. 누군가를 붙잡고 울고 싶었습니다. 신부님을 만나면 인간과 사제의 두 인격체를 같이 만날 수 있다고 믿었으니까요. 늦은 시간 성당 철문은 굳게 잠겨 있었습니다. 담을 넘었습니다. 그리고 신부님 관사의 문을 두들겼습니다. 늦게 서야 수녀님의 떨리는 목소리가 들려왔습니다. '신부님은 대전에 일이 있으셔서 안 계시니, 내일 날이 밝으면 오세요'라는 겁먹은 음성이었습니다. 그리고 저는 집으로 가기 위해 다시 담을 넘었습니다. 너무 취해 잠시 담 위에 벌렁 누워, 하늘을 쳐다보았습니다. 그곳에 아름다운 별들이 쏟아지고 있었습니다. 한참 동안 다가서는 별들을 바라보며, 너희들은 그곳에서만 반짝이라고 소리쳤습니다. 이 아래 지상은 고뇌와 번민의 인간들 영역이라고요. 그리고 담 위에서 잠이 들었습니다. 새벽 한기에 잠이 깨어 흐트러진 중심을 찾으며, 뚜벅뚜벅 자취방으로 발걸음을 옮겼습니다. 다음날 시골에 이상한 소문이 떠돌기 시작했습니다. 지난밤 성당 수녀님 숙소에 강도가 침입하려다 여의치 않자, 담장 위에서 한참 동안 고래고래 소리치다, 경찰이 출동하기 바로 직전에 유유히 사라졌다고요.

지난여름, 5년 만에 귀국했을 때, 제게 주어진 시간은 단지 일주일이었습니다. 지인들과 친척들 신세진 모든 분들을 찾아 뵙기에는, 터무니 없이 시간이 모자라더군요. 하루에 늘 두세

모임을 가진 것 같습니다. 하지만 그 짧은 일정에도 충청도 유구에서 하룻밤을 보냈습니다. 성당의 담벼락을 돌아서면 방황하던 젊은 시절의 저를 바라보던 두 형님이 계십니다. 약국을 하시는 대학선배 태동이 형과 흉부외과 출신의 제일의원 남원 장님. 거의 20년만의 재회로, 사람에 취해 술자리가 익어갔습니다. 추장이라는 별명을 가진 남원장님 댁에서 잠을 청하면서, 사람은 무엇으로 그 됨됨이가 익어가며, 저 하늘의 별처럼 빛을 발할 수 있을까 생각해 보았습니다. 무더운 여름이라 서재로의 문이 살며시 열려 있었고, 그곳에 천여 권이 족히 넘어 보이는 겹겹의 책들이 눈에 들어 왔습니다. 추장의 오늘 모습이 방대한 독서량으로 이루어진 것일까요? 아닙니다. 수많은 책들로 하늘을 뒤덮을 수 있을지는 몰라도, 그들을 반짝이게 할 수는 없으니까요. 별은 아끼는 사람들의 보살핌과 그 사랑으로 탄생합니다. 깊이를 헤아릴 수 없는 부모의 사랑. 반쪽으로 시작하지만 전부의 아픔을 대신하려는 부부의 사랑. 가슴에 묻어야 하는 자식으로부터의 존경. 그의 손을 잡으면 세상 어느 곳으로도 뛰어갈 것 같은 용기를 주는 친구들. 모든 사람과의 관계를 측은하게 바라볼 수 있는 시선. 살아 숨 쉬거나 아니거나, 그 어떤 존재도 가볍게 보지 않는 진지함. 그리고 모든 형태로 어느 곳에나 언제나 존재하는 작은 사랑들이 모여 한 사람의 삶을 숨 쉬고 넉넉하게 만듭니다.

두 번째 편지는 추장과 제가 지난 가을 교환했던 짧은 메일과,
『미주시학』에 보낸 원고로 마무리합니다.

무척이나 덥고 비가 많던 여름이 지나고,
이곳 유구는 벌써 따뜻한 햇살이 싫지 않은 가을이라네.
지난 태풍에 시달려 까칠했던 진료실 창밖 느티나무도
이젠 어느 정도 회복되어 의젓한 자태로 서있는 한낮,
나는 KBS FM의 클래식 선율 속에서
깊어 가는 가을 햇살을 느긋하게 바라보며
중년 오후의 풍요로움을 만끽하며 지내려 하고 있지.
이곳으로 옮긴 후 처음 맞은 크리스마스 때 애들을 위해
반짝이 전구를 사다 크리스마스트리로 꾸몄던 나무였는데,
나도 모르게 훌쩍 커버린 모습에 무척이나 대견해하며
사랑하는 생명, 늘 바라보고, 만져보고,
많은 얘기를 나누며 지낸다오.
겉으로는 덜렁이 같은 모습이지만
깊은 속을 가지고 있는 것 같고,
이번에는 전보다 훨씬 성숙해진 것 같은 너를 보고는
문득 진료실 창밖의 나무 생각이 들었었지.
언젠가는 진짜 멋진 고목으로 우뚝 선 박상호를 보길 바라며.

9월 말 한낮에.

추장!

옛날에 교과서에 실린 이야기가 있어요

큰 바위 얼굴이라고.

그게 얼굴만 커서 나온 얘기가 아닌 거 짐작하실 테고요

고목 같이 큰 사람들은 스스로가 큰 고목인 것을 모르죠.

그저 남들 위해 조용히 바람 막아주고

그늘 내 주면서 스스로의 크기에 대해서는 관심도 없죠.

내게 추장 같이 커다란 나무가 있어서 좋아요

그 나무가 하도 멀리 떨어져 기댈 수는 없지만

그저 그 나무 이름을 부를 수 있는 것만으로 기쁩니다.

『미주시학』─시작 노트

아이들과 집에서 술래잡기를 하고 있었다. 어쩌면 누나들인지도 모르겠다. 내가 술래였고, 끝없는 열을 셀 수밖에 없었던 것은, 눈을 감고 있는 게 좋았기 때문이다. 현관문을 무섭게 젖히고 들어선 덕수 엄마는 아버지를 향해 소리 지르고 있었다. 그녀는 엄마를 찾고 있었다. 아버지의 사업을 위해 엄마는 내 친구 덕수 엄마에게 돈을 빌렸을 것이다. 친구들은 어디에 숨었는지 머리카락 하나 보이지 않고, 나는 집안 이곳저곳을 헤매기 시작했다. 골

방의 안 쓰는 장롱문을 열었을 때, 어머니가 숨어 있었다.

적빈赤貧, 이 두 글자가 나의 어린 시절을 수놓는 그림이다. 셀수 없이 이사하며 살아본 서울의 동네 중, 냉천동 집 앞에는 대폿집이 있었고, 그 집 아들 연집이는 2살 아래의 내 친구였다. 대폿집에 앉아, 지나가던 손님을 붙잡던 연집이 엄마의 붉디붉은 화장은, 각혈에 쓰러지던 내 아비를 불러온다. 대폿집 앞에는 내가다니던 교회가 있었다. 연집이와 그의 형 그리고 나는 대낮에 교회를 털었다. 그해 여름 나는, 성경학교 유년부에서 상을 타기 위해 주기도문과 십계명 사도신경을 외우려고 발버둥 치고 있었다. 그리고 일요일 아침 교회에 간다. 나는 베드로처럼 무의식적으로 나의 도적질을 부인하고 밀어냈다. 서울 출신의 아비는 평생을 괴롭힌 결핵으로 전라도 나주, 깊숙한 시골로 요양을 떠나셨다. 방학이면 우리 가족은 아비를 찾아 호남선의 기차에 몸을 실었다. 수없이 뒤로 물러서는 산과 들을 보내다 보면, 커다란 아비를 만나게 될 터이다. 국문학과를 졸업하고 손맛이 좋은 대구 출신의 어미는 가족의 생계를 위해 친구분과 독립문 근처 교남동에 보신탕집을 열었다. 새벽마다 오토바이에 실려오던 견공들의 뻣뻣한 주검을 보면서, 나는 나의 식어가는 아비가 사라지는 것을 두려워했다.

무엇이 나에게 글을 쓰게 만드는가? 나는 놀라울 정도로 나의 유년기를 기억한다. 영사기를 돌리며 주워 담는 이미지들이, 꼬리를 물고 이야기로 각인되었던 것이다. 감수성이 풍부한 시기에 시퍼런 칼에 베인 검붉은 흉터다. 그리고 나는 그 이야기를 풀어 헤치기 시작한다. 그리고 작은 과거의 이야기들을 현재의 이야기들과 퀼트작업처럼 꿰매기 시작한다. 유년기의 셀 수 없는 이사로, 한곳에 시선을 집중하지 못한 채, 이야기의 흐름에 떠밀려 다녀야 했다. 그것이 구구절절 내질러대는 내 미성숙의 시를 덕지덕지 불러왔다. 어쩌면 과거에 익사하여 굳건히 문을 걸어 잠근 채, 침묵에 유배되어 있는지도 모른다.

글을 쓴다는 것은 무엇인가? 내 앞에 커다란 한지의 창문이 있다. 창문 너머 보이지 않는 세계로부터 소리와 내음이 다가온다. 이야기와 이미지가 호기심과 함께 다가선다. 가만히 손가락에 침을 묻혀 구멍을 뚫는다. 이것이 글쓰기의 시작이다. 내가 구멍을 뚫어 저 밖의 세계를 열어주지만, 사람들이 그 세계를 어떻게 볼지는 그들의 몫이다. 하지만 난 이야기라는 도구를 가지고 조금 커다랗고 선명한 구멍을 뚫고 싶다. 그래야 우리가 서로 손을 꼭 잡고, 같은 곳을 바라보며 상상을 펼칠 수 있기 때문이다.

20살부터 나의 신춘문예 도전이 시작되었다. 지금 내 나이 50이니, 바빠 살아와 건너 뛴 해를 제하고도, 족히 20번의 좌절을 맛본 것 같다. 젊은 시절에는, 나의 시를 이해 못하는 심사위원을 원망하였다. 하지만 40이 지난 어느 해부터 나는 알게 되었다. 얼마나 나의 시와 소설이 미성숙의 조잡한 쓰레기인지. 수백 편의 시와 소설을 화장하듯이 컴퓨터에서 지워버렸다. 다행히 좌절과 실패의 대가로 좋은 글을 볼 줄 아는 안목을 얻은 것이다. 그러니 나의 시 중에서 이곳에 실을 5편의 시를 고르면서, 내가 얼마나 많은 한숨을 쉬었을지 짐작이 가리라 믿는다. 젊은 시절 나는 시의 최고 덕목인 은유와 압축에 집착하여, 때론 나도 이해 못하는 시를 썼다. 어쩌면 나의 미성숙과 얇디얇은 본 모습을 감추기 위해, 짙고 투박한 화장을 했다는 게 맞을 것이다. 나는 이 모든 나의 부족함을 대치하기 위해, 나이 먹기를 기다려야 했다. 육체적인 성숙 아니 노화가, 정신적인 미성숙을 보완할 삶의 경험을 줄수 있었기 때문이다.

그런데 문화는 노화한 구세대를 멀리한 채, 너무도 무자비할 정도로 빠르게 달려간다. 샌디에고나 뉴욕의 JFK공항에서 사람들은 고개를 처박고, 스마트폰이나 랩탑에 빠져 무엇인가를 뚫어지게 쳐다본다. 이들은 구름 속에 수없이 떠다니는 공유된 정보를 끄집어 내려온다. 이들은 한 분야에 장인처럼 전문적인 지식을 지님과 동시에, 그 누구와도 소통할 수 있는 다방면의 지식을 소유하는 'T-Shaped People'이 되고자 한다. 그들이 하는 문자문화는 단지 대화의 도구일 뿐이다. 그들이 환호하는 것은 이미지에 결부된 영상문화다. 도대체 이들에게 무엇으로 다가가야 하는가?

내가 이야기에 집착하는 이유가 이것이다. 시가 한 컷의 시나리오가 되고, 한 장면의 방송 대본으로 변신하는 것을 바라는 것은 무리수다. 하지만 그와 흡사하게 그들을 끌어오려고 노력한다. 그런데 이러한 작업의 결과는 나의 시를 기형아로 추락시키고 말았다. 단락 나누기와 줄거리 요약에 쫓기어, 살을 발라낸 생선 뼈처럼 갑갑하다. 소리가 없으니, 시라기보다는 시간에 쫓기어 학교에 내야 하는 과제물 같다. 향기와 여유가 없으니, 나비와 비행이 없다. 밋밋한 이차원적 평면도. 이야기이지만 스스로 서서 걸어 다니지 못하는 괴물들이다. 그래서 요즘, 다음 것들을 바라본다. 마음의 열고 닫힘에 따라 크기와 얼굴이 바뀌는 것들, 바라보는 곳과 생각의 높이가 바뀌면 방향을 바꾸는 태도와 낯설음. 그리고 그들 모두가 뒤엉켜 일구어 내는 생동감과, 그들이 뛰어놀 수 있는 넓은 터. 마지막으로 객관적으로 모든 것을 바라볼 수 있는 시력. 그것들을 생각하고 있다.

나는 43살의 나이에 미국유학을 결심했다. 안정된 중년의 일상과 이상의 중간을 오고 가며 작가를 꿈꾸는, 평범한 개업 11년 차의 치과의사였다. 고시원에 처박혀 캘리포니아 치과의사 면허와 유학시험을 준비하면서, 무엇이 나를 이 골방에 가두었는가 생각해 보았다. 내가 그어 놓은 중용의 줄이 삶의 단조로움과 안일함에 치우쳐, 이미 죽어서 걸어 다니고 있는 나 자신에 지쳐 있었던 것이다. 유학생활 후 나는 영주권 스폰서에 발이 묶였던, 이곳 캘리포니아의 최남동 사막도시에 개인병원을 차리고 웅크리고 있다. 한여름 50도가 넘는 더위에 헉헉거리며, 갈라파고스의 왕 도마뱀처럼 소리내지 않고 조용히 미국 내, 동서부 기러기 아빠로 살아가고 있다. 처음 미역국을 끓인 날에는, 30인분으로 불어난 미역에 소스라치게 놀란 적도 있으며, 지금 부엌의 쌀은 그대로 반년이 다 되어 가는 것 같다.

유년기는 아비를 찾아 호남선 통일호에서 멍하니 차창 밖에서 달려드는 성장을 두려워했고, 지금은 뉴욕에 있는 아이들의 아비가 되기 위해, 미국 대륙을 가로질러 온갖 인종의 피부색에 물을 들이고 있다. 삼대에 걸친 우리 집안의 아비 찾기와 아비 되기의 굴레 속에서, 끝없이 바삐 움직이는 것은 언제나 나다. 하지만 난 언제나 주머니 속에서 깨어지지 않는 어릴 적 꿈을 기억한다. 시골에 요양하시던 아비는 돼지를 키우기로 하시고 커다란 돈사를 지으셨다. 처음으로 새끼돼지 7마리가 도착했다. 그날은 몹시도 비바람이 거세게 부는 밤이었다. 검디검은 바크서 종의 새끼 돼지들은, 칠흑 같은 어둠과 비바람에 놀래 있었다. 아비와 나는 그날 돼지 우리에서 놀란 돼지 새끼들을 끌어안고 달래며 잠을 청했다. 그리고 나는 간절히 소망했다. 이 돼지들이 무럭무럭 자라서 수백 마리의 새끼들을 낳게 해 달라고. 그래서 아비의 건강을 되찾아주고, 우리가 함께 살 수 있도록 해 달라고.

꿈과 소망은 단지 가슴에 안고 있음으로도 눈부시게 따뜻하다. 좋은 시를 쓰기에 앞서 나는 늘 소망한다. 장인의 손재주가 아니라, 산을 담을 수 있는 호수의 맑음을 갖도록 해달라고. 가을로 향하는 여름 들판 한복판에, 아무런 대가 없이 땀 흘리는 허수아비의 비어진 가슴을 갖게 해달라고.

10/15/2010 캘리포니아 최남동 사막 국경도시 El Centro에서

세 번째 편지

NYU에서 같이 공부했던 후배에게 간단히 안부 메일 보내려다가, 어머님과 가족들이 함께한 추수감사절로, 주절주절 이야기가 길어진 메일입니다. 안부 편지로 모든 분들께 보내기로 했습니다. 모두들 건강하시고요.

그동안 잘 지내고 있었냐? 제수씨하고 아이들 모두 건강하지? 이곳 캘리포니아는 워낙 경기가 안 좋아 모두 고전하고 있는 것 같다. 다행히 우리 치과는 그럭저럭 변함이 없어 감사하고 있다.

어머님과 뉴욕에서 추수감사절 지내고 오느라 지금까지

도 몹시 피곤하다. 나이 들어감이 하루하루 느껴지는 것 같다. 어머님은 미네소타 여동생 집에서 뉴욕 JFK로 직접 오시고, 나는 캘리포니아에서 뉴욕으로 가는 일정이었다. 지난 목요일 11월 25일, 뉴욕 JFK에 먼저 도착하여, 미네소타에서 오시는 어머님을 기다렸다. 내가 뉴욕에 도착한 시간은 오후 3시 39분, Terminal 5는 추수감사절 명절이었지만 비교적 한산하고 쾌적한 분위기였다. 그리고 어머니가 도착할 Terminal 4로 공항 내에 운영하는 기차를 타고 이동하였다. 미니아폴리스(Minneapolis)를 떠난 어머님의 뉴욕도착 예정 시간은 오후 7시 30분, 대충 4시간의 공백이 있었다. 집사람에게 전화를 걸어 공항에서 책 읽으며 기다리다 어머님을 픽업해서 집으로 가겠다고 하자, 뜻밖의 실랑이가 벌어지고 말았다. 내가 61년생 소띠인 동시에 단군의 피를 받아 미련한 곰의 기질을 동시에 가진 터라, 가끔 지독히도 합리적인 집사람과 의견충돌이 생긴다. 마님의 하늘 같은 말씀은 이러하다. 가족을 위한 추수감사절로 뉴욕에 와서 4시간이나 시간이 비면, 우선은 집으로 당장 부리나케 달려와 소중한 아이들을 먼저 안아준 후, 시간에 맞추어 공항에 다같이 나가면 되는데, 어찌 그리 미련하게 공항에서 4시간을 죽칠 생각을 하냐고. 나 살면서 여러 번 집사람과 부딪쳐 본 후, 한가지 진리를 알게 되었다. 누가 뭐라 해도, 어떤 상황에서도 집사람은 나보다 합리적인 사람이고, 무슨 일이 벌어졌다면, 인정하기는 정말 싫지만 분명히 내가 무슨 잘못을 했다고. 그러니까 일단 내 잘못을 인정한 후 나의 입장을 얘기한다. 나의 상황은 이러했다. 추수감사절이라 교통체증이 심할 터이니, 혹시라도 길이 막히면 공항으로 되돌아오는 시간이 지체될지도 모른다고. 영어 의사소통도 힘드시고 걷기도 불편하신 어머님이, 혼자 오시는 커다란 뉴욕 국제공항에서 국제미아가 되실까 하도 걱정된다고. 외아들인 내가 여기서 마냥 기다려야 될 것 같다고. 마님 말하길 그러면 자기가 현재 집 밖이니 지금 공항 가는 길인 Cross Island 고속도로 쪽을 살펴본 후, 정체가 심하면 내 뜻대로 공항에서 기다리라고……

조금 있다가 마님 전화하셨다. 공항 가는 길이 막히고 있다고. 원래의 곰탱이 계획대로 공항에서 대기하고 있으라고. 그리하여 마님과의 작은 분쟁이 일단락되었다. 어머님이 도착할 Terminal로 걸어가면서 생각해 보았다. 내가 가져야 할 두 가지의 사랑 가운데 분명 교통체증이 있었다고. 아이들을 포함한 뉴욕의 가족에 대한 사랑과 나를 낳아주신 어머님에 대한 사랑. 그러니까 홀로 뉴욕으로 오시는 어머님에 대한 걱정이 앞선 것이다. 충분한 여유의 시간에 사랑하는 아들과 딸을 안아주러 집으로 갈 수도 있으면서, 아직 결정되지도 않은 교통체증을 핑계로 아예 한쪽을 생각하지 않은 것이다. 그것이 의식적 아니면 무의식적이었든, 내 성격이 앞뒤 꽉 막힌 똥고집 소유자이건 아니건, 나 절실히 깨달았다. 나 자신의 한계를. 박상호 아직도 인간 되려면 차례 멀었다고…….

터벅터벅 도착한 Terminal 4는 완전히 도떼기시장이었다. 인도와 중동에서 오는 사람들과 그들을 마중 나온 사람들로 장사진을 이룬 공항은, 텔아비브(Tel Aviv)에서 막 도착한 유태인들로 북적대고 있었다. 인도사람들은 가족을 기다리는 동안, 집에서 준비해온 밥들을 옹기종기 모여 손으로 먹고 있었다. 정말 오랜만에 느껴보는 시골 장터의 분위기였다. 나는 공항 바닥 구석에 벌렁 누워서 소설책을 읽기 시작했다. 몸에 열이 많은 터라 양말도 벗고 그 장터에 합류해 버렸다. 요즘 내가 읽고 있는 책들은 얼마전 작고하신 문학평론가 김현씨의 평론집들이다. 나의 책 읽기는 한 작가를 알게 되면 그의 책 모두를 주문하여 파 들어가는 방식이다. 그래야만 그들이 어렴풋이 보이니까(이 방법은 이미 포기한 지 오래다. 서재의 공간 문제가 생긴 탓으로). 허리가 배겨 이리저리 몸을 뒤척이며 책을 읽다 보니, 어느덧 4시간이 지나가 버렸다. 나는 아마도 평생 누군가를 기다리고 찾아 다니며, 노숙자처럼 바닥을 뒹굴며 살아갈 운명이라고 생각했다.

어머니께 전화 드렸더니 뉴욕에 도착하셨다고 하셨다. 그런데 아무리 기다려도 어머니가 안 나오셨다. 거의 40분을 기다려도 어머님의 모습은 나타나지 않았다. 그래서 다시 전화 드려서 '엄마 도착하신 곳이, 뉴욕은 확실해요?' 라고 물었다. 그랬더니 그렇다고 하셨다. 사람들을 따라 나왔더니, 다시 보안검색을 거친 후 Gate B4라는 곳에 있다고 하셨다. 뭔가가 잘못된 것 같았다. 분명히 공항 밖으로 나오시다 누군가의 잘못된 인도로, 다시 보안검색을 거쳐 공항 안으로 되돌아가신 게 분명했다. 어머니도 걱정이 되시는지, 옆에 있는 아무 외국인에게 전화기를 바꾸셨다. 일단은 최악의 상황이 아니길 바라며, '댁이 계신 그곳이 뉴욕 JFK 맞습니까?' 확인부터 하고, 죄송하지만 출구까지 어머님을 바래다주실 수 있냐고 부탁했다.

생각해 보니 분명히 어머님 혼자 오시는 게 걱정이 되어, 휠체어 서비스까지 부탁했었는데, 무엇인가 뒤틀리고 있는 것 같았다. 출구가 오직 한 곳이라 마냥 기다리는데, 어머님 전화가 왔다. 택시가 줄지어 서있는 곳에 나와 계신다고. 누군가가 엘리베이터로 안내하여 정중히 따로 밖으로 모셔다드렸던 것이다. 마침내 눈물 나는 모자 상봉이 다시 벌어졌다. 우두커니 추운 뉴욕의 밤에 어머니 홀로 아들을 기다리신다. 멀리서 불안해서 계시는 어머니 모습 밀려오는데, 나도 모르게 눈물이 흘렀다.

금요일은 가족들 모두 브로드웨이에서 웨스트사이드 스토리(Westside Story) 뮤지컬을 보고. 난 그때도 피곤이 덜 풀려 반은 졸았던 것 같다. 그런데 살며시 어머님을 보니 어머님도 좀 지루해하시는 것 같았다. 영어가 안 들려서가 아니라, 웨스트 사이드 스토리가 조금은 따분했었다. 이제 나도 나이가 들어서인지, 사랑 따위 감정이 메말라서인지, 흥이 나지 않았다. 생각해 보니 내가 또 바보 같은 실수를 했다. 우리가족이야 자주 뮤지컬을 보는 까닭에, 아들 딸에게 요즘 무슨 뮤지컬 보고싶냐고 물어 보았었다. 아들내미가 웨스트사이드 스토리를 보고 싶다고 했었다. 그래서 Julliard Precollege 다니던 아들을 위해 아무 생각 없이 예매했다. 그런데 생각해보니 나이 드신 어머님을 위해서는 볼거리가 많은 '라이온 킹'을 한 번 더 보거나, '미스 사이공' 같은 것을 선택했어야 했다. 또다시 두 가지의 사랑 울타리에 문제가 생겼던 것이다. 사람 사는 게 이리도 완벽한 것이 없다.

뮤지컬을 본 후, 맨하튼에 새로이 호텔과 식당을 개업한 집사람 대학 동문 경영학과 선배 레스토랑을 찾았다. 선배님이 맛있는 저녁과 와인을 어머님을 위해 준비해주셨다. 어머님을 위한 선물이라며 돈도 못 내게 하셨다.

짧았던 2박 3일의 뉴욕 휴가를 끝내고

(가능한 시어머니와 며느리의 상봉기간은 의도적으로 짧게 잡았다. 사실은 어머니도 LA에 오셔서 이모님과 작별하는 시간이 필요할 것 같았고, 나도 또 4시간을 달려 시골에 돌아가 월요일 출근 준비 해야 되니까)

LA에 도착하여 간단히 사촌누나와 저녁을 먹고, 어머님을 이모님에게 모셔다 드린 후, 사촌누나와 살아가는 얘기를 밤 늦도록 하는 바람에 늦게서야 사우나로 돌아가 잠을 잘 수 있었다. LA 한국 사우나엔 요즘 워낙 아르메니아인들과 흑인들이 많아지고 있다. 일부 손님들은 아무리 봐도 게이처럼 보이는지라 잠을 설치고 말았다. 사실 그들은 뚱땡이 나한테 시선도 주지 않았다. 일요일 아침 LA에서 이곳 시골로 어머님과 떠났다. 샌크라멘테 예쁜 바닷가 카페에서 브런치를 먹고, 델마, 라호야를 차례로 돌아보고 오느라 4시간 거리를 9시간 만에 도착했다.

그런데 참으로 웃긴 일이 있었다. 어머님이 오랜만에 만난 손주들과 며느리와의 시간이 그리도 즐거우셨던지, 평소에 말이 적으신 분이 마냥 즐겁게 끊임없이 얘기하셨다. 아이들이 예쁘게 커서 기쁘고, 며느리가 너무 아이들을 위해 헌신하는 게 고맙고, 살림 너무 알뜰히 사는 거 같아 또 고맙고……. 그런데 내가 맨해튼의 집사람 선배 레스토랑 얘기를 꺼냈더니, 갑자기 말씀이 사라졌다.

음식이 안 맞으셨어요?

아니 음식은 맛있더라.

그래서 토라진 연인 대하듯 살며시 어깨를 툭 치며 다시 여쭈어 보았다. 그랬더니 우리 엄마 왈, 그 선배가 아이들 엄마 자랑만 그리 많이 하더라는 것이다. 후배가 그리 살림도 잘하고 아이들 위해 애쓴다고. 자기가 정말 아끼는 대학 후배라고. 어머니가 생각하기엔 자기 아들도 잘난 아들인데, 자기 아들 칭찬은 하나도 하지 않았다는 것이다. 게다가 아드님이 비록 혼자 있어서 힘들긴 하겠지만 독신처럼 스트레스 없이 지내고 있고, 쓰고 싶은 글 쓰면서 자유롭게 살아갈 수 있어 사람들이 부러워한다고. 마님과 선배님의 대화를 듣고 나서, 우리의 아들사랑 외고집 어머님 좀 언짢으셨던 게다. 자신의 아들내미 제대로 밥도 못 챙겨 먹으며, 밤낮 햄버거 타코 쪼가리 먹는 거 가슴 아프시니까. 나 그래서 운전하다 한참이나 펄펄대고 웃었다.

'아이고 박봉희 씨!'(우리 어머님 성함 박봉희) 하고 울엄마 토라진 애인처럼 불러대며, 또 깔깔대고 운전대를 두들겨댔다. 엄마에게는 이 세상에서 자기 자식보다 더 잘난 사람이 어디 있을라고. 그리고 살며시 손을 어머니 어깨에 올려 엄마를 안아드렸다.

어머님 또한 자식에 대한 사랑과 착한 며느리에 대한 사랑의 울타리 경계에, 본인 자식의 울타리 경계선을 조금 더 확장하고 싶었음이 분명하다. 그래서 어머님께 차근차근 설명해 드렸다. 선배님이 뉴욕 미주한국일보 특파원으로 활동하고 계시는데, 얼마 전 엄마의 아들인 내 이야기를 특집으로, 신문의 거의 반면을 할애해서 실어 주었다고. 며느리가 스크랩해준 사랑하는 아들 신문 기사가 바로 그 선배가 쓴 글이라고. 그제서야 어머님이 조금 고개를 끄덕이셨다. 어머님과 앞으로 2주간 다시 이곳 시골에서 부부처럼 지낼 것 같다. 간단히 안부 인사나 하려다가 글이 왜 이리 길어졌는지 모르겠다. 아무래도 이 글 나중에 수정해서 정기적으로 보내는 편지에 첨가해야 될 거 같다.

12. 01. 2010 추수감사절 지난 어느 날 밤

동근아!

그동안 아이들 제수씨 모두 잘 지내고 있지? 편지가 시작 되기 전 양심 고백 하건 데, 이 편지 저번처럼 내 친구 모두에게 전해질 거 용서해다오. 그래도 내가 너 대표선수로 뽑고 있는 거 잊지 말아라. 네가 내 모든 지인들의 얼굴마담이라는 거……

둘이서 옛날 NYU 도서실에서 늦게까지 공부하던 때가 기억나네. 2000불짜리 내 똥차 타고 맨하튼 윌리엄스버그(Williamsburg) 다리 건너다, 난간을 들이받았던 순간 말이다. 추운 차 안에서 꽁꽁 얼어 붙은 채, 견인차 기다리던 겨울이 떠오른다. 자정을 넘어 칠흑같이 어둡고 서러웠던 밤이었다. 네가 그때 나한테 100불 보태준 거 나 아직도 기억한다. 다음날 갚으려고 해도 손사래 치며 극구 마다하던 너의 모습이 지금도 눈에 선하다. 어찌하려고 살면서 이렇게 사방팔방 신세만 지고 사는지 원⋯⋯

　며칠 있으면 크리스마스와 새해가 다가올 것 같다. 이젠 흰
눈이 펄펄 날리는 크리스마스이건 아니건, 한 살 나이를 더하게
되는 새해가 오건 말건, 뭐 그리 그다지 감흥이 없는 것 보면,
확실히 늙었다는 것을 도저히 숨길 수 없는 것 같다. 이러다 문
뜩 아침에 일어나, 허연 수의가 내 몸에 입혀져 있어도 그리 놀
라지 않을 것 같다. 어쩌면 그날 아침에 주절주절 이렇게 얘기
할지도 모른다.
　"난 이 눈꽃처럼 깨끗한 옷도 좋지만, 발정 난 수캐마냥 알록
달록 옷을 더 선호하는데요."
　하면서 주절주절 투정부릴 것 같은 정말 철없는 50살 새해의
청춘이다.

　지난 12월 11일 어머님, 한국으로 돌아가셨다. 어머니와의
그간 이야기를 정리해서 친구들과 지인들에게 보내려고 했었
는데, 어머니가 가시자 마자 엄청나게 아프기 시작했다. 그런데
이 상황이 좀 애매하다. 내가 아무리 다시 마음잡아 생각해봐
도, 무언가 핀트가 많이 어긋난 것 같았다. 그러니까 내가 보
이는 이 증상은, 분명 시어머니 억지로 모시다가 보낸 억지 효
부 며느리 증상인데 말이지⋯⋯

그래서 나 잠시 정체성의 혼란에 빠졌었다. 혹시 하여 고무줄 찍 잡아 당겨 아래도 다시 훑어보고, 소리를 질러대며, 복숭아 뼈 상하 움직임도 재차 확인해보고. 그런데도 왠지 고개는 계속 갸우뚱거리고……

'박봉희 여사는 나의 친어머니인가? 나의 시어머니인가?'

한번 그녀와 옛날에 맡았던 우리의 모자간 배역도 다시금 확실히 따져도 보고. 그러고 보면 이 정체성의 문제는 우리 집 마님이 일련의 편지를 시작할 적에 번쩍 손을 들고 제기했었다. 나 스스로 나의 전생은 자유정신에 입각한 보부상이라고 우긴 반면, 사방팔방 편지질을 해대는 철부지 남편을 바라보는 우리 마님 왈

"당신은 분명 전생에 기생이었소, 사방팔방 남정네들 온통 쏘셔대며 호리는."

이것이 어찌 하늘 같은 서방님에게 감히 뱉어낼 수 있는 말이란 말인가? 나 사실 외로워서 이러는 것인데. 나 아직 버젓이 사막 한복판에서도 살아 있다고 사람들에게 외쳐대는 것인데. 나 하고자 하는 꿈이 하도 많아, 무조건 사람들에게 질러 놓고 달려 가려고 하는 건데……

그런데 마님의 '전생 기생설'이 그리 사납게 들리지 않는 것도 뭐가 구리다. 그러고 보면 시 잘 쓰던 황진이를 비롯한 기생들 무지 많았다. 나는 치마를 벗어 남자에게 난을 쳐 달라고 하고, 그놈의 속 고쟁이를 벗겨 내 신작시를 적어준다. 이거 원 망

칙스러운 음란비디오 한 장면 같다 그만 스토프!

　각설하고, 병원을 연 지 이제 거의 2년이 다가오는데, 몸이 아파 병원을 닫기는 이번이 처음이었다. 이것은 사람이 성숙하느라 겪는 성장통도 아닌 것이, 친어머니와의 호강 뒤에 온 병마라 좀 웃기더라. 심한 몸살에 뒷골이 심하게 당기며 달려오는 두통에, 가슴이 답답해지는 삼 년 전 증상과 똑같았다. 나 그때는 춥고 배고프던 미국병원 봉급쟁이 시절이라, 동네 병원 응급실에 혼자 가서 쭈그리고 앉아, 심전도 검사에 이리저리 검사하다가, 새벽 2시쯤에 혼자 털털거리며 집으로 돌아갔었다. 뉴욕의 가족들에겐 걱정할까 두려워 얘기도 못했었다. 그때 받은 진단이 고혈압이었는데 수치가 아주 높지는 않았다. 일 년간 약 먹다가 몸이 좋아진 것 같아, 약을 끊은 것이 문제였던 것 같다. 증상을 보아하니 과로에 의한 몸살에 고혈압이 도진 게 확실하여, LA에 있는 초등학교 동창 내과의사 인집이와 상의한 결과 며칠간 혈압을 재며 지켜 보기로 했었다. 남아 있던 혈압약을 삼켜대도 계속 160/110에서 위아래로 요동치는 바람에 환자 보는 것 포기하고 샌디에고의 주치의 선생님께 전화로 추가 혈압약 처방을 받아 집에서 쓰러져 잠을 청해야 했다. 지난 토요일에야 샌디에고 주치의 선생님으로부터 진찰을 다시 받은 결과, 우리의 자타가 공인하는 명의 선생님 말을 꺼내신다.
　"임신이시군요 축하합니다."

일 년 전 몸무게와 비교해보니 만삭의 여인만큼 살이 쪘다는 것이다. 심하게 뛰는 런닝머신도 삼가 하시고, 수영장 물속에서 걷는 게 최고라면서 헬스장 70대 노친 선배님들의 운동을 아직 새파랗다고 우기는 나에게 권하는 것이다. 그리하여 아직 우울하게 재활 중이다. 약을 바꾼 후 혈압은 많이 떨어졌고, 몸살은 차츰차츰 나아지는 중이다. 의사 선생님이 말하셨다. 최고의 명약은 충분한 잠이라고. 그리고 보면 병원 개원 후 충분히 잠을 청한 적이 없는 것 같다. 이 병원은 망하면 안 되는 병원이었기에 죽을 힘을 다해야만 했었다. 우리 병원에는 68개의 크고 작은 카툰 포스터가 있다. 스토리 별로 다른 액자로 다른 벽들을 도배하고 있다. 모든 포스터는 인터넷을 통해 최대한 저렴하게 내가 직접 구입했으며, 액자는 값이 떨어지길 기다려 고른 것들이다. 직원들의 동선 하나하나 병원의 효율성을 위해 정해져 있다. 그래서 잠을 못 잤다. 글도 써야 하고 건강을 위해 운동도 해야만 했다. 새벽에 일어나 골프장 네 다섯 홀을 걸으며 생각을 정리하고, 체육관에 가서 다시 운동을 하고 사우나 후 출근을 한다. 하루 종일 6살 전후의 꼬맹이들과 씨름을 하고……

비교적 건강을 챙기며 열심히 살았는데, 불효자가 효자인 척 코스프레 삶을 몇 주간 이어가다 보니, 생체 리듬이 깨지고 말았다. 그래서 송충이는 솔잎을 반드시 꿋꿋하게 먹어야 한다. 송충이가 햄버거를 먹는 바람에 비만에 겨워, 기지도 못하고 굴러다니는 돼지 트랜스포머가 되어버렸다.

너도 건강에 유념해라.

그러면 지난 나의 어머니와의 단편적인 이야기들을 두서없이, 생각나는 데로 써내려 가려고 한다

(1) 첫째 주 어느 날

지난 화요일 최상무가 저희 어머님 맛있는 저녁에 초대해 주어서 너무 잘 먹었고요. 수요일은 어머님과 이태리 레스토랑에 가서 저녁을 먹었습니다. 매일 저녁 집에서 밥 먹자며 아들 돈 안쓰게 하시려고 어머님 애쓰시지만, 아들내미 무조건 모시고 나갑니다. 메뉴판에서 간단히 먹자며 싼 것 고르려 하시지만, 무조건 양은 적되 제일 비싼 것 시켜 드립니다. 양이 적으니 어머님 비싸지 않다고 생각하시길 바라면서요. 스테이크와 해물 파스타 등장하는데 우리 엄마 또 안쓰러워하십니다. 비싸 보인다고. 그래서 제가 말했습니다.

"엄마! 이제 아들 자리 잡았고요, 엄마 위해서라면 밥 위에 금가루라도 뿌려드리고 싶어요."

우리 엄마 천천히 고개를 드시고, 철없는 쉰 살 아들내미 바라보십니다. 그리고 천천히 나지막히 말 꺼내십니다.

"상호야 듣기만해도 고맙다."

스프에 갑자기 제 눈물 한 방울 뚝 떨어집니다. 음식이 넘어가지 않습니다. 너무 늦게야 효도하는 척, 불효자입니다. 어제도 어머님은 집에서 먹자고 우기시는데, 무조건 차를 몰고 밖으로 나갔습니다. 그리고 친한 동생들이 있는 유마로 차를 몰았습니다. 일식 집에 모시고 가서 회를 시켜 드리려고요. 대우 김부장과 음식장사 시작한 백사장이 생각이 나서 전화했습니다. 유마는 한 시간이 빠른지라 저녁을 같이 먹기에는 이미 늦었던 것 같습니다. 김부장 목소리 듣고 백사장 목소리 듣고. 아무래도 어머님은 누가 옆에 있으면 숫기가 없으셔 불편해하실 테니, 모자 둘이 먹는 게 나을지도 모른다고 생각했습니다. 주문을 하고 기다리는데 백사장이 뚜벅뚜벅 걸어 들어오고요. 끝내 백사장이 계산서 가지고 갔습니다.

저녁식사 후 어머님과 유마 상가 걸어 다니며, 아이스크림 콘 입에 하나씩 물고요. 엘센트로로 돌아오는데 요즘 새벽잠 없으신 엄마와 살다 보니, 생체리듬이 무너진 데다 아까 먹은 사케도 조금 올라와서, 중간 지점의 휴게소에 들어가 5분간 눈을 붙였습니다. 그곳 휴게소가 영 불법지대처럼 불안한 분위기라 잠을 설치고 말았습니다.

돌아오는 차 안에서 제가 말을 꺼냅니다.

"저녁식사 대접해준 백사장, 얼굴은 우락부락해도 인간성은 죽여주는 진국입니다."

어머님 고개도 안 돌리시고 말하십니다.

"네가 아직도 어려서, 사람 인상 볼 줄 모른다."

그리고 침이 마르게 칭찬하십니다. 백사장 인상이 그리 선하고 좋다고요. 천진한 아이 얼굴이라고. 비록 본인의 아들이지만, 인상 험악하고 숯검댕이 눈썹의 산적 첫인상은 저라고 하시데요.

오늘 금요일은 퇴근 후 샌디에고 비스타 쪽에 사는 후배 집에, 시온마켓에서 광어 한 마리 사서 갈 예정입니다. 후배가 스킨스쿠버가 취미인데, 회를 정말 맛깔스럽게 잘 뜹니다. 후배가 어머님 전복죽 해준다고 모시고 오라고 했습니다. 늦은 저녁이라 소주 먹고 자고 오려고 합니다. 어머님 좀 불편해 하시겠지만, 좋은 후배랑 오랜만에 음주단속 걱정 없이 술 한잔 하려고요. 토요일 날은 최상무가 말해준, 샌디에고 시포트 빌리지(Seaport Village)와 포인트 로마(Point Loma)로 어머님과 가보려고 합니다.

다들 건강하세요.

(2) 첫째 주 금요일

오후 마지막 예약 환자 두 명이 취소되는 바람에 한 시간의 여유시간이 생겼습니다. 퇴근 후에는 샌디에고에 갈 예정이라 일찍 떠날 수도 있겠지만, 지금 집에 가는 것은 금기사항입니다. 무소건 6시까지 병원에서 시간을 죽이려고 합니다. 혼자 심심해하시는 어머님을 위해 환자들의 약속을 조절해가며 집에 일찍 들어가 낭패를 본 기억이 있으니까요. 그러면 늘 엄마의 근심이 하늘을 찌릅니다.

"왜 이렇게 일찍 퇴근했니? 환자가 없었니?"

"아니요!"

환자가 많아, 오늘은 조금 일찍 끝냈다고 해도 안됩니다. 더 벌수 있는 것을 못 벌었다고 걱정하실 터이니. 그래서 그저 칼 퇴근이 모자를 위한 행복의 마지노선입니다.

남의 집에서 잠을 자야 한다는 부담감에 어머님 발이 무거우시지만, 그래도 저 끝까지 우기고 모시고 갑니다. 샌디에고 비스타(Vista)의 브라이언 부부는 소주잔이 오고 가며 얼굴이 발그레해져야, 그들 부부의 진면목을 볼 수 있습니다. 샌디에고로 차를 몰고 가면서 엄마는 다행이라고 했습니다. 차창 밖이 어두워져 무섭게 달려드는 돌산을 보지 않아도 되니까요. 외지인들은 처음 이곳 엘센트로로 들어오는 초입에서, 무지막지한 돌무덤의 동산을 맞닥뜨려야 합니다. 처음에는 그 괴기함에 사뭇 공포심을 일으킬 수밖에 없죠. 하지만 이 검붉고 괴기한 돌무덤의 돌산도 5년 이상 바라보면, 사뭇 정감 있게 다가서는 날이 옵니다. 등 돌리고 살아온 부부도 5년이 넘다 보면, 그놈의 정이라는 게 생기듯이 말이죠. 장난기가 동해 제가 유마의 백사장 얘기를 다시 꺼냈습니다.

"참말로 백사장 후배가 나보다 인상이 낫나?"

울 엄마 어두운 밤을 보면서 한마디 뱉으십니다.

"사람 얼굴이 마음에 따라 하루에도 수십 번 변하니, 얼굴은 하나도 중요치 않다."

"니 친구들, 어찌 사람들 얼굴이 저리도 다 다르게 생겼을까? 얼굴은 모두 다른데 마음들은 모두 착하더라."

샌디에고 한국마켓에서 한국산 광어를 제일 큰놈으로 준비하고, 상추와 마늘, 쑥갓, 이것저것을 장바구니에 담았습니다. 신혼부부 소꿉놀이 하는 양 카트를 장난스레 밀고 당기면서요. 혹시 사람들이 황혼기 불륜으로 볼까 내심 불안하여

"어머님! 어머님!"

자주 외치기도 하고요.

브라이언 부부와 나란히 소주잔을 기울이며, 전복과 광어회를 어머니와 먹습니다. 브라이언은 한국에서 건축 설계 컴퓨터 업종에서 일을 하다 미국으로 건너와, 주유소와 세차장 사업을 했습니다. 그리고 지금은 가정용 전자설비 및 보안 사업을 하고 있습니다. 그는 한 살 위인 어수룩한 내게, 늘 조언을 아끼지 않습니다. 미국은 비즈니스 하기에 정말 무서운 곳이라고. 호락호락 쉬

엄쉬엄 두리번거리나, 언제 누가 등 뒤에서 칼을 꽂을지 모른다고. 물러서는 순간 영원히 뒤처져 땅에 밟혀 버린다고. 어디라고 다르지 않지만, 이곳은 온 세상 인종들이 서로 각축을 벌이는 링 한복판 같다고.

브라이언 부부는 저보다 한 살 아래의 동갑내기 부부입니다. 제수씨는 빠른 62고 저는 늦은 61이라, 제수씨 언제나 호시탐탐 말을 놓으려고 하지만, 소띠 뚝심으로 끝까지 버팁니다. 밥그릇 1000그릇은 더 먹었다고 우기면서요. 제수씨와 저는 서울 은평구 갈현동의 위 아래 고등학교를 같이 다녔습니다. 제수씨는 최진실의 선일여고, 저는 유열과 손범수 그리고 '대한민국 기타 함춘호'의 대성고등학교. 그러니까 제가 날린 고무줄 새 총알이 제수씨의 허벅지를 향했을지도 모르는 인연이라는 것이죠. 제수씨 말합니다

"어머님 너무 정정하세요! 이제 매년 미국에 놀러 오세요."

이 평범한 말이 제 가슴을 치고 있습니다. 저의 각본에는 어머님과의 내년 계획이 없었으니까요. 그저 돌아가시기 전 무조건 어머님께 미뤄놓았던 효도를 해야 한다는 생각뿐이었습니다. 저의 머릿속에는, 올해 이후의 어머님이 존재하지 않았습니다.

일요일 아침에 브라이언 부부와 동네에서 유명한 팬케이크 집에 갔습니다. 이 부부는 유별나게 금실이 좋습니다. 게다가 제수

씨 혀가 조금 짧은 서울내기라, 말을 꺼내기 시작하면 부부애가 하늘을 찌릅니다. 이것들이 먹을 것을 서로 챙겨주며, 포크가 하늘을 날아다닙니다. 혼자 사는 외로운 아들내미 옆에 둔 울 엄마 아무래도 걱정입니다. 제수씨가 유별나게 혀 짧은 소리로 한마디 내뱉습니다.

"어머님, 음식이 너무 느끼하지 않으세요?"

그래서 내가 말했습니다.

"너희들이 더 느끼하다!"

(3) 중간에 낀 일요일

금요일 날 브라이언네서 늦도록 술을 퍼마시고, 아무런 계획도 없이 일어나 토요일을 맞습니다. 지난 토요일 샌디에고의 바닷가 절경 '포인트 로마'와 휴양지 '시포트 빌리지'를 거쳐, 애플 파이의 관광도시 '쥴리앙(Jullian)'을 돌아오느라 아직도 묵은 피곤이 덜 풀린 상태입니다.

일요일 아침 몸은 무거웠지만, 어머니가 일어나신 것이 들려옵니다.

"엄마, 오늘 우리 뭐할까?"

그러고 보니, 매일 아침 운동을 하러 가던 'Barbara Worth' 시골 골프장이 떠오릅니다. 부랴부랴 옷을 갈아입고 어머님을 모시

고 골프장으로 차를 몰아 봅니다. 트렁크에 골프채가 없지만 홀
인원을 바라는 마음만은 실려 있죠. 7시가 조금 넘은 맑은 겨울
아침입니다. 엘센트로는 11월부터 4월까지의 6개월이 천국의 계
절입니다. 그 나머지는 사막의 가마솥 더위죠. 골프장에 도착하
여 마리에게 어머님을 소개하고, 마리는 엄마에게 성격 좋은(정
확한 말로 표현하면 뻔뻔한) 아들을 두어서 행복하시겠다고 전해
달라고 합니다. 엄마가 오늘 무지 젊고 섹시해 보인다고 말한다
고 뻥을 쳐봅니다. 이놈의 자식, 거짓뿌렁 치고 있다고 눈 흘기십
니다.

"내가 아무리 영어 몰라도 섹시라는 말은 없었다."

마리가 전해준 전동차의 키를 받고, 어머니와 18홀 드라이브
를 나섭니다. 1번 홀을 지나 2번 홀을 가는 중 골프장 할아버지
직원 멕시칸 구스타포를 만났습니다.

"구스타포, 이 여인이 내 엄마다. 한국에서 오셨어."

"North Korea or South?"

아직도 미국엔 내가 남한출신인지 이북출신인지 헷갈리는 중
생들이 부지기수입니다. 구스타포는 가끔 내가 아침에 담배를 얻
어 피는 친구죠. 저는 혼자서 아침에 골프를 자주 칩니다. 저렴한
월회원권을 끊으면 무제한 라운딩이 가능합니다. 잡초를 베거나,
벙커의 모래 손질을 하는 직원들이 보이면 슬며시 홀을 건너 뜁
니다. 옆의 홀로 넘어가며 아침인사로 그들에게 손을 흔들죠. 그

들도 내게 '부에노스 디아스'를 외치고, 그래서인지 모든 직원들과 얼굴을 텄습니다.

어머니 난생 처음 골프장을 돌아보십니다.
"춥지 않으세요?"
"아니 너무 좋다."
가능한 천천히 카트를 몹니다. 6번홀에서 Field Manager인 라몬을 만나고, 어머님과 상견례하면서, 몹시도 서로 수줍어합니다.
"골프장은 팔렸니?"
"아니."
350억에 매물이 나온 리조트는 현재 150억까지 떨어져도 임자가 없다고 합니다.
"내년에 내가 살 테니, 아무한테도 팔지마!"
"알았어, 네가 치는 뻥만큼만 돈 벌면, 떼부자 될 거다!"
늘 라몬과 나의 영양가 없는 대화 방식입니다.

14번 홀에서 중국계 미국인 스모키와 어머니 또 맞선을 보십니다. 둘이 얼추 나이도 비슷한 것 같습니다. 혼자 사는 것도 똑같습니다. 하여튼 미국인들 겉으로 상냥한 것은 세계에서 최고입니다. 스모키가 '건강히 재미있게 보내시다 잘 돌아가시라'고 합니다. 사방팔방 아는 친구들 만나 떠들다 보니, 얼추 한 시간이 훌쩍 지나가고 말았습니다.

"어머니 이제 뭐할까요?"

어머님, 갑자기 저번에 백사장이 유마에서 계산한 밥값을 걱정하십니다.

'왜, 네가 계산하지 않았냐고' 나무라십니다.

"엄마, 그러면 우리 시간도 많은데, 백사장 집 유마에 가서 선물이라도 줄까?"

고개를 끄덕이시며 마침 가방에 선물도 하나 있다고 하십니다. 익숙해진 유마로 차를 달립니다. 상쾌한 아침이라 사막의 모래가 아름답게 춤을 춥니다. 자동차에 저장한 음악을 뒤적입니다.

Ennio Morricone의 음악, 황야의 무법자(A Fistful of Dollars), 속 석양의 무법자(Il Buono, il brutto, il cattivo)가 사막의 한가운데, 모래바람과 함께 날아 다닙니다. 사막용 오토바이들이 모래 언덕을 타고 내려오며 질주합니다. 백사장은 역시 골프 치러 나가고 없었습니다. 예상했었죠. 다은이 엄마가 커피라도 마시고 가시라고 하도 잡아 당기는 바람에, 엉덩이 무거운 모자, 그 무거운 엉덩이 철썩 바닥에 붙여 버립니다. 얼큰한 시골 된장국이 부글부글 끓어 오르고, 그 뒤로 과일들이 줄을 섭니다. 후식에 커피까지. 식사의 모든 앞과 끝을 보고 말았습니다. 단지 선물 하나 주려다 또다시 신세를 지는 불상사가 벌어지고 말았습니다.

유마를 떠나 제가 또 말합니다.

"우리 이제 어디 갈까?"

갑자기 오꼬띠요(Ocotillo)를 거쳐 줄리앙(Julian)을 가는 사막 한가운데 길이 생각납니다. '지난번 사과파이가 그리도 맛있더라'고 하시기에, 오늘은 다른 길로 다시 한번 가 보기로 했죠. 분위기도 바꿀 겸 가요로 레퍼토리를 바꿉니다.

"엄마, 이 노래가 김태원이라는 천재 괴짜 작곡가의 불후의 명곡 〈네버 엔딩스토리〉."

"엄마, 이승철이라는 이 가수 알아?"

"그럼, 알지. 예쁘장하게 생긴 아이."

뜻밖의 울 엄마 연예계 통입니다.

'애인 있어요'의 이은미, 갸는 눈 똥그란 애. '보고 싶다'의 김범수, 갸는 키 작고 안쓰러운 애. GOD 김태우의 '짜장면이 싫다고'도 아시고. 다 아시는 척하니 갑자기 저 오기가 불끈 섭니다. 2NE1 노래를 입장시킵니다. 그리고 외칩니다.

"엄마, 박수 쳐."

갑자기 울 엄마 손을 드시고 우왕좌왕 하십니다. 버릇없는 아들놈 키득키득 어깨를 들썩입니다.

"엄마, 박수 치라는 것이 아니고, 이 노래 제목이 '박수 쳐' 야."

사막을 가로 질러 BMW, Convertible 뚜껑이 열린 채 질주합니

203

다. 2NE1의 '박수 쳐' 볼륨을 최고로 키운 채, 즐거운 노모와 아들 시시덕거리며 어깨를 들썩이며 몸을 흔듭니다. 이 길이 끝없이 이어지기를 노모와 아들 기도합니다. 사막을 가로지르는 인적 없는 왕복 2차선 도로. 좌우 앞뒤로 끝없는 사막의 선인장이 손을 뻗으면 닿을 듯합니다. 또다시 Ennio Morricone의 음악들, 미션, 시네마천국, 대부, 차례대로 흐릅니다. 추억의 기억들이 오래된 흑백영화처럼 사막과 어우러지며 가슴을 적십니다. 갑자기 어머니 말씀하십니다. 목소리가 무겁습니다.

"상호야! 내 영정사진은 사진관에서 찍기 싫다."

"뒤에 예쁜 꽃이 있는 들판이나 산을 놓고 싶다."

"엄마 아직도 정정하신데 뭘 걱정하세요."

"이제 매년 손주들 보러 미국에 오셔야죠."

어머니 무겁고 단단한 혀로 바닥에 떨구듯 말씀하십니다.

"너무 기대하지 마라."

갑자기 사막 한가운데 비가 내립니다. 안경 안으로 고인 눈물 때문에 시야가 흐려집니다. 천천히 차를 갓길에 대고 어머님 몰래 눈물을 훔치고 삼킵니다.

"엄마, 여기 선인장들 너무 멋있죠?"

"그럼 우리 말 나온 김에, 영정사진 오늘 여기서 찍어 버립시다."

어머님, 차창 밖의 들판이 예뻐 보인다며 내리십니다.

"하나 둘, 엄마 웃어야지, 마지막에 쓸 사진인데!"

목이 메어 셋이 입 밖으로 나가질 못합니다. 어머니의 웃음에 선인장 가시 하나가 날아와 내 허한 가슴 깊숙이 꽂힙니다. 또다시 사막의 한가운데 끝없이 비가 내립니다.

(4) 아침을 맞이하는 마지막 주중

엄마와 아들 모두 외식이 지쳐갈 무렵, 수민이네서 전화가 왔습니다. 젊은 부부 역시 모자가 한국음식 그리워할 시간 맞추어, 총기 있게 연락을 한 것이죠. 수민이네는 성당 식구입니다. 그녀의 세례명은 마리아. 울 엄마 세례명 헤레나. 철저한 냉담자로 돌아선 아들 박상호 그레고리오. 엄마는 내심 기뻐하십니다. 성당에 다니는 마리아네 가니까요. 국제전화로 어머니와 큰누나, 내게 늘 당부했었습니다. 성당 다시 나가라고. 지난번 사막을 가로지르는 여행 중에서 엄마의 손이 바빴습니다. 예쁘면서도 엄숙하게 생긴 묵주 하나를 내 차에 매달아, 차 안을 성소로 만들려는 심산이 분명했습니다. 울 엄마는 10형제 자매 중에 끼여 계십니다. 그중에 엄마와 성격이 제일 닮으신 유순한 이모님이 시애틀의 사촌누나 어머님이십니다. 전에 시애틀의 사촌누나가 어머님을 모시고 2주간이나 계신 것도, 저의 어머님에서 누나의 어머님을 볼 수 있었기 때문일지도 모릅니다. 우리는 중간서열에 계신 그분을 중간이모라고 부릅니다. 동아전과 완전정복의 동아출판사 창립자 김상문씨의 사모님이십니다. 나의 외가는 진실한 카톨릭 집안입니다. 중간 이모님 몇 해 전 돌아가셨습니다. 엄마가 이모의 유품 중 가장 아끼는 묵주를 내 차에 달아 주시려는 것도, 꺼져 버린 아들의 신앙심에 이모의 온순함으로 불을 지피려는 뜻일 것입니다.

지난 3일간, 아침마다 어머니와 식당을 순례합니다. 저녁 외식에 지쳐 집에서 대충 밥을 먹은 후 쇼핑을 하다 보니, 아침이면 위장이 왠지 섭섭했습니다. 간단히 외국음식점에서 아침을 해결하려고 하는 것입니다. 저는 원래 아침을 안 먹는데, 이래저래 살이 찌는 악순환의 길로 가고 있습니다. 그렇게 아침을 먹고 엄마와 손잡고 가는 곳이, 시내에 있는 나인홀 퍼블릭 골프장이었죠. 그곳에서 아침 해를 만나고, 피부가 유난히 하얀 노인들의 설익은 골프 스윙과 할머니들의 알록달록 예쁜 옷을 바라봅니다. 그리고 저녁에는 연지 곤지처럼 볼이 붉었던 백인 할머니들의 옷과 비슷한 것들을 사려고, 이곳저곳을 기웃거립니다. 우리는 서로 며칠 남지 않은 작별을 애써 모르는 척합니다.

(5) 마지막 날이다

일찍부터 서둘러야 했습니다. 비행기 시간이야 거의 자정 가까운 시간이지만, 올라가면서 울 엄마 만날 저의 친한 친구들이 아직 남아 있습니다. 아침은 샌디에고 델마(Del Mar)에서 토스트와 오믈렛을 먹고, 바삐 로돈도 비치(Redondo Beach)로 차를 몰았습니다. 그곳에서 제가 만나기로 한 친구 부부가 있습니다. 우부장네 식구들입니다. 저는 어떻게 이들 가족을 설명해야 할 지 모르겠습니다. 단지 이들 가족을 생각하면 가슴이 벅찹니다.

울 엄마가 제가 늘 신세지는 사람들을 위해 준비한 것이 있습니다. 알록달록 퀼트주머니죠. 대략 한 개의 퀼트주머니를 만드는데 이틀이 걸린다고 하셨습니다. 뉴욕의 며느리와 손녀를 위해선 하루가 더 소요된 3일이 걸렸다고 하셨습니다. 이 퀼트가방을 전해 주시면서, 늘 어머님 제 벗들에게 부탁하셨습니다. 우리 아들 잘 부탁한다고요. 그동안 잘 챙겨주어 고맙다고요. 울 엄마 밤마다 이 퀼트가방 만드시는 모습, 문 사이로 넘겨 볼 때마다 옛날 동화가 떠올랐습니다. 학 한 마리가 자기를 구해준 남자를 위해 여인으로 변해 시집을 옵니다. 밤마다 자신의 깃털을 뽑아 베를 짜서 장에 내다 팝니다. 그러고도 철없는 남편한테 끝없이 구박을 받습니다. 우부장 형수님한테 마지막 퀼트가방 선물하시는데, 갑자기 내민 울 엄마의 손에서, 깃털이 모두 빠진 학의 맨살을 보는 것 같아, 가슴이 무너졌습니다. 울 엄마 한국의 큰 누님 댁으로 돌아가신 그날도, 한국이 올 들어 제일 추운 날이라는 T.V 기사를 들으면서, 눈물을 참을 수 없었습니다.

저녁은 마침 LA에서 초등학교 동창회가 있었습니다. 어머님과 사촌누나와 함께, 동창들과 웃으면서 즐거운 시간을 보낼 수 있었습니다. 이 편지 쓰면서 저 한 친구에게 미안함을 금할 수 없습니다. 원래 이번 초등학교 동창 모임은, 워싱턴에서 산부인과 의사를 하고 있는 길형재의 LA 방문 환영 모임이었습니다. 형재의 아버님이 갑자기 돌아가신 까닭에, 주인공인 형재는 나오지 못하고, 우리 가족이 자리를 차지하고 말았습니다.

'형재야 아버님 떠나 보내고 가슴 아플 텐데, 내가 복에 겨운 어머님 얘기를 너무 많이 한 것 같아, 정말 미안하다.'

전 살아 오면서 눈물을 흘린 기억이 거의 없습니다. 마음이 독해서는 아닌 것 같고, 그저 꾹 참아야만 하는 삶을 살아왔기 때문인 것 같습니다. 그런데 이번에 울 엄마 때문에, 너무 많이 눈물을 쏟아내다 보니, 갑자기 가슴이 허해지고 말았습니다. 그래서 갑자기 아픈 것도 같고……. 곰곰이 생각해보니, 저의 어리석은 삶에 대한 태도로 커다란 실수를 가족에게 저지른 것 같습니다. 제 가족들도 저처럼 어려운 미국 초창기 삶을 당당히 이겨내고 있다고, 스스로 우기고 있었습니다. 멀리 떨어져 있어도 서로 열심히 살면 된다는 무책임한 아버지였습니다. 가족이 각자 힘들어할 때, 제 아내 제 아들 제 딸을 위해 진정으로 슬피 울어 본 적 없는 것 같아 더 가슴이 아픕니다.

12. 23. 2010 크리스마스 전 밤에

환상 속 궁전은 여전히 서 있다

2020년 1월

지금도 또렷하게 떠오르는 화려하고 아름다운 장면이 있다. 명동으로 이어지는 지하도 계단을 오르면서, 나의 뇌리를 파고든 빛나는 이미지로 기억된다. 아마도 유치원에 다니던 나이였거나, 그 전이었을 것이다. 너무나 황홀하게 우뚝 선 궁전의 모습은, 스스로 아우라를 뒤집어쓴 채 찬란하게 자리잡고 있었다. 하지만 그 꿈 같은 모습은 다시 돌아오지 않았다. 그때 단 한번 나의 시야에 들어온 것이다. 내가 아무리 어머니와 누나들에게 설명해도 그들은 믿지 않았다. 주말 아침에 시청하던 '디즈니 랜드'가 시작되는 장면에, 그것과 흡사한 성城이 있었다. 백설공주와 신데렐라의 요정들이 성 주위를 날아 다니고, 마법의 금가루가 화면 전체에 흩어져 방 안을 온통 반짝이게 했다. 어쩌면 어린 아이의 환시幻視였을지도 모른다. 수없이 이사를 다니던 어린 시절, 나는 늘 구석에 처박혀 상상을 펼치곤 했었다. 무엇인가를 끊임없이 환상 속에서 불러오는 것은, 충족될 수 없는 아이의 속일 수 없는 부끄러움이다.

조금 머리가 크고 초등학교에 들어가, 명동의 모든 지하도를 오르락내리락 하여도, 화려한 성은 다시 얼굴을 비추지 않았다. 조금이나마 비슷한 건물도 없었다. 하지만 그 성에 대한 기억은 언제나 나의 피난처가 되어 주었다. 좁은 구석에 처박혀도, 화려한 궁전을 품에 안았다. 거대한 성은 의기소침하여 접히고 구겨진 나의 가슴을 펴게 했다. 가난하고 초라한 집 천덕꾸러기가 아니라, 길을 잃은 왕자일지도 모른다는 망상도 함께. 하지만 머리가 수박만해지고, 사타구니에 검은 털이 자라면서 모든 것이 바뀌었다. 목소리가 굵어지던 그 어느 시기부터 알았다. 가족은 오랫동안 빛을 등진 어두운 습지에 머물 것이다. 속도 차지 못한 채, 비쩍 마른 수수처럼 키가 커서 대학에 들어갔을 때도, 숨은 여전히 거칠었다. 어두운 과거는 문신처럼 등짝에 새겨져, 한여름 더위에 모락모락 불길한 예감을 피우고 있었다. 나는 개천에서 떠오르는 용을 믿지 않는다. 운동장은 내가 자라난 50년 전보다 더 가파르게 기울어져 있다. 부와 권력은 대를 이어져 내려간다. 가난한 자가 스스로의 노력으로 상위계층으로 올라갈 확률은, 내가 자란 시대에 비해 1/100도 안될 것이다. 어린 시절부터 지금까지 나는 기적을 믿지 않았다. 차가운 현실에서의 유일한 탈출구가 희미하게 나를 휘감는 환상이었을지도 모른다. 백마 탄 왕자나 알라딘의 요술 램프를 난지도 쓰레기장에 처박아 버리고, 한번도 그들을 기다리지 않았다. 요행히 결핍에서 벗어나더라도 여전히 어두운 골목을 기웃거릴 것이라 생각했다.

1983년에는 유난히 공습경보가 기승을 부렸다. 이웅평 대령이 미그19기를 몰고 귀순했으며, 피납된 중화인민공화국 민항기가 춘천에 불시착했다. 자유를 향해 수많은 비행기들이 하늘에서 날아들 때, 나는 끊임없이 무엇인가를 외워야 하는 치과대학에 다니고 있었다. 친구들이 손꼽아 기다리는 방학이 찾아오면, 나는 학비와 비싼 전공도서 책값을 벌기 위해 일자리를 쫓아다녔다. 경계 경보가 유난히 요란하던 그해 여름부터 2년에 걸쳐, 나는 어린이 대공원 수영장에서 일했다. 어머니의 절친 경북여고 동창의 부군이 어린이 회관의 관장님이었다. 나는 낙하산을 타고 내려가 일당이 조금 높은 안전요원 자리를 얻었다. 겨울이면 어린이 회관에서 주관하는 스케이트 강사로 이른 아침부터 돈을 벌었고, 빙상교실이 끝나면 하루 종일 어린이 회관의 사격장에서 막힌 총구를 뚫어주거나 얽힌 과녁줄을 수리했다. 바닥 청소는 물론 온갖 허드렛일을 했다. 수영장 아르바이트는 2년에 걸쳐 이어졌다. 안전요원 탑 위에서 내려다보는 수영장 수면 위에 한여름의 해가 춤을 추었다. 햇빛을 받아 반짝이며 너울대는 물결은 온갖 형상을 만들었다. 그때 어릴 적 보았던 꿈의 궁전이 다시 나타났다.

이 뜨거운 여름이 지나고 치과대학을 졸업하면 나는 더 이상 쫓기지 않는 삶을 가지게 될 것이라 생각했다. 어리석었다.

'강철은 대장장이의 끝없는 두들김으로 태어난다'는 오래된 이야기가 있다. 하지만 나는 이 잠언의 구절에 끝없이 솟구치는 자괴감을 뿌리칠 수 없다. 어쩌면 확률의 게임일 수도 있다. 개천에서 솟구치는 용을 보는 것은 엄청난 인내심을 요구하는 것과 닮았다. 아예 꿈틀거리는 이무기조차도 보지 못할 것이다. 젊은 시절에는 다소 고개를 끄덕이며 대장간과 개천에서 턱을 괴고 물끄러미 앉아 있을 수 있다. 아직 눈 앞에 확연히 드러나는 미래의 모습이 보이지 않기 때문이다. 희망과 기대는 마약처럼 달고 중독성이 있다. 내딛는 모든 존재의 발걸음에서 언제나 희미하게 성공의 불빛이 아른거린다.

나를 짓밟고 간 모든 과거들이 나를 정말로 강하게 만들었을까? '신은 인간이 이겨낼 만큼 시련을 준다'는 말은 몹시 작위적이다. 강한 자가 되기 위해서 하늘이 뜻깊게 내려주었다는 선물은 의외의 부작용을 불러온다. 강하되 숱한 얼룩과 상처를 남기고 만다. 때론 가족의 이름으로 묶이는 아내와 자식들에게 문신처럼 판박이 된다. 간혹 격세유전의 길다란 터울로 불쑥 다가설 수도 있다. 43살의 늦깍이 유학생을 거쳐 영주권에 목이 메인 오랜 기간을 통해, 우리 가족은 저마다의 깊고 어두운 터널에서 힘든 시간을 참아내야 했다. 아이들의 미래를 향한 미국행은 미국 내 동서부 기러기 가족으로 흩어지고 비틀린다. 아직도 도마뱀처럼 사막 한가운데 서식하는 아버지라는 존재는 아이들과 함께하지 못한 시간들이 무섭고 욕되다. 그러한 까닭에 감정을 안으로 삭이는 능력을 가진 아이들에게 미안하다. 아이들의 숨길 수 없는 서늘함은, 어디에도 속할 수 없는 이민 2세대의 디아스포라(Diaspora)적 슬픔이라 표현하기보다는, 언제나 아픔을 속으로 삭히는 아비로부터 비추어진다. 진취적이고 능동적인 이민이거나, 난민이나 탈출의 결과로 초래되는 수동적 이민이거나, 조상이 묻힌 땅을 떠난 모든 이들은 고향 쪽 하늘을 바라보며 한恨을 키운다. 그러기에 아이들은 아비가 느끼는 태생적 슬픔과 흩어진 정체성으로 모든 경계의 언저리에서 머뭇거린다.

사람들은 어쩔 수 없이 각자의 기차역을 배정받는다. 어떤 이는 목적지가 가까운 도시에서, 누구는 시골 촌구석에서 기차역을 향해 다리가 저리도록 걸어야 한다. 가야 할 곳이 너무 먼 사람은 자신의 버거운 목적지를 바꿀 수도 있다. 아니면 어느 곳으로 가야 한다는 명제를 폐기할 수도 있다. 나는 살아간다는 모든 여정을 아름답게 보지 않는다. 게다가 우리의 삶은 영원하지 않다. 신은 언제나 우리 귀에 대고 속삭인다. '너는 언젠가 죽는다'. 서로 할퀴고 일그러지고 상처를 주며, 늙고 병들고 마침내 사라질 것이다. 사람과의 만남은 아름답기도 하지만, 때론 잔인하게 목을 죄어 온다. 게다가 그 대상이 친구나 가족인 경우, 아픔은 배가되어 삶에 대한 의지를 지우게 한다. 하지만 꿈과 희망없이 살아간다는 것이 정말 가능한 것일까? 빛은 멀리서 비추어지고 기억 속 멀리 흩어져 광원을 알 수 없다. 연약한 빛은 굴절의 융통성도 없고, 인간의 잔악한 인연으로 막혀 세상은 어둡다. 지금 두 발을 딛고 있는 사막 한가운데에서 나는 끊임없이 어릴 적 궁전을 짓는다. 모래알로 올린 성루城壘는 언제나 무너져 내린다. 하지만 분명 흔적도 찾을 수 없는 신기루는 아니다. 모래 깊숙이 발을 묻고, 뜨거운 태양 아래 선명하게 서 있는 나를 기억한다. 또렷한 실존의 그림자를 만들며, 선인장처럼 서 있는 자신을 느끼기 때문이다.

가슴 속에 간직한 스승들

2020년 1월

나는 1961년생 80학번이다. 가파른 고등학교 3학년 10월, 박
정희 대통령 시해사건이 일어나, 예비고사와 본고사가 연기될 것
이라는 소문에 환호성을 지르던 파란만장한 세대다. 대학교에 입
학한 1980년에는 몇 달간의 짧은 신입생 시절 후, 기나긴 계엄령
으로 한 학기 대부분을 휴교상태로 보낸 학년이다. 그래서인지,
유명한 58년 개띠를 시작으로 나의 위 아래 몇 살 터울에는 모진
바람과 사고로 얼룩진 타고난 천재들이 많다.

나보다 한 살 아래 그리고 한 살 위로 대한민국 예술계에 커다
란 두 별이 있었다. 우선은 한 살 아래 1962년에 태어나 한국 가
요계에 전설이 되어 사라진 사람이 있다. 그는 단 한 장의 앨범 〈사
랑하기 때문에〉를 1987년에 발표하고 그해 11월 01일 새벽, 한남

동 강변북로 부근에서 교통사고로 숨을 거두었다. 한양내학교 작곡가 출신의 그는 〈조용필의 위대한 탄생〉, 김현식의 〈봄 여름 가을 겨울〉, 〈신촌 블루스〉에서 연주자로 활동하였다. 2007년에 발표된 한국대중음악 100대 명반에서 유재하의 음반은 2위에 이름을 올린다. 1위는 물어볼 필요도 없이 '들국화'다. 3위는 '김민기', 4위는 조동익과 이병우의 '어떤 날', 5위는 '산울림'이다.

문학계에서는 나보다 한 해 일찍 태어나 요절한 천재시인이 있다. 그는 1960년생의 기형도다. 1990년대 이후 시인을 꿈꾸는 모든 사람들의 서재에는, 그의 유일한 시집 『입 속의 검은 잎』이 꽂혀 있었다. 1985년 동아일보 신춘문예 시부분에서 당선작으로 선정된 「안개」는 신춘문예용 모범답안으로 불려진다. 게다가 시인은 중앙일보 기자시절 만 28세의 나이로, 종로의 심야 파고다 극장에서 숨진 채 발견되었다. 사인은 뇌졸중이었다. 그의 유고시집은 그가 죽은 그해, 1989년 5월에 출간되었다.

고등학교 때, 나는 홍대 미대에 다니던 보헤미안 기질의 큰 누나와 누나의 친구들이 추천한 소설과 시집을 읽었다. 중학교 시절부터 학교 대표로 백일장에 다니던 내게, 탁하고 진한 물감이 잔뜩 묻은 작업복 차림으로, 나른한 담배 연기를 내뿜으며 시를 읊어대는 미대생들은, 자유의 영혼을 만끽하는 영웅처럼 다가왔다.

교무실에서 담임선생님은 계속 담배를 쉼 없이 내뿜으며 한숨을 내쉬었다. 고등학교 3학년 여름이 시작되기 전이었다. 나는 죄인처럼 고개를 숙이고 있었다. 그 무렵 학교에선 서울대 입시에 들어갈 학생들의 명단과 응시할 과가 정해져 있었다, 이과를 선택한 나는 당연히 서울대 공대에 배정되어 있었고, 나 또한 그 사실에 아무런 부정의 표시를 하지 않은 상태였다. 하지만 고3 시절에도 손을 놓지 못하고 읽어대던 시집이 문제였다.

"상호야, 지금 이과에서 문과로 옮긴다는 것은 말도 안돼는 일이다. 글은 언제라도 쓸 수 있다."

사실 담임 선생님은 나에게 커다란 은인이다. 학교 전체에서 최고 실력의 수학선생님을 담임으로 만난 것은 내 인생 최고의 행운이었다. 혼자서 공부하던 나의 수학 성적은 들쑥날쑥이었다. 내가 응시한 80년을 마지막으로 폐지된 본고사에서, 수학은 절대 우위를 가리는 핵심과목이었다. 담임은 나의 가난한 어머니를 불러, 그의 수학 과외팀에 과외비의 절반만을 받고 뒤늦게 합류시켜 주었다. 예비고사 후 본격적인 국영수 과외수업이 시작되자, 더 이상 과외비나 본고사를 위한 Final Course 같은 비싼 학원비를 댈 수 없었다. 곧바로 동네의 독서실에 등록하고, 통금이 해제되는 새벽 4시까지 혼자 처박혀 공부를 했다.

"네가 정 공대에 가기 싫으면 치대는 어떠냐? 고생하시는 어머니를 생각해라. 치과의사는 경제적으로나 시간적으로 여유가 있어, 글쓰기에 충분한 시간을 가질 수 있을 게다."

담임 선생님과의 면담이 끝났고, 나는 지금 훌륭한 치과의사도 작가도 되지 못한 채, 사막 한가운데 메마른 선인장처럼 서 있다.

나는 언제나 쫓기는 시간과 공간에서 발버둥쳤다. 일어설 수 없는 가족의 하나 밖에 없는 아들이었다. 글쓰기에는 중요한 이론이 있다. '거리 두기'다. 이 원칙은 살아가는 여정에도 적용할 수 있었지만, 나는 실패했다. 문학적으로 거리를 둔다는 것은, 주제와 인물 또는 사건과 일정한 거리를 유지한다는 것이다. 작가가 종국적으로 추구하는 것은, 모든 것과의 객관적인 태도를 유지하는 것이다. 이 용어는 사람들 사이의 관계로 설명하는 것이 더 쉽게 이해될 것이다. 너무 가까이 다가서 상처를 입거나, 너무 멀리 떨어져 관계가 소원해지기를 거부하는 것이다. 때론 멀리서 자신의 적대적인 감정을 숨기며 바라보는 관계의 초기에, 재미있는 환상을 보게 된다. 자신을 절대적 객관적 선의 입장으로, 상대방을 단순한 악의 대상으로 바라보게 된다. 이 최악의 실수는 커다란 부조합을 불러온다. 여기서 또다른 의문이 일어선다. 참회와 용서란 무섭고 불가능한 조합이다. 정확한 깊이를 잴 수 없다는 것은, 몹시 주관적으로 빠져들 수 밖에 없음을 의미한다. 사실 참회는 주관적을 넘어서 관객이 없는 모노드라마 같은 것이다. 몹시 건조한 과시용 선전물에 불과하다. 더욱 확실하게 말하자면 선행과 참회가 키를 높인다 하여도 죄악의 깊이를 덮을 수 없다.

내가 자신에게 바라는 것이 있다면 단 하나다. 공평함이다. 그러려면 악행은 그 무엇으로도 감해져서는 안 된다. 죄악은 언제나 절대치로 남아서 사람의 감춰진 뒷모습을 말해야 한다. 불의 심판을 받더라도 어쩔 수 없다. 나약한 인간으로 태어난 까닭에 받아들여야 하는 결과다. 어쩌면 인간은 스스로의 잔인함을 진화시킬지도 모른다. 왜곡되고 변형된 인간상이 이로부터 등장한다. 하지만 시간과 공간의 거리 두기는 서늘한 마술을 불러오게 된다. 악의 불씨가 나로부터 발견되고, 절대적이 상대적으로 옷을 갈아 입으며, 주관과 객관이 뒤섞이게 되는 것이다. 간혹 거리가 사라지고 관계도 증발한다. 변할 수 있는 것은 자신이기 때문이다.

우연히 샌디에고에서 치대 농구부 12년 후배를 만났다. 그로부터 오래 전 소중했던 노교수님의 정년퇴임 소식을 접하게 되었다. 이제 내 나이 60에 가까우니, 그분은 당연히 대학을 떠나셨을 것이 확연한 사실이었지만, 그저 마음속 한구석 저편으로 밀어넣고 잊었음이 분명하다.

연건동 치과대학 본과시절 나는 농구부와 카톨릭학생회, 조정부 활동을 했었다. 본과 2학년 시절 과대표직을 했었다. 그러한 연유로 기초 별관 건물에 자주 들려 농구부 지도교수님이신 약리학 김관식 교수님과 자주 이야기할 기회가 있었다. 그 시절 나는 방학마다 학비와 책값을 벌기 위해 끊임없이 일했다. 교수님은 나의 힘든 집안 형편 사정을 알고 계신 터라, 힘내라고 자주 응원해 주셨다. 본인을 큰형님으로 생각하라고 하셨다. 김관식 교수님과 절친이시자 술친구이신 생리학 김중수 교수님도 내 얘기를 전해들은 터라, 가끔 조용한 생리학 교실에서 본인의 힘들었던 젊은 시절 얘기를 해 주시며 등을 쳐주셨다.

치과의사로서 안정되고 부유한 삶을 멀리한 채, 기초학 교실에서 후학을 가르치시는 그분들은 언제나 선비처럼 고고하고 진중하셨다. 언제나 그곳에는 세상의 모든 사사로움과 욕심을 멀리한 채, 학처럼 서있는 교수님들이 계셨다.

이제 생각해보니 살면서 빚진 사람이 너무 많다.

강릉대 치대 기초 교수로 있는 졸업동기에게 부탁하여, 교수님의 연락처를 받았다. 무턱대고 전화를 드렸다. 신호가 가는 동안 끊임없이 눈물이 솟구쳐 시야가 무너졌다. "TV는 사랑을 싣고"에 나오는 출연자들이 왜들 모두 눈물을 펑펑 쏟는지, 그제야 이해가 되는 듯했다.

교수님은 이틀 동안 전화를 안 받으셨다. 지금 생각하니 다행이었다. 전화를 받으셨으면 웃지 못할 촌극이 벌어졌을 것이 확실했다. 기억도 하지 못하는 중늙은이 제자가 전화기 너머 자신만이 기억하는 얘기를 끊임없이 주절대며 하염없이 울고 있다면 말이다. 그래서 일단 간단히 이멜을 보내기로 했다. 그런데 너무 흥분해서 농구부 젊은 시절 사진을 첨부 파일로 붙이는 것을 잊었다. 33년이면 수천 명의 졸업생과 수백 명의 농구부가 지나갔음을, 북받쳐 오르는 노교수님에 대한 그리움과 미안함으로 까맣게 잊고 말았다. 며칠 후, 보내주신 이멜 답장에서 송구스러움을 참을 수 없었다. 일흔이 넘으신 노교수님에게 무작정 연락을 해서, 위아래 없이 내가 당신의 제자인데 나를 기억하시냐는 무례를 범하고 말았다. 게다가 메일 속에서 지난 33년 간의 구구절절 자신의 이야기를 털어 놓는, 이기적이고 못된 인간이었다.

오랫동안 한 사람을 존경하고 사랑했지만 그분이 나를 기억하지 못함은 모두 나의 잘못이다. 그분이 나를 기억하고 사랑할 수 있는 기회를 내 스스로 빼앗아간 것이다. 누군가를 사랑하지만 다가서지 못하는 수줍음, 사랑한다고 말을 꺼내지 못하는 연약함에 가슴이 무너진다.

노교수님의 답장을 싣는다.

박상호 선생에게
시간이 많이 흘렀음에도
이렇게 소식을 전해주니 반갑고 고마워요

박선생 이름은 또렷이 기억이 나지만
미안하게도 모습이나 다른 기억은 아주 희미하기만 하네요
나는 2016년 정년퇴직을 하고
지금은 조그만 매실 밭 가꾸면서
집사람과 잘 지내고 있습니다

정년 할 때까지 농구부 지도교수를 맡아
퇴직한 후에도 농구부 OB-YB 정기전 모임에도
자주 나가려고 하지만 일정이 여의치 않아
그동안 한번밖에는 참석하지 못했네요

박선생도 타지에서 어려움이 많겠지만
아이들도 잘 자라주었으니
온 가족이 함께 즐겁고 행복한 시간 가득하기 바랍니다
이제는 박선생도 연배가 상당히 되었으니
항상 건강에 유념하시고,
앞으로도 좋은 일만 있기를 또한 바랍니다

소식 감사합니다.

김관식 드림

새해에도 친구들 복 많이 받고……

새해에도 친구들 복 많이 받고
가족 모두 늘 건강하길 바랍니다.
2년 전에 친구들에게 보낸 편지와 짧은 새 편지를 엮었습니다.

아내의 인공수정 일지
아내는 잠시 뚫어져라
배양접시 위에 분열하는 배아를 본다
한 개가 두 개가 되고 네 개가 되고
사람의 성숙과 욕심은 배수의 성을 가졌다
언제부터 내 아기라고 부를 수 있습니까
아니 언제부터 실패한 탄생에 눈물을 흘려야 하죠
손수건을 꺼내 울어줄 조문객을 부르기엔
태어나 한번의 미동조차 보이지 않았기에

멋쩍고 가슴 한구석에 차지할 슬픔이 없다
남편은 오 대에 걸친 거대한 장손이자
무기력의 정자를 소유한 앙상한 가지다
출근하는 그를 베란다 15층 위에서 내려보다 보면
어기적 꿈틀거리는 시간강사 느린 발걸음이
전자현미경으로 본 그의 정자 행보와 닮았다
기어이 무엇인가를 이 세상에 남겨야 하는지
신혼여행 후 식어버린 채 움직임이 없는 금슬
불임클리닉 의사와 펀드매니저는 취미가 같다
동그라미를 늘리며 고객의 들켜버린 꿈을 들춰내는
손버릇 나쁜 아기의 손모가지를 가졌다
가만히 손을 뻗어 남편의 손을 잡으면
가느다란 유리대롱을 통해 꿈틀대는
나약한 정자의 울음소리가 진동한다
　　─박상호(1961~　)「아내의 인공수정 일지」전문.

이 시인의 시를 읽으면 재미있다. 이야기의 한 부분 같기도
하고, 소설을 요약해 놓은 것 같기도 하다. 시 속의 부부는 인공수
정에 성공했을까, 실험관 속의 배아 같은 이 부부의 사랑은 시
들고 말았을까, 새 생명을 얻었을까. 흥미진진하다. 박상호 시
인이 올해 미주 한국일보 문예공모 소설부문에 입상했다는 소
식은 그래서 그리 놀랄 일은 아니다. 소설에 대한 시인의 도전

이 '나약한 정자'로 그치지 않고 표현의 영역을 바다처럼 넓혀
나가기 바란다.
    ***김동찬, 미주한국일보 2012년 6월 28일자.

2012년 9월 저녁

올해 나는 이곳 엘센트로 사막에서
두명의 절친한 치과의사 친구를 영원히 잃었다
명수는 몇달 전 스스로 목숨을 끊었다

이제 한명 남은 친구 인도 치과의사 Patel은
로마린다 그의 집에서 재발한 전립선 암과
키모 테라피도 포기한 채 투병 중이다

그래도 한가지 기다려지는 희망이 있다
내년이면 둘째가 대학에 들어갈테고
뉴욕에서 아내가 이곳 캘리포니아로 이사할 것이다
8년만에 부부가 다시 합치게 되는 것이다

집사람 요근래 나이가 드니
몸이 이리저리 안좋다고 엄살이 심하다

2012년 12월 오후

신호등이 붉은 색으로 변하고
정지선에서 푸른 신호를 기다리는 중
갑자기 눈물이 끊임없이 쏟아진다
살아만 있으면 모든 것을 헤쳐 나갈 수 있을 것이라고
일부러 믿고 우기고 생각한다

뉴욕을 떠나는 날 아내는 중환자실에 누워 있었다
장시간의 수술 후 더딘 회복을 보이던 아내에게
수술후 합병증인 기흉이 생겨 폐가 반으로 줄어 들었다
회복실을 거쳐 들어온 일반 병실에서 하루도 지내지 못하고
아내는 다시 중환자실로 옮겨졌다

폐에 공기를 빼기 위해 또 다른 튜브가 꽂히고
아내의 몸에는 이제 4개의 튜브가 꽂혀 있다
새벽 4시 하얗게 얼굴색이 변한 아내를 바라보며
아침을 기다리는 중환자실에서 하염없이
아내의 손을 잡으며 눈물을 흘린다

수술날 뉴욕 JFK 공항에 떨어진 때도 새벽이었다

아침 일찍 시작된 수술은 12시간이 접어들었다
하루종일 의자에 앉아 있는 나를 보고
늙은 백인 의사가 말했다

이렇게 무작정 앉아 있는 것은
환자에게 아무 도움이 되지 않는다고
수술이 끝나고 환자를 돌보려면 지금 당장 나가서
밥을 챙겨 먹고 휴식을 취하라고

하지만 난 아내에게 약속했다
언제까지나 밖에서 당신을 기다리겠다고

선배도 같은 말을 하였다
암을 이기는 것은 환자와 가족 모두에게
끊임없이 뛰어야하는 마라톤 같은 게임이라고
환자도 보호자도 그 누구도 지치면 안된다고

치과를 너무 비운 관계로
환자들의 불만은 더욱더 커져 가고
수입은 두달을 걸쳐 이미 절반으로 줄어드는
악순환이 되풀이 되고 있다
아내가 아프니 모든 것이 무너지고 있다

아내는 강한 여자다
그러나 그녀가 지금 울고 있다

조직검사가 암으로 확정 지어졌을 때도
전화기로 아내의 흐느낌이 들려왔다

내가 강해져야한다
그럴 수 있을까

정말 오랫만에 친구들에게 편지를 보냅니다
지난 6개월은 저희 가족에게 힘든 시간이었습니다

이제서야 아내도 차차 정상생활로 복귀 중이고요
저희 치과도 점차 회복되고 있는 중입니다

잃는 것이 있으면 얻는 것도 있다고 말합니다
아내와 저는 지금이 우리가 만난 이후
제일 금술이 좋은 것 같습니다

누가 더 힘든가 "누가 더"로 시작되는
모든 의문과 의심이 사라지니

부부는 그저 덩그라니
서로 지켜야할 존재로 남더라고요

한국에서 저희 어머니와 장모님도
저희를 도와주러 오셨고요

아내가 아무래도 캘리포니아로 오는 시기가
조금 늦춰질 것 같지만 어쩔수 없고요
집사람 건강이 최우선이니까요

요근래 집사람이 다시 강성으로 돌아가는 것을 보니
건강이 회복되고 있다는 강력한 증거로 보여
즐겁게 구박을 받고 있습니다

고집불통 이기주의 남편 스트레스로 인해
자기가 암에 걸렸다고 하도 투덜대기에
그러면 나는 세번은 죽었어야 했다고
겁도 없이 대들기도 하고요

다음주 토요일 모여서 저녁이나 함께 하려고요

진서(강섭이)가 추천하는 작은 밥집으로 정했습니다

좌석이 20석도 안되는 작은 밥집입니다

예약도 받지 않더라고요

어쩌면 두 테이블로 떨어져 밥 먹을 수도 있고요

나이가 드니 벅적데는 곳보다는

작더라도 사람 냄새가 나는 곳을

자꾸 찾게 되는 것 같습니다

초등학교 동창회 공문 편지가

앞으로 저의 유일한 밖으로의

편지가 될 것 같네요

P.S : 집사람 수술을 위해 많은 조언을 아끼지 않아준

　　　미국의 인집이와 서울의 경미와 부군 되시는 분에게

　　　진심으로 고개 숙여 감사를 드립니다.

2014년 12월 겨울

이젠 언제 울어야 할 지 모든 것을 안다

얼마 만큼 크기의 시간을 가지고 대기실을 벗어나

아침을 먹으러 가고 화장실을 가고 담배를 물고

회복실에 들어설 아내의 잿빛 얼굴과 지친 손짓도,

2년 만에 재발한 아내의 암세포는
유난히 수다스럽고 거친 입을 가졌다
조 바꿈을 거쳐 노래는 어두워지고 느려지고
배경은 누군가로부터 정해진 길목으로 얼룩진다

10년만에 가정을 합친 우리 부부는
3개월이 지나 다시 동서부로 흩어지고
주말마다 아내를 위해 준비한 샌디에고의
모든 것이 정지한 아파트를 까닭없이 청소하고
먼지와 손잡은 새 차의 애꿎은 엔진을 덥힌다

친구가, 신은 인간이 이겨낼 만큼 시련을 준다고
아주 청명하고 건강한 하늘 아래서 말했다
분명 나는 남들 수십 배의 시련을
아주 어릴 적부터 참아냈다
아픈 척 하지 않고 울지 않아서
운 나쁘게 나는 신의 자존심을 건드렸나보다

신이시여 그런데 불기둥을 내리실 때
분노의 방향이 어긋나고 말았소
벼락을 맞을 사람은 아내가 아니라

고개를 꼿꼿이 치켜 들고 있는 나란 말이오

다시 생각해보니 영악한 신은
아주 현명한 선택을 한 것이 분명하다
사랑하는 가족의 아픔은 100배의 크기로
무섭도록 내게 덮쳐 오고 있으니,

아내는 약하고 가느다란 머리카락을 잃고
나는 한조각 거칠게 마른 신앙심을 버렸다
그녀는 비틀비틀 중력을 벗어나 체력을 잃고
나는 시간을 겨루는 초침과 간격을 버렸다

핑크색과 무지개색 가발을 이야기하며
애써 우리는 웃고 또 웃었다
겨울이 지나면 머리카락이 빠지고
봄이 오면 무엇인가 자랄 것이다

무엇을 더 잃고 주어야할 지
하루는 비참하게 길고 때론 짧다
이름과 늦음의 차이 아래에서
모두 다 언젠가는 지나갈 것이다
반드시 지나간다

아이들이 비추는 거울

우리 가족은

2003년 내가 43세 유학생 신분으로
아이들이 5학년 3학년 나이에 미국으로 건너왔다
한국을 떠나기 전날 부산 시내에 나가
기념 즉석사진도 왁자지껄 찍었다

늙은 나이에 버벅거리는 영어와 귀머거리 행세로
도서실이 끝나는 시간까지 구석에 처박혔고

롱아일랜드와 맨허튼을 오가는
어두운 지하철과 버스 그리고 기차를 번갈아 타며
새벽부터 자정까지 3년간 끔찍하게 같은 길을 오갔다

다시 영주권에 발목이 잡혀

사막 한가운데 엘센트로 미국 치과에서
살을 태우는 더위의 3년을 버티며 헐떡거렸다
그리고 나는 여전히 그 사막 한가운데 있다

꿈과 기회의 나라라고 표현되는 미국 생활은
거대한 야수처럼 가족을 집어 삼켰고
6년간 허리띠를 졸라매고 살았기에
가족들은 모두 자신의 몫으로 남겨진 아픔을 참아내며
말수가 줄고 얼굴이 어두워졌다

작은 아이가 대학 원서를 준비하는 시기부터
아내는 두 번의 대수술을 참아내야 했다

첫째인 아들은 에모리와 콜럼비아 대학원을
딸아이는 스미스와 콜럼비아 대학원을 마치고
둘 다 이제 직장에 다니고 있다

부모는 아이들에게서 자신의 삶을 되돌아본다
그리고 어렴풋이 미래의 거울도 목격한다

나는
아이들이 부모에게서 무엇을 보는지 늘 두려웠다

미국에서 살아가는

이 단톡방의 모든 후배들도
자신만의 역경을 헤쳐 나왔으리라 믿고 있다
그러기에 후배들과 함께 있음이 벅차고 자랑스럽다

Clinical Mental Theraphist인 딸 아이가
얼마전 문자를 보내왔다

문장이 서툴어도 양해 바란다

아빠!

오늘 본 환자들 중에서
보고타 콜럼비아에서 편안한 삶을 살다
40대 미국으로 Student Visa로 가족을 데리고 온
Woman과 상담이 있었어요

자기 나라에서는 Architecture Master도 있었는데
여기서는 영어가 부족해서 자신감도 무너지고
지금 학교를 다시 다니면서 일을 하는 중에
H-Visa Application 준비 중……

모든 것이 불안하고
가족의 미래가 자신의 어깨 위에 있는 느낌
잠도 못자고, 힘들고, 자기 9살 딸과 보내는 시간도

점점 일/학교 생활 때문에 적어지고,
미안한 느낌만 커지고……

그래도 자신은 자기보다 더 큰 것을 해내고 싶다고,
힘들어하는 모습을 보며
안타까운 마음으로 상담해주고 있어요
본 지 한 달, 두 달?

이 환자 볼 때마다 우리 엄마 아빠 진짜 자랑스럽고,
얼마나 힘들었을까 생각해요

늘 감사하고,
고마워요

아빠는 잘 자라준
너희들에게 늘 감사한다

―04/15/2024 샌디에고 서울대 동문회 단톡방에서

보내야 하는 사람들

"미국에 계시다는 오빠에게 연락할 시간인 듯합니다."

어머니의 병실을 홀로 있는 1인실 공간으로 옮긴 저녁에, 수간호사는 여동생에게 이렇게 말을 전했다고 한다. 사실 여동생은 오빠가 일찍 한국으로 돌아와 어머니를 편안하게 보내드렸으면 했다. 구멍가게 치과 점포를 운영하는 오빠는, 가능한 치과를 오래 닫고 싶지 않았음이 변명할 수 없는 사실이다. 우리 형제 모두는 서로가 나누어 가졌던 부족함의 과거로 인해, 누군가를 구석으로 몰지 못한다. 기울어진 기둥의 외아들로 자란 나는, 유난히 궁핍한 파도가 두렵다. 그 긴박한 불효의 연약한 지반에서, 수간호사가 뱉은 한마디는 방아쇠에서 당겨진 붉은 탄환처럼, 고맙게 내게 달려왔다. 항공사에 직접 급히 전화를 걸어 비행기표 한 장을 어렵사리 구한다. 크리스마스 휴가로 뉴욕에서 온 아들도 가까스로 티켓을 구했다. 항공사는 달라도 자정 가까운 시간에 미래의 상주와 장손이 나란히 공항에 자리하게 됐다.

생각해보니 오늘이 크리스마스 저녁이다. 세상을 구하러 하늘에서 예수님이 내려오신 날에, 우리 엄마 세상을 털고 하늘로 가시려고 한다. 바삐 Uber를 불러 LAX로 달려간다. 밖은 오늘따라 더욱 어둡다. 아들이 갈 때까지만 버티어 주시라고 고개를 떨구고 신음한다. 아들과 나는 각기 다른 게이트 앞에서 비행기 탑승을 기다린다. 치과 메니저에게 급히 한국으로 떠난다는 문자를 보내고, 환자의 약속을 일단 모두 열흘 뒤로 미루라고 부탁한다. 돌아오는 표는 아직 구하지 않았다. 게이트가 열리고 비행기에 탑승해서 안전벨트를 조이는 순간, 여동생에게서 문자가 달려온다. 어머님 방금 세상을 등지셨다고. 모든 것이 순간 멈추고 머리가 하얗게 비어진다. 슬픔도 끼어들 여지가 없다. 모든 것이 무너진다.

한국의 형제들은 어머님의 귀에 대고 이야기했었다. 오빠가 오고 있다고. 아들이 오고 있다는 말에 어머님의 얼굴과 심장이 갑자기 요동쳤다고 했다. 어미의 자랑이었던 아들은 어미를 버리고 한국을 떠났었다. 그것은 어쩔 수 없는 사실이면서 현실이다. 사실 나는 자의적으로 임종을 보지 못했다. 형제들에게 삼일장의 시작을, 내가 한국에 도착하는 날부터 하자고 부탁했었다. 이기적인 상주 때문에 삼일장이 오일장으로 바뀔 수 있는 것이다. 바삐 장례식 일정에 관해 형제들의 단톡방에 글을 어수선하게 남긴다. 그리고 시간에 쫓기어 모든 일정을 큰누님에게 일임한다. 승무원은 비행기가 이륙하고 있는 와중에도 전화기로 문자를 써가는 나에게 궂은 시선을 떨군다. 지난해 어머님의 모습을 보기 위해 한국에 갔었다. 집사람의 충고였다. 돌아가시기 전에 얼굴을 뵙고 오라고. 어머님의 치매증상은 점점 더 악화하고 있으셨다. 아들을 보는 엄마는 몹시 수줍어하셨다. 어쩌면 아비를 빼어 닮은 아들의 모습에서, 어미는 자신의 신랑을 만나고 있을지도 몰랐다. 누나들이 엄마에게 당신의 아들 상호가 앞에 있다고 이야기했었다. 어머님 다시 눈가에 굳은 살이 퍼지며, 조그맣게 웃으셨다.

비행기 안에서 설익은 잠이 찾아온다. 우리 형제들은 며칠 전부터 어머님의 장례일정을 상의했었다. 20여년 전에 보내드린 아버지의 죽음보다 마음의 준비가 새뜻하다. 아버님은 화장 후 납골당에 모셔졌다. 어머님이 돌아가시면, 부부 납골당으로 옮기게 될 것이다. 얼마전부터 인터넷을 통해 장례 절차를 읽어 나갔다. 모든 예식들이 바삐 상여의 뒤를 따르고, 머릿속으로 가족들이 줄지어 스쳐간다.

수시收屍 : 주검을 반듯하게 하고, 눈을 곱게 감도록 쓸어내린다. 팔다리를 가지런히 한다. 손발을 곧게 펴 남자는 왼손, 여자는 오른 손을 위로 배 위에 올려 놓고 두다리를 모아 백지나 붕대

239

로 묶는다.

습襲 : 시신을 씻기어 수의를 입히는 것으로 입관 전에 행하는 절차이다.

반함飯含 : 습할 때 고인의 입에 쌀이나 동전, 구슬 등을 넣는다. 고인이 저승길에 갈 때 식량과 노잣돈으로 여겨 행하나, 현대에는 생략하는 추세다.

……

잠시 하늘에서 꿈을 꾼다. 꿈은 아주 오래전 보았던 영화와 뒤범벅이 된다. 설익은 꿈속에서, 영화와 현실이 오버랩되어 살아 있는 듯 꿈틀댄다. 1996년 개봉한, 임권택 감독의 〈축제〉라는 영화다. 그해 백상 예술대상과 청룡 영화상에서 작품상과 감독상을 차지했다. 이청준 소설가의 동명 소설을 영화한 작품이다. 나는 사실 동시대에 한국 소설계의 거장으로 활약했던 이문열 소설가와 이청준 소설가 중, 이청준을 더 좋아했다. 그의 소설이 더 지면에 가까웠다. 영화는 치매에 걸린 노모의 장례식에 모여 벌어지는, 가족들의 갈등과 장례의 의미를 다룬 영화다. 영화는 우리의 오래전 장례 절차를 차근차근 하나하나씩 설명해 준다. 내가 지금까지도 오래전 이 영화를 잊지 못하는 이유는, 지금도 또렷이 기억하는 두 장면 때문이다. 첫 번째가 반함飯含의 순간이다. 죽은 노모의 입을 벌려 숟가락에 쌀을 올려, 입속에 넣어 드린다. 첫 술을 넣어 드리고 외친다.

'백석白石이요'

그리고 두 번째, 세 번째 숟가락이 입으로 향하면서 계속 외쳐진다.

'천석千石이요'

'만석萬石이요'

나는 꿈속에서 아기 새처럼 입을 벌리고 있는 어미의 입속에, 작은 숟가락으로 쌀을 넣어드린다. 갑자기 어미가 쌀을 삼킨다. 어미는 지난 몇 주 동안 음식물의 연하가 불가능하여 수액과 영양제로 버티고 있었다. 두 번째 숟가락의 쌀도 어미가 또다시 삼킨다. 세 번째도 네 번째도. 그리고 화들짝 잠에서 깨어났다. 돌아가신 어미의 목소리가 들리는 듯했다.

'상호야 배가 고프다.'

평생 자식을 위해 맛난 것 양보하신 내 어미다. 언제나 아이들 벌린 입과 마른 몸을 바라보며, 스스로 뻔뻔하다고 생각하는 자신의 식욕을 참아내셨다. 당신의 몸이 얼음처럼 차갑게 식어버린 후, 게으르고 멋쩍은 허기를 느끼시는 게다. 내 어미 뒤늦은 식욕에 쌀을 삼키고 있다는 죄책감에 눈물이 멈추질 않는다. 어미를 위해 맛난 음식을 사드린 것이 오래전 미국에서 함께했던 때다. 10년이 훨씬 넘은 과거다. 어머니와 함께 미국에서 꿈만 같던 시간을 보낸 것이 2010년이었다. 아내의 대수술 후, 하나뿐인 며느리 챙기시려 2012년에 늙으신 몸을 이끄시고 다시 미국에 오셨다. 2018년에 뇌출혈로 쓰러지신 후, 수술과 요양 후 휠체어에 앉아 계셔야만 했다. 이후 달려드는 치매와 함께 요양병원에서 생의 마지막을 보내셨다.

한국에 도착한 날은 삼일장의 이튿날 새벽이었다. 비행기가 지면에 내리자마자 전화기를 켠다. 내가 도착한 날을 삼일장의 첫날로 할 것인지, 아니면 그대로 이틀째로 할 것인지를, 수북이 쌓인 문자로 확인한다. 가능한 어머니와의 시간을 오래 가지기 위해, 삼일장의 시작을 내가 도착한 날부터 하자고 했던, 나의 이기적 주장은 받아들여지지 않았다. 사실 누나들과 여동생은 상주이자 외아들인 나의 요청을 받아들인 지 오래다. 하지만 장례식 일정의 모든 것은, 어머님의 절실한 신앙심에 기초하여 정해졌다. 제일 우선으로 생각할 것이 장례미사가 가능한 일정이었다. 삼일장을 사일장으로 늘리면 장례미사의 날짜가 일반 미사가 열리는 일요일로 바뀌게 된다. 일요일에는 장례미사가 열리지 못한다. 우리 형제는 어미가 돌아가신 날을 원래대로 삼일장의 첫날로 정했다. 어머님과의 시간을 하루라도 더 늘리려는 나의 이기적인 욕심은, 가족들에게는 자신들의 슬픔을 가슴 속에 더 오랫동안 묻어야 하는 형벌이 됐을 것이다. 게다가 나의 어미는 차가운 안치실에서 하루이틀을 더 추워했을 것이다.

검은 양복을 빌려 입고 상주와 장손이 절을 올린다. 환하게 웃

는 어미의 얼굴이 봄날의 햇살처럼 너무 화사하다. 한번도 보지
못한 어미의 사진이다. 이상하게 눈물이 나질 않는다. 내 어미가
아니라 다른 어르신의 장례식에 참가한 듯, 애써 바닥 위로 발을
어기적거리며 현실을 부정하고 있다. 성당 교우들이 계속 바뀌어
가면서, 또다른 얼굴의 연도煉禱가 이어진다. 나의 어머니도 쓰
러지기 전까지 저들처럼 수많은 장례식에 참석하여, 돌아가신 신
자들과 그들의 가족들을 위해 연도의 뒷줄에 섰다고 하셨다. 말
씀이 적고 조용한 나의 어머니는 언제나 모임의 뒤에 선다. 경북
여고와 이화여대 국문과를 졸업한 나의 어미는, 끝없이 평생 뒤
따르던 고생을 묵묵히 받아내고 삼키셨다. 본성도 얌전한 사람이
끊임없이 불어오는 모진 바람에 말수가 말라 버리셨다. 단지 무
겁고 환하게 웃으신다.

　연도를 하시던 나이 많으신 어르신이 나를 손짓으로 부른다.
가족 중에 한 명이 읽어야 하는 부분이 있다고 하셨다. 〈자녀의
기도〉라는 부분이다.
　'인자하신 주님, 저희 어머니에게 생명을 주시고, 한평생 은혜
를 베풀어 주심에 감사하나이다.'
　여기까지 읽고 다음 줄을 읽으려고, 눈으로 읽어 내려가는 순
간 가슴이 먹먹하여 참아왔던 눈물이 쏟아진다. 그리고 한참 동
안 아무 말도 못한다. 눈물을 삼키고 울먹이며 다시 읽어 나간다.
　'저희가 어머니께 저지른 불효를 뉘우치며 간절히 청하오니,

이제 주님께 돌아가는 저희 어머니에게 자비를 베푸시어 믿는 이들에게 약속하신 영원한 생명을 이끌어 주소서.'

나는 아이들의 미래를 위해 한국을 떠났다고 남들에게 말하곤 했다. 마음속에 언제든 도망갈 핑계의 공간을 만들었다는 것이 사실에 가깝다. 외아들인 나는, 분명 부모를 버리고 왔음이 부정할 수 없는 현실이다. 2003년 미국으로 건너온 NYU 치대 첫 해, 아버님이 돌아가셨다. 외아들에게 송두리째 버려진 나의 어머니는, 홀로 길고 긴 외로움과 그리움을 온전히 자신의 몸 하나로 받아내야만 했다.

어미의 장례식이 모두 끝난 후, 캐나다에서 살고 있는 치대동기가 보낸 문자를 잠시 빌려온다.

'상호야, 이민 와서 살면 모두가 불효자다. 돌아가시고 나면 한 번이라도 더 가서 못 뵌 것이 한스럽다. 어머니 멀리 보내느라 고생했다. 날마다 깊어지는 슬픔 잘 다스리길 바란다.'

〈축제〉 영화에서 잊을 수 없는 두 번째 장면을 이야기할 시간이다. 주인공 화자는 소설가다. 그의 딸에게 할머니의 치매과정을 설명해주는 장면이다. 할머니는 자식과 손주들이 잘 클 수 있게, 자신의 나이와 지혜를 나누어 준다고 이야기한다. 그러면서 몸은 왜소해지고 정신 연령도 어린 아이의 수준으로 돌아간다는 것이다. 영화 속의 할머니는 젖병을 물고 있는 아기로 변화한다.

삼일장의 둘째 날 오후이지만, 새벽에 도착하여 문상객들을 받은 연유로 아직도 몸이 무겁다. 큰누나의 손짓에 따라 입관入棺의 차례에 선다. 아비의 주검을 오래전 보았지만, 표현할 수 없는 불안함이 엄습한다. 불효자인 외아들이 어찌 어미의 얼굴을 정면으로 볼 수 있을까! 조심스레 들어선 작은 공간에 내 어미 관 속에 누워 계신다. 얼굴은 너무도 예쁘게 화장되어 살아 계신 듯하다. 가족들 둥그렇게 관을 에워싸고 어미를 바라본다. 사방에서 울음이 쏟아진다. 내 어미 얼굴만 보이고 수의에 쌓여 있는데, 고치에서 부화하지 못한 예쁜 나비 같으시다. 고생만 하시다 평생 바닥을 기며, 한번도 하늘로 솟구치지 못한 내 어미, 지금 좁고 좁은 관 속에 누워 계신다. 자식들과 손주들은 모두, 그녀가 살아계시는 동안, 그녀의 몸속으로 뿌리를 내려, 끝도 없는 사랑을 받아 마셨다. 그래서 울 엄마 저리 작아 지시고 메마르시다. 형제들 모두 어미의 얼굴을 어루만지고, 이제는 차갑게 식은 어미를 받아들여야 한다. 관뚜껑이 무섭게 덥히고 어미의 몸, 어둠 속에 갇히신다. 관 덮개 위에 어머님께 남기고 싶은 글을 상주가 대표로 짧게 쓰라고 한다. 나는 천천히 써내려 간다.
  '당신의 자식이었음이 행복했습니다'

삼일장의 첫날 밤은 큰 누님의 아들인 장조카가 장례식장을 지켰다. 둘째 날은 나와 아들이 머물기로 했다. 너무나 피곤한 나머지 양복 바지와 와이셔츠 넥타이도 그대로인 채, 깊은 잠이 들고 말았다. 조문객을 맞이하던 어머니의 영정 옆, 작은 골방 구석에 펼쳐진 긴 의자에 누워, 삶과 죽음 사이를 뒤척인다. 시차에 적응하지 못해, 새벽 3시에 깨고 말았다.

삼일장의 마지막 날이다. 어머님의 장례미사를 준비한다. 큰 누님이 내게 와서 물어본다. 미사 전에 신부님이 가족들에게 특별히 고백성사를 받아 주신다고 말씀하셨다 한다. 3명을 등록했다고 한다. 당연히 외아들인 나를 포함시켰다. 냉담의 기간이 20년이 넘는 상주를, 신앙의 세계로 떠밀어대는 큰 누님이 안스러워 그러마 하고 승낙한다. 고백성사를 해야 미사의 성찬에 참가할 수 있다. 그래야 사람들이 보기에, 자녀들이 모두 어머니를 닮아 신앙심이 돈독한 가족으로 비출 것이다. 하지만 남에게 보이려는 내 자신이 창피하고 가증스럽다. 다시 누님에게 거절의 말을 건네고 머뭇거린다. 내 어미의 살아 생전 꿈이, 아들의 신앙심이 다시 일어나 미사에 참석하는 것이었다. 오래전 미국에 오셨을 적, 내 차 백미러에도 묵주 목걸이를 달아 주셨었다. 커브길에 들어서면 한쪽으로 치우치는 자동차의 속도감에 예수님이 살아계신 듯 몸을 흔들었다. 어머니를 보내는 오늘 하루만이라도 뻔뻔한 신자가 되어 보자고 생각을 바꾼다. 누님이 속으로 반가워하는 것이 보인다. 신부님은 외국분이라고 하셨다. 며칠 전 중환자실에 찾아와 병자성사病者聖事를 행하신 분도 이 신부님이라고

246

하셨다.

신부님의 아버님은 이태리 시칠리아계 미국인, 어머님은 한국 분이라 한국어가 자연스럽다고 하셨다. 작은 누님은 이 신부님의 강론講論이 좋아, 자신의 동네에서 먼 이곳까지 와서 미사를 본다고 했다. 왜소한 키에 동그란 안경 속으로 깊은 눈을 가진 신부님이, 저벅저벅 걸어와 고백성사실로 들어 가신다. 바삐 인터넷에서 고백성사 절차를 검색한다. 누님의 뒤를 이어 고해소에 들어선다. 신부님의 목소리에 맞추어 성호를 긋고 떨리는 입으로 말을 더듬는다.

"마지막으로 고해 성사를 본 것이 20년이 지난 듯합니다."
그리고 입을 뗄 수가 없다. 태산처럼 쌓인 죄의 무게 속에서 몸이 굳어버렸다. 첫번 째 죄는 어머니를 멀리 떠나, 그녀에게 늘 그리워하는 삶을 강요한 것이었야 했다. 그리고 어머님의 임종도 지키지 못한 불효일 것이다. 나는 신앙을 가지는 것보다, 선한 삶을 사는 것이 앞서야 한다고 생각했다. 지면 위에 발을 딛고 이 먹먹한 삶을 살아내는 존재는, 이 땅에서 숨쉬는 인간이기 때문이다. 그러니 신이 있다면 하늘에 머물러, 땅 위의 우리에게 떠들지 말라고 우겼다. 평생을 말없이 숨죽여 자식만을 위해 살아온 착한 나의 어미와, 바닥에서 기어 올라 헐떡거리던 우리에게, 신은 어디에도 없었다고. 비록 당신의 존재를 믿지 않아도, 춥고 어두운 지상에서 누군가의 마음을 아프게 한 적 없다고. 진흙탕 수렁으로 끝없이 몸이 빠져 들어도, 남의 손을 끌어 당긴 적 없었다고. 그래서 지금 구석에서도 의기양양 눈을 부라리며, 당신을 올려보고 있다고. 하지만 그것은 절대적 고집이지 상대적 진실은 아닐 것이다. 아무리 선량하게 삶을 보낸 선인善人도, 하느님을 믿지 않으면 천국에 갈 수 없다는 잔인하게 기울어진 문구가 떠오른다. 갑자기 입밖으로 의도하지 못한 말이 튀어 나온다.

"신의 존재를 믿을 수 없습니다."

20년 전 고백성사에서도, 똑같이 머리를 꼿꼿이 치켜들고 말했었다. 20여년이 지나도 대나무처럼 어리석은 아집과 오만이 줄기차다. 불효자로 돌아와 떠나가신 어미의 소원을 들어드리기 위해, 오늘 고백성사를 본다고 말씀드린다. 잠시 정적이 흐른다. 그리고 신부님 말을 꺼내신다.

"보이지 않는 것을 굳이 믿으려고 애쓰지 마십시요. 보이는 것에서 시작하세요. 형제님을 아끼고 사랑하셨던 어머님은 지금 보이시죠? 그곳에서 서서히 발을 떼고 나아가십시요."

그리고 이어지던 다음 말씀들은 기억나지 않는다. 스스로에 대한 자괴감과, 관 속에 누워 계신 어머님에 대한 송구스러움에 고개를 들 수가 없었다. 신의 존재를 입밖으로 꺼내기 전에, 어머니를 버린 외아들의 죄를 고해야 했다. 끝없이 눈물이 떨어진다.

"보석은 어머님을 잘 보내 드리는 것으로 하겠습니다."

장례미사가 끝나고, 화장터를 지나 어머님은 아버지와 함께 모셔졌다. 20여 년전에 홀로 모셔진 아비의 유골함은, 너른 유리창문을 통해 빛이 잘 드는 부부 납골당으로 옮겨졌다. 두 분의 연애시절 사진이 유골함 앞에 선다. 둘의 표정이 하도 밝고 맑아, 유골함이 들썩거리는 듯하다.

　장례식의 모든 과정이 끝나고, 삼일 후 삼우三虞미사가 성당에서 행해졌다. 생미사와 연미사가 다같이 행해지는 날이다. 신부님은 삼우미사에 참석한 우리 가족을 위해 위로의 말씀을 따로 주신다. 이것으로 장례의 모든 일정은 끝났다. 누님들과 여동생은 어머니를 위해 50일 미사를 이어 나갈 예정이다. 미사가 끝나고 여동생이 나를 위해 성물聖物을 사주려 한다. 자동차 앞 선반에 붙일 작은 예수님상을 고른다. 그리고 성물 축성을 위해 신부님에게 간다. 내일 미국으로 돌아간다고 말씀드리고 축성을 받는다. 신부님의 눈이 여전히 깊다. 새해의 첫날 어두운 새벽에 인천공항으로 향한다. 붉은 해가 겨울 어두움을 뚫고 죽음에서 일어난다.

어머니,
얼어붙은 겨울
구석진 음지 틈 사이로도
아름다운 꽃이 필 수 있다는 희망을

저희 형제들에게 늘 보여주신 당신이

정말 보고 싶습니다

사랑합니다

01-15-2025 사막 한가운데 도시 엘센트로에서